Dello stesso autore in BUR Rizzoli

La casa nel bosco
La manomissione delle parole
Non esiste saggezza
Il passato è una terra straniera
Il silenzio dell'onda

Gianrico Carofiglio

Il bordo vertiginoso delle cose

Proprietà letteraria riservata
© 2013 RCS Libri S.p.A., Milano
© 2016 Rizzoli Libri S.p.A. / Rizzoli
© 2017 Rizzoli Libri S.p.A. / BUR Rizzoli

ISBN 978-88-17-09493-1

Prima edizione Rizzoli 2013
Prima edizione BUR agosto 2017

Seguici su:

Twitter: @BUR_Rizzoli   www.bur.eu   Facebook: /RizzoliLibri

Il bordo vertiginoso delle cose

Preludio

Come ogni mattina entri nel solito bar per fare colazione. Da quando vivi solo – da parecchio, ormai – non ti riesce di fare colazione a casa. La cena, a volte il pranzo, sì. Chissà perché, invece, la colazione no. Così ogni mattina vai al bar. A volte resti in piedi al bancone, altre volte ti siedi a un tavolino e te la prendi più comoda. Non c'è una regola, dipende da come ti senti – come *non* ti senti –, dal tempo, dagli impegni o dalla loro assenza, dal caso. Non lo sai perché a volte ti siedi e a volte no.
Oggi ti siedi, e sul tavolino è poggiato un quotidiano. Così, aspettando il caffè e la brioche, sfogli distrattamente le pagine, leggendo i titoli. Sempre per dire del caso: ci sono due fogli attaccati. Non si vogliono separare e tu stai quasi per lasciar perdere quando, alla fine, le pagine si aprono e ti ritrovi nel bel mezzo della cronaca nera e giudiziaria. C'è l'arresto di un assessore; c'è il resoconto delle indagini su un omicidio, in cui il sospettato è il compagno della vittima; e poi c'è la notizia di una tentata rapina a un furgone porta-

valori finita con l'arrivo dei carabinieri, con un conflitto a fuoco, con l'uccisione di uno dei rapinatori, con l'arresto di altri due.

Di regola non leggi questo tipo di pezzi.

Invece quell'articolo lo leggi, attirato dal titolo. *Paura nel centro di Bari.*

Il rapinatore rimasto ucciso aveva cinquant'anni ed era pregiudicato per reati di terrorismo commessi negli anni Ottanta e per numerose rapine. Il tasso di recidiva è altissimo fra i rapinatori, spiega l'autore dell'articolo, con una nota di pedanteria che, non capisci bene per quale motivo, ti infastidisce. Molti di loro escono di prigione dopo aver scontato lunghe pene e tornano subito a commettere lo stesso tipo di reato. Lo fanno perché hanno bisogno di soldi, naturalmente. Ma non solo. Tornano a fare rapine soprattutto perché gli piace, perché *si divertono*. I rapinatori professionisti amano il loro lavoro e non riescono a fare a meno dell'adrenalina che ne deriva. In un certo senso sono come quelli cui piace andare in moto a duecentocinquanta all'ora, lanciarsi col paracadute, discendere le rapide di un fiume.

Continui a leggere senza prestare attenzione ai nomi dei rapinatori; sei già due o tre righe più sotto quando ti rendi conto che *devi* tornare indietro. Come quando cammini e vedi qualcosa con la coda dell'occhio. Registri l'immagine ma ne capisci il senso, o il contesto, solo qualche istante dopo. L'elaborazione è un po' più lenta della percezione.

Così torni indietro e rileggi il nome del rapinatore morto, e solo dopo molti secondi ti accorgi che stai trattenendo il respiro. Finisci di leggere tutto il pezzo, con un'accuratezza stranita, scandendo mentalmente le parole, per evitare che qualche significato nascosto ti sfugga. Ma non ci sono significati nascosti, a parte quel nome e quel cognome.

Poi esci dal bar e ti sembra di non riconoscere i dintorni. Eppure quei dintorni sono casa tua da molti anni.

Pensi che quella mattina non riuscirai a lavorare.

Uno

La stazione è abbastanza vicino a casa. Ci vogliono venti minuti per arrivarci, camminando di buon passo. Però da quando eri al bar sono passate almeno due ore. Non che te ne sia reso conto, ma guardando l'orologio ti accorgi che sono le undici e mezza, e dunque di certo non sei andato direttamente da San Jacopino alla stazione. Però non hai la minima idea di cosa sia successo in quelle due ore e più; non hai la minima idea della strada percorsa e nemmeno dei pensieri che ti hanno attraversato la testa. Materia ancora più volatile del solito.
Comunque entri, come uno che ha in mente qualcosa di preciso. Le biglietterie sono quasi deserte e, forse, anche da questo dipende quello che accade subito dopo. Una cosa piuttosto banale, alla biglietteria di una stazione ferroviaria. Compri un biglietto del treno. Se ci fosse stata una delle solite file – solite? non acquisti un biglietto alla stazione da molti anni, che ne sai di cosa è *solito*? – probabilmente ti saresti girato, saresti andato via e non sarebbe successo niente.

Invece la fila non c'è. Tanto per parlare del caso. Il treno parte alle 13.30, giusto il tempo di ripassare da casa e mettere un po' di roba in una sacca. Mentre cammini tenendo il biglietto in mano, come se da un momento all'altro qualcuno potesse chiederti di esibirlo, provi una strana sensazione di sollievo. Come se avessi fatto la cosa giusta: quello che c'era da fare. Come se il caso non c'entrasse per niente e tutto – andare a fare colazione e sedersi a un tavolino invece di rimanere al bancone; trovarci il quotidiano, su quel tavolino; sfogliare quel quotidiano e insistere per separare quelle due pagine sigillate; leggere quella notizia e quel nome –, proprio tutto, fosse un quadro composto di tasselli adeguatamente preparati.

Un piano adeguatamente predisposto.

Era troppo tempo che rinviavo questo viaggio senza nemmeno sapere che lo stavo rinviando, ti dici. La frase ti sembra arguta; ti sembra un'idea. Ti sembra la prima vera idea, la prima vera intuizione su te stesso da moltissimo tempo.

Per fortuna manca poco alla partenza e così non rischi di mettere in atto il tuo solito, irresoluto, snervante rituale di preparazione del bagaglio. Oggi prendi con decisione dall'armadio quattro camicie, quattro mutande, quattro paia di calze, quattro magliette, un paio di pantaloni, lo spazzolino, il dentifricio e tutto il resto, il computer, un libro, riempi la sacca e la chiudi. Questa rapidità, questa nettezza ti piacciono.

Pensi che il tuo lavoro ha almeno questo aspetto positivo. Se una mattina, per un qualsiasi motivo, decidi di partire di punto in bianco, puoi farlo, a meno che non manchino davvero pochi giorni a una scadenza di consegna.

A dire il vero c'è un certo numero di non insignificanti aspetti negativi, ma a quelli stamattina non hai voglia di pensare.

Sei già sulla porta quando pensi che è maggio. Così torni sui tuoi passi, riapri l'armadio, frughi nella sezione estiva e tiri fuori un costume da bagno. Magari ti capita di usarlo.

Magari questo viaggio riserva delle sorprese.

Magari.

Due

Il tratto Firenze-Bologna è andato via in meno di quaranta minuti. La stazione di Bologna è sempre uguale, nonostante tutto. Cioè, non è uguale, ma comunica sempre la stessa sensazione. Un luogo di passaggio, uno snodo, un posto dove si può tenere la strada segnata, oppure scartare di lato e cadere. Sei seduto sul treno che ti porterà giù a Bari. Un bel treno, pulito e sorprendentemente profumato. O forse, ti dici, è la signora seduta vicino a te che ha questo leggero aroma di sapone e borotalco. Ha un aspetto ordinario ma, appunto, a quanto pare profuma. Questo è sempre stato un elemento discriminante. Avere un buon odore è bene, può essere decisivo. Se ci pensi: *è* stato decisivo, in alcune delle occasioni fondamentali della tua vita. Pensi che sarebbe una buona idea per un racconto, elencare i profumi associati alle occasioni fondamentali della tua vita. Ogni tanto ti capita ancora, di pensare a quelle che potrebbero essere buone idee per dei racconti, o per dei romanzi. Ma passano via quasi subito, senza nemmeno che ti ponga più il problema di annotarle – e infatti non porti più il taccuino, da tanto tempo. Vanno via leggere, queste idee; senza più dolore, senza nemmeno tristezza. Giusto un'ombra di malinconia. Giusto un'ombra. Sprofondi nella poltrona e pensi che ti piace la sensazione di non dover fare nulla. Se ti annoia potrai prendere il tuo libro ma per ora hai solo voglia di ascoltare questo lievissimo formicolio dell'anima. Concentrarsi su qualcosa e lasciare che i pensieri scivolino, senza aderire.

E in effetti accade così. Scorre un flusso di pensieri – in altri anni ti saresti detto pomposamente: un flusso di coscienza, ma quegli anni sono lontani. Tanto lontani che a volte ti capita di chiederti se siano mai esistiti. La domanda successiva è: come mai continui a farti domande così banali?

La signora seduta di fianco a te, quella che profuma di sapone e borotalco (perché ora sei sicuro, è la signora, non il treno, a profumare), ha mangiato un sandwich, ha bevuto qualche sorso d'acqua. Adesso tira fuori dalla borsa un libro e una matita, e si mette a leggere. Ogni tanto sottolinea, ogni tanto annota qualcosa ai bordi della pagina. La curiosità di spiare cosa legge la gente che incontri ti è rimasta intatta e così ti contorci un po', cercando di non darlo a vedere, per capire che libro ha in mano la tua vicina. Quando riconosci il titolo hai un lieve sussulto di stupore. È *Tonio Kröger*, un racconto che conosci bene. Lo hai letto tanti anni fa, da ragazzo, nel periodo in cui divoravi qualsiasi cosa avesse scritto Thomas Mann. Per molto tempo hai detto che era il tuo scrittore preferito e per molto tempo hai pensato – anche se non lo hai mai detto a nessuno – che *Tonio Kröger* contenesse alcune verità che ti riguardavano da vicino, in modo impressionante.

Quando la signora alza lo sguardo, forse accorgendosi che la stai osservando, ti viene naturale attaccare discorso.

«Le piace?»

Lei ha un sorriso cordiale e dunque adesso sembra quasi bella.

«Non ho ancora deciso. Alcune cose sono fulminanti, ma altre sembrano piuttosto datate. Non lo so, potrebbe anche dipendere dalla traduzione. Lei lo ha letto?»

«Parecchi anni fa. Non so che effetto mi farebbe se lo rileggessi. Spesso non è una buona idea tornare sui propri passi.»

Lei sorride ancora.

«Be', questo è vero per molte cose. Anche se a volte non se ne può fare a meno. Di tornare sui propri passi, voglio dire.»

Adesso la signora ti piace proprio, e non ti sembra più così signora.

«Ha detto che alcune cose le sono parse...»

«Fulminanti. Sì, è così.»

«Per esempio?»

Lei sfoglia a ritroso il libro fino a quando non trova quello che aveva in mente. Poi legge ad alta voce: «Com'erano sempre calmi e imperturbabili gli occhi del signor Knaak! Occhi che non giungevano fino all'interno delle cose, là dove esse si fanno complicate e tristi; che non sapevano nulla, se non di essere scuri e belli. Ma appunto per questo era così superbo il suo portamento! Sì, bisognava essere stupidi per saper incedere alla sua maniera; e allora si diventava amabili e si era amati».

«È la descrizione del maestro di ballo, vero?»

«Sì, la trovo straordinaria. L'interno delle cose, là dove esse si fanno complicate e tristi.»

Ti ricordi bene perché ti piaceva quel racconto. Bisognava essere stupidi per diventare amabili ed essere amati. Ti ricordi bene la tua arrogante, adolescenziale condivisione di quel punto di vista. Voi poeti, incompresi, destinati alla solitudine mentre i filistei sono intenti felicemente ai loro volgari commerci. Cazzate.

«Come le è capitato per le mani questo libro? Non è una lettura frequente, oggi almeno.»

«Stavo uscendo in fretta per venire a prendere il treno, ho dato un'occhiata agli scaffali per trovare un libro e mi sono accorta di questo, che era lì da chissà quanto tempo. L'ho preso, ho letto l'incipit, mi è piaciuto e l'ho infilato in borsa.»

Ecco, di nuovo il caso. Sta facendo apparizioni troppo frequenti, oggi, per non essere qualcun altro travestito.

«Le dispiace farmelo leggere? Solo l'incipit, non tutto il libro, voglio dire.»

Lei sorride di nuovo e ti porge il libro.

«Mi spiace, ha perso il segno.»

«Non mi piace mettere il segno. Mi piace ritrovare il punto in cui ero arrivata ricordandomi la pagina e rileggendo magari qualche paragrafo prima. Ho sempre fatto così.»

Prendi il volume e vai alla prima pagina. *Sulle strette vie della città il sole invernale era solo un pallido riflesso, lattiginoso e stanco dietro le coltri di nuvole.*

«Sono stato a Lubecca, qualche anno fa» dici senza una ragione precisa, mentre le restituisci il libro.

«Com'è?»

«Interessante. Ho avuto poco tempo per visitarla – sarebbe più esatto dire che ci sono *passato* – ma comunque ho capito qualcosa in più sui *Buddenbrook* e su Thomas Mann.»

«Posso chiederle di cosa si occupa? Da come parla del viaggio a Lubecca sembra che ci sia andato per lavoro.»

«Consulenze editoriali» rispondi, un po' troppo rapido. Come al solito, quando si tratta di quest'argomento. «E lei?»

«Cosa vuol dire consulenze editoriali? È un agente letterario?»

«No, mi occupo perlopiù di editing di romanzi.»

«Deve essere un lavoro interessante.»

«Dipende dai romanzi.»

«Giusto, immagino di sì. Anch'io mi occupo di consulenze.»

«Di che genere?»

«Avviamento o ristrutturazione di ristoranti. Se vuole aprire un ristorante, o se ne ha già uno e vuole trasformarlo, io sono il suo uomo.»

Sembra un buon argomento di conversazione. Così parlate di ristoranti – lei ne ha uno a Bologna, oltre a occuparsi di quelli degli altri – e di libri sui ristoranti, e di film sui ristoranti e di cibo e di vino e di che ambiente strano e in qualche modo violento siano le cucine dei ristoranti, specialmente quelle dei grandi chef. E di come siano strani i percorsi di vita delle persone – lei faceva l'architetto ma dopo qualche anno si era stancata di quel lavoro. E continuate a chiacchierare fino a quando la voce nell'altoparlante non annuncia che la prossima fermata sarà Ancona.

«Io devo scendere. Se capita a Bologna passi dal mio ristorante» e così dicendo prende dalla borsa un biglietto da visita arancione, a un tempo sgargiante e sobrio, e te lo dà. Tu rispondi che non hai biglietti da visita e che, certo, passerai a trovarla quando vai a Bologna e che è stato un piacere anche per te – davvero – e dopo qualche minuto lei è scesa e il treno è ripartito e tu sei rimasto da solo.

Per almeno un'ora te ne stai lì senza pensare a niente. Senza chiederti che cosa stai facendo, senza pensare a quello che hai letto sul giornale, senza chiederti cosa ci vai a fare a Bari. Poi a un certo punto, d'un tratto, ti rendi conto che una casa a Bari non ce l'hai più e che ti occorre un posto per dormire. Certo, c'è tuo fratello, ma non hai voglia di chiamarlo all'ultimo momento e dirgli che stai arrivando e che conti di piazzarti a casa sua. Sono tre anni che non vi vedete e anche al telefono capita raramente di sentirsi. Magari nei prossimi giorni lo chiami e vai a salutarlo, ma non è una buona idea farlo adesso. Così accendi il computer, infili la chiavetta per collegarti a internet e cerchi un albergo o un bed and breakfast in centro. Con tua sorpresa scopri che ce ne sono parecchi. Bari non te la ricordavi come una città da bed and breakfast ma evidentemente le cose sono cambiate. Ne scegli uno che si chiama Il Giardino Segreto. Non sembra male e ha un prezzo ragionevole, così telefoni. Hanno una stanza libera per stasera? Sì, ce l'hanno. Allora la prendi, arrivi fra qualche ora. Va bene, signore, solo per una notte o si ferma di più? Ti fermi di più? Sì, direi di sì. Quante notti allora, signore? Non lo sai quante notti. Non sai nemmeno perché ci stai andando, a Bari. Così pensi in fretta e ti ricordi quante camicie e quanti ricambi di biancheria hai messo nella sacca e dici: quattro. Ti fermi quattro notti. Va bene, signore, allora a più tardi. A più tardi. Pensi che la signora al telefono aveva uno strano accento. Probabilmente non era italiana e certamente non era barese. Va bene, forse lo scoprirai quando arrivi.

Non hai voglia di leggere. Metti gli auricolari, fai partire la musica in riproduzione casuale e continui a non pensare a niente mentre l'Adriatico scorre alla tua sinistra, fino a quando alle 20.18, puntuale, il treno entra nella stazione di Bari.

Enrico

Ho fatto tredici anni di scuola e dunque ho avuto tredici primi giorni di scuola ma io ne ricordo solo tre, per ragioni molto diverse. Quello della prima elementare, soprattutto per l'umiliazione. Entrai in classe piuttosto intimidito mentre gli altri bambini – o almeno quelli cui feci caso io – sembravano a loro agio, come se qualcuno gli avesse spiegato in anticipo quali erano le regole, i ritmi, i rituali di quella nuova vita. Una cosa che mi colpì in modo particolare fu che alcuni miei compagni chiedessero di andare a *camerino*. La maestra bisbigliava loro qualcosa nell'orecchio, poi li autorizzava, loro uscivano e qualche minuto dopo rientravano con espressioni – mi sembrava – soddisfatte. Per ragioni imperscrutabili mi convinsi che il camerino fosse una piccola stanza nella quale erano custoditi dei giocattoli e dove si poteva trascorrere una pausa di relax. Così a un certo punto, fattomi coraggio, chiesi anch'io di andare a camerino. Lei si protese verso di me e parlandomi all'orecchio mi domandò se dovevo fare il servizio piccolo o quello grosso. Io pensai che, potendo scegliere, era il caso di esagerare e optai con una certa sicurezza per quello grosso, nella confusa convinzione che significasse giocare di più, o con qualche giocattolo più bello. La maestra allora, con espressione un po' preoccupata, mi chiese se sapessi fare tutto da solo. Fu in quel momento che la situazione cominciò a sembrarmi complicata. Che voleva dire: *tutto da solo*? Non avevo idea di cosa rispondere ma ormai mi ero spinto troppo oltre e annuii vigorosamente, sperando che non ci fossero altre domande. Lei prese da un cassetto della cattedra un rotolo di carta igienica e me lo diede. Io chiesi cosa dovessi farne o forse a chi dovessi portarlo e lei mi guardò come se avessi appena detto una bugia.

«Sei sicuro che sai fare tutto da solo?» mi disse con tono severo.

A quel punto ero davvero spaesato, non sapevo di cosa stessimo parlando e cominciavo a pentirmi per la mia avventatezza.

«Non si sa pulire il culo da solo» disse qualcuno, a un volume udibile in ogni punto dell'aula.

Seguì una scena concitata e terribile. La classe cominciò a ridere, la maestra si scagliò fra i banchi alla ricerca di chi aveva osato parlare – e dire la parola *culo* nella sua classe –, io diventai rosso, scoppiai a piangere e continuai a lungo, senza riuscire a smettere.

In quarta ginnasio c'erano le ragazze. Avevo fatto le scuole medie in una classe maschile e arrivato alle superiori mi ritrovai, come tutti, in una classe mista. Noi ragazzi – a parte Capriati Nicola che aveva quattordici anni e ne dimostrava ventiquattro – eravamo dei quasi-bambini che stavano per crescere; le ragazze invece parevano donne adulte, con seni incredibili sotto camicette sbottonate o T-shirt troppo aderenti. Ce n'era una in particolare, dalla quale era impossibile staccare gli occhi: Longo Mariella, che di faccia, a dire il vero, assomigliava un poco a Rocky Marciano ma che aveva due tette di proporzioni imbarazzanti e una reputazione di ragazza, come dire, piuttosto evoluta. Per molto tempo Longo Mariella fu la protagonista privilegiata dei nostri sogni erotici e delle connesse pratiche illecite, e quel primo giorno di scuola fu la sconvolgente rivelazione che il sesso esisteva nel mondo reale, non solo nelle pagine dei fumetti pornografici che di tanto in tanto ci passavano per le mani.

In prima liceo arrivò Salvatore.

Eravamo già quasi tutti in classe e la campanella aveva già suonato quando lo vidi entrare. Pensai subito che avesse sbagliato classe. Probabilmente, mi dissi, doveva entrare in III G – la porta era accanto alla nostra – e si era distratto. Aveva un'aria adulta, atletica e pericolosa: dalla maglietta a mezze maniche spuntavano braccia abbronzate, asciutte e muscolose, e il viso era coperto da una barba nera, dura e fitta. Fu proprio la barba a colpirmi più di tutto. Quell'anno cominciavano a uscirmi un po' di peli sulla faccia, che io mi radevo in modo quasi ossessivo nella speranza che questo ne accelerasse la crescita e la moltiplicazione. Spiavo altri ragazzi e tendevo a dividerli in due elementari c' rie: quelli con più barba di me e quelli con meno:

vo i primi, compativo e quasi disprezzavo gli altri. Salvatore aveva la barba più fitta che avessi mai visto, era al di là di ogni possibile invidia, come una specie di irraggiungibile ideale maschile.

Si guardò attorno con l'espressione di chi sia capitato in uno zoo, anzi in un pollaio; rovesciò indietro gli occhi per un istante, scosse la testa e andò a sedersi all'ultimo banco a sinistra, accanto alla finestra. Cioè vicinissimo a me che ero subito andato a impossessarmi del posto all'ultimo banco centrale, quello che secondo i miei calcoli – sbagliati – garantiva la minore visibilità da parte dei professori.

Fui sul punto di dirgli qualcosa. Scusa, hai sbagliato classe, forse dovevi andare in III G, o comunque da qualche altra parte. Questa è la I E, non vedi che qui siamo tutti dei ragazzini? Non è il tuo posto. Forse davvero gli avrei detto qualcosa se non mi fossi reso conto che tutta la classe lo stava osservando, più o meno di nascosto. Il casino si era attenuato, fin quasi a diventare silenzio, e tutti lanciavano occhiate al nuovo arrivato e si facevano più o meno la stessa domanda: cosa ci faceva lì dentro, fra di noi?

Poi entrò Conti, il professore di latino e greco. Era un tipo sulla sessantina, piuttosto basso e massiccio, in giacca, cravatta e panciotto nonostante il caldo di quel giorno di settembre. Aveva fama di uno poco simpatico ma molto bravo, si diceva che fosse capace di tradurre senza vocabolario un testo dal greco in latino e pare che da ragazzo avesse vinto ogni tipo di gara di traduzione. Dava del lei agli studenti e purtroppo aveva pretese coerenti con la sua bravura.

Era nelle sue classi e nelle sue materie che ogni anno si registrava il più alto numero di rimandati della scuola.
Si sedette alla cattedra, aprì il registro, lo osservò per un paio di minuti, come per estrarne un messaggio cifrato. Come se in qualche modo volesse *tradurlo*. Poi ci scrutò tutti e solo dopo fece l'appello. Quando ebbe finito richiuse il registro in modo teatrale e infine si decise a parlarci.

«Sapete che questo sarà un anno difficile. La vita del ginnasiale è molto meno impegnativa, adesso che siete al liceo comincerete a capire cosa significhi davvero lo studio. Io ho poche regole ma quelle poche devono essere rispettate. La più importante è questa: non cercate di prendermi in giro perché non tollero chi prova a fare il furbo. L'insufficienza di uno studente che però si comporta in modo corretto può essere recuperata. Non quella di chi crede di poter imbrogliare o di chi è convinto che la disciplina sia un accessorio superato.»

Fece una pausa per essere certo di avere la nostra piena attenzione. Io gettai uno sguardo di lato, alla mia sinistra, per vedere cosa faceva il nostro nuovo, improbabile compagno di classe. Se ne stava seduto tranquillo, con una postura e un'espressione rilassate, e ascoltava con moderato disinteresse il minaccioso proclama di Conti. Sotto la manica della maglietta – me ne accorsi solo in quel momento – aveva un pacchetto di sigarette e la barba gli cresceva fin sugli zigomi.

«Lei cosa ne pensa, Scarrone?» disse Conti, cogliendoci tutti di sorpresa. Da come lo disse si capiva che la domanda non era casuale e che di Salvatore aveva già sentito parlare, prima di quella mattina. Lui non parve sorpreso, si spostò un poco sulla sedia e poi rispose, con calma ostentata, quasi con sussiego.

«Cosa penso di cosa, professore?»

«Stava seguendo il mio discorso?»

«Più o meno.»

«Più o meno. Bene. Cosa pensa di quello che dicevo a proposito dello studio?»

Salvatore si strinse nelle spalle e per un attimo gli balenò sulle labbra un sorriso ironico e quasi irridente. Poi la sua espressione tornò neutra, quasi apatica, mentre il professore continuò.

«So che lei è, come dire, politicamente impegnato. Sa cosa diceva Antonio Gramsci a proposito dello studio? Glielo dico io: "Occorre persuadere molta gente che anche lo studio è un mestiere, e molto faticoso, con un suo speciale tirocinio, oltre che intellettuale, anche muscolare-nervoso: è un processo di adattamento, è un abito acquisito con lo sforzo, la noia e anche la sofferenza". Che ne pensa, di questo?»

«Penso che Gramsci era un revisionista.»

«Come ha detto?»

«Ho detto che Gramsci era un revisionista.»

«Lei sa cosa vuol dire *revisionismo*, vero?»

«Certo.»

«Sono sicuro che adesso ce lo spiegherà. A me e ai suoi colleghi.»

Era una scena ipnotica, sembrava di assistere a un duello

e, se uno dei due stava vincendo, questo non era il professor Conti.

«Il revisionismo è una corrente del marxismo che sostiene la necessità di una attenuazione della lotta di classe fra borghesia e proletariato. Gramsci è stato il più importante revisionista italiano ed è soprattutto per colpa sua se oggi il Pci è un partito reazionario senza nessuna vera differenza rispetto alla Democrazia cristiana.»

Se non fossi stato vicinissimo e non avessi visto che Salvatore non aveva niente davanti o in mano, avrei detto che aveva letto una risposta scritta, già pronta in vista di quella domanda. Conti sembrava sul punto di perdere la calma. Serrò i pugni e si protese sulla scrivania verso la classe. Io pensai che era un primo giorno di scuola piuttosto interessante.

«Immagino che lei sappia come e dove è morto, Antonio Gramsci?»

«Nella galera fascista, lo so. Questo non significa che non lo si possa criticare e non si possa dire che fu il primo teorico revisionista del Pci e che è sua molta della responsabilità della situazione attuale.»

Conti lo fissò negli occhi, con ferocia.

«Quanti anni ha, Scarrone?»

Per la prima volta da quando il dialogo era cominciato Salvatore parve preso in contropiede.

«Diciotto.»

«E si trova in una prima liceo. Oggi di regola lei avrebbe dovuto essere in una terza, mi sbaglio?»

A questa domanda – che non era una domanda – non ci

fu risposta. Conti proseguì e pareva aver recuperato un po' della sicurezza perduta nello scontro precedente.

«Mi avevano parlato di lei e mi avevano avvertito che l'avrei trovata qui, Scarrone. Lei ha creato già un sacco di problemi ed è stato bocciato due volte. Se quest'anno ci ricasca ha finito. Lo sa questo, vero?»

Salvatore non rispose. Guardava il professore con espressione che sembrava neutra. Dalla mia posizione di lato, però, potevo vedere i muscoli della sua mascella che si contraevano ritmicamente. In classe nessuno fiatava e l'aria era carica di pericolo.

Enrico

Se qualcuno mi avesse chiesto allora che cosa detestavo, credo che avrei risposto più o meno così: la mediocrità (era una parola che avevo imparato da poco e che mi piaceva molto usare), la prepotenza, il conformismo e il fascismo. Una impostazione, potremmo dire, alquanto generica. Anche se, a pensarci adesso, tutto sommato condivisibile. Se qualcuno mi avesse chiesto cosa mi piaceva avrei detto: suonare la chitarra, leggere – qualsiasi cosa: soprattutto libri ma anche giornali e fumetti di ogni tipo –, ascoltare musica, andare al cinema. E poi, se fossi stato in confidenza con l'interlocutore, avrei aggiunto, con ritrosia o comunque con meno baldanza, che mi piaceva scrivere e che avrei voluto fare quello, nella vita. Non avevo un'idea precisa di *cosa* avrei voluto scrivere – romanzi, racconti, articoli, saggi, sceneggiature, fumetti – ma avevo ben chiaro che mi sarebbe piaciuto guadagnarmi da vivere scrivendo, una frase dopo l'altra.

A casa eravamo in quattro. Mio padre Mario, medico internista e grande sportivo. Era stato campione di tennis e di nuoto, da ragazzo, e continuava ad allenarsi tutti i giorni con una regolarità che mi irritava moltissimo. Mia madre Elisabetta, professoressa di ragioneria negli istituti tecnici. Dicevano che ai tempi del liceo fosse bellissima e che mio padre avesse dovuto vincere la concorrenza di molti altri ragazzi della cosiddetta Bari bene che gravitava attorno al Circolo della vela e al Circolo del tennis. Non avevo mai approfondito il discorso perché mi infastidiva, e mi infastidiva ancora di più cercare di capire le ragioni di quel fastidio. Mio fratello Angelo, due anni più grande di me. Faceva la terza liceo e assomigliava a nostro padre in tutto: era alto e muscoloso, amava lo sport, piaceva alle ragazze, non era interessato alle distinzioni sottili.

Abitavamo in un palazzo degli anni Sessanta in centro, avevamo un appartamento spazioso e per fortuna non dovevo dividere la camera da letto con mio fratello. Nella sua, che era piuttosto ordinata, c'erano manifesti di tennisti e calciatori, racchette, palle di vario genere e dimensione – dal tennis al basket –, libri di scuola, uno stereo, una radio, un piccolo televisore.

La mia, decisamente disordinata, era stipata di libri, fumetti, spartiti, un mangianastri, una radio, la chitarra, una pianola. Sui piani più alti della grande scaffalatura di fronte al mio letto avevo messo i giochi ormai in disuso ma da cui non ero capace di separarmi: una Ferrari telecomandata, il Piccolo chimico, la raccolta dei minerali, il microscopio, il Minicinex, la scatola del Piccolo mago, il Subbuteo, il Lego, il Meccano, due scatoloni ricoperti di carta colorata e pieni di soldatini, animaletti, automobiline, un Big Jim, un paio di pistole. Alle pareti tre manifesti: Bob Marley, Che Guevara e Tex Willer. Sulla scrivania di legno chiaro c'erano una lampada rossa, quaderni, risme di fogli, un prassinoscopio, la mia macchina fotografica Kodak Instamatic e soprattutto la mia macchina da scrivere: una Lettera 22 color verde militare che dopo lunghe discussioni – «Ma perché non vuoi una bicicletta nuova?» – ero riuscito a farmi regalare per i miei quindici anni.

Per un sacco di tempo avevo usato in modo abusivo e clandestino la Lexicon 80 di mia madre. Stava nello studio, quel vecchio arnese; vale a dire nella stanza vietata della casa. Dunque quella in cui andavo a giocare di nascosto quando mio padre e mia madre erano usciti. C'erano tanti oggetti interessanti, lì dentro: la penna stilografica nera, con il pennino d'oro; il coltello a serramanico con l'impugnatura d'osso, riposto in fondo a un cassetto chiuso a chiave; la pistola a tamburo dell'Ottocento appartenuta – si diceva – a uno dei Mille. Ma soprattutto, appunto, c'era la macchina da scrivere, sulla piccola scrivania di tek. Per molto tempo, prima di avere il coraggio di metterci un foglio e provare a battere sui tasti, mi ero limitato a toccarla. Facevo scorrere le dita sulla custodia, la aprivo, accarezzavo la superficie un po' scabra, premevo con cautela un tasto per vedere la lettera sollevarsi e protendersi, come il collo di una giraffa insospettita da un rumore improvviso. Poi cominciai a scrivere, sempre di nascosto, quando a casa non c'era nessuno. Racconti, poesie, una specie di diario, un giornalino (in due copie, con la carta carbone) che pubblicai in cinque o sei numeri e che riuscii anche a vendere a dei compagni di scuola. Diventai molto rapido e preciso, anche se usavo solo i due indici come gli appuntati dei carabinieri di certi film in bianco e nero. Il fatto che avessi già familiarità con lo strumento non incise nemmeno un poco sull'emozione che provai quando tirai fuori dalla custodia la *mia* macchina da scrivere, la poggiai sulla *mia* scrivania, mi ci sedetti davanti e pensai a cosa potevo scrivere, che fosse all'altezza di un momento così importante, che potesse celebrarlo in modo adeguato. Rimasi lì a lungo, senza decidermi, scartando un'idea dopo l'altra, perché mi sembravano tutte modeste e banali. Alla fine decisi che per non correre rischi mi occorreva qualcosa di collaudato e perfetto, che escludesse del tutto la possibilità di sbagliare. Così presi dagli scaffali della libreria una decina di romanzi fra quelli che mi erano piaciuti di più e cominciai a copiarne gli incipit. Riempii un intero foglio della risma di carta *extra strong* che mi era stata regalata assieme alla macchina. Copiavo le parole altrui – senza scriverci accanto di chi fossero e da quale libro venissero – e provavo un senso di autentica onnipotenza. Senza sforzo, a parte pigiare gli indici sui tasti, producevo frasi meravigliose; e scrivendole, facendole materializzare su quel foglio bianco e robusto, creando quei caratteri così nitidi di inchiostro, ascoltando quella percussione sorda e netta e ripetuta mi sentivo un vero autore, mi sentivo il depositario del segreto, mi sembrava che il genio della lampada fosse con me e che non mi avrebbe mai abbandonato.

Era una notte meravigliosa, una di quelle notti che forse esistono soltanto quando si è giovani, mio caro lettore.

A quei tempi era sempre festa. Bastava uscire di casa e traversare la strada, per diventare come matte, e tutto era così bello, specialmente di notte, che tornando stanche morte speravamo ancora che qualcosa succedesse...

E poi c'era il brutto tempo. Arrivava da un giorno all'altro, una volta passato l'autunno.

Durante un giorno triste, cupo, senza suono, verso il finire dell'anno, un giorno in cui le nubi pendevano basse e opprimenti, io avevo attraversato solo, a cavallo, un tratto di regione singolarmente desolato, finché ero venuto a trovarmi, mentre già si addensavano le ombre della sera, in prossimità della malinconica casa degli Usher. Non so come fu, ma al primo sguardo che io diedi all'edificio, un senso intollerabile di abbattimento invase il mio spirito.

Soltanto i giovani hanno momenti del genere. Non dico i più giovani. No. Quando si è molto giovani, a dirla esatta, non vi sono momenti. È privilegio della prima gioventù vivere d'anticipo sul tempo a venire, in un flusso ininterrotto di belle speranze che non conosce soste o attimi di riflessione.

Volevo solo cercare di vivere ciò che spontaneamente veniva da me. Perché fu tanto difficile?

Era il tempo migliore e il tempo peggiore, la stagione della saggezza e la stagione della follia, l'epoca della fede e l'epoca dell'incredulità, il periodo della luce e il periodo delle tenebre, la primavera della speranza e l'inverno della disperazione. Avevamo tutto dinanzi a noi, non avevamo nulla dinanzi a noi; eravamo tutti diretti al cielo, eravamo tutti diretti a quell'altra parte.

Dopo averle scritte le rilessi e il senso di possesso diventò ancora più forte e folle. Adesso erano mie e mi parve un'ingiustizia non poterle presentare al mondo come il precoce prodotto del mio straordinario talento. Se ci fosse stato il modo di dire a tutti che io ne ero l'autore, senza il rischio di essere scoperto, lo avrei fatto senza alcuno scrupolo. Non aveva importanza che qualcun altro le avesse scritte prima di me. Erano passate attraverso le mie dita e attraverso le fibre eccitate della mia fantasia, ed erano mie. Da quel giorno cominciai a collezionare frasi. Se stavo leggendo un libro o un giornale, o ascoltavo una canzone a casa e un passaggio o un verso mi colpivano, li battevo subito a macchina e sotto ci scrivevo la data – la *mia* data –, ma non l'autore. Non furono un calcolo razionale né tantomeno l'intenzione di ingannare qualcuno – i fogli erano per mio esclusivo uso personale, nessuno li ha mai letti e oggi sono perduti – a suggerirmi di procedere in quel modo, ma certo è che scrivendo quelle frasi e abbandonandole su quei fogli come se fossero state l'accurato prodotto della mia ispirazione – e in realtà, in qualche modo, lo erano – mi sembrava di procedere, e di essere già molto avanti in un tirocinio dall'esito inevitabile. Reinventare quelle parole, copiandole, fu per mesi il mio lavoro.

Certe sere, con la stanza nella penombra e il cono di luce azzurrina che veniva dalla lampada della mia scrivania a illuminare la macchina da scrivere e i fogli, mi immaginavo che una ragazza bellissima e sconosciuta mi spiasse nascosta dietro le tende di qualche appartamento che si affacciava sullo stesso grande cortile interno su cui dava la mia camera. Era innamorata di me, quella ragazza, perché sapeva che ero uno scrittore e un giorno ci saremmo incontrati e riconosciuti e io le avrei regalato il mio romanzo e poi saremmo partiti insieme verso orizzonti lontani, pieni di avventure e di promesse. A volte mi addormentavo pensando a tutto questo ed ero percorso, quasi soffocato, da un senso di felicità ubriacante e inevitabile. Soltanto i giovani hanno momenti del genere. Appunto.

***

Poi c'era la chitarra. Avevo imparato gli accordi di base a dodici anni, da una brava professoressa di musica delle scuole medie e poi ero andato avanti per conto mio, con *Il grande libro degli accordi*, comprato con un mese di risparmi. Mi piaceva cantare ed ero intonato – anche se a casa vi erano opinioni contrastanti sul punto, e talvolta mio fratello irrompeva esasperato nella mia stanza urlandomi di smetterla di rompere le palle, che non se ne poteva più di certe lagne e che, se proprio ci tenevo, potevo esibirmi ai funerali o all'agenzia di pompe funebri che era ad appena due isolati da casa.

Credo si riferisse soprattutto alle mie interpretazioni mimetiche di alcune lugubri canzoni d'autore. Allora quelle irruzioni mi sembravano solo un'ennesima conferma dell'ottusità di mio fratello, della sua insensibilità, della sua incapacità di capire la bellezza e la poesia. Oggi ho opinioni meno drastiche e non sono sicuro di come potrei reagire se qualcuno, nella stanza accanto alla mia, nel primo pomeriggio suonasse e cantasse con trasporto pezzi come *Auschwitz*, *La ballata degli impiccati* o *Per i morti di Reggio Emilia*.

***

Il mio rapporto con gli sport era poco chiaro. Senza dubbio non amavo gli allenamenti e tutti i tentativi dei miei genitori – mia madre era l'esecutrice, ma mio padre l'ispiratore – di farmi imparare il tennis, la scherma, il canottaggio fallirono di volta in volta in poche settimane o al massimo in pochi mesi.

Non parliamo del nuoto e di quegli interminabili, insopportabili allenamenti, una vasca dopo l'altra in quel microcosmo di luci troppo forti e di mattonelle azzurre dall'aria vagamente ospedaliera e quell'odore di cloro che si attaccava alla pelle e ci rimaneva nonostante docce, shampoo e sapone.

Però giocavo bene a pallone e a ping-pong. Tutti e due li avevo praticati con regolarità nel mio anno trascorso all'oratorio della chiesa di San Rocco. Forse avrei avuto anche un futuro nella squadra che partecipava al campionato parrocchiale cittadino se la mia frequentazione dell'oratorio non si fosse interrotta di colpo, a causa mia.

Stavamo giocando a pallone nel campetto della parrocchia. A un certo punto un ragazzo di nome Giuseppe, detto Pinuccio *u' gress* – Pinuccio il grosso –, che aveva la mia età ma pesava almeno quindici chili più di me, mi urtò con una spallata in un contrasto di gioco a pochi metri dalla porta e mi fece cadere rovinosamente. Non c'era arbitro, in quelle partite. Io mi rialzai furibondo, dicendogli di tutto – si trattava di apprezzamenti sulla moralità di sua madre e il linguaggio non era proprio da sacrestia – e pretendendo il calcio di rigore.

Gli ero andato molto vicino e quello, che era un bravo ragazzo, piuttosto pacifico ma forte come un piccolo bue, mi mise una mano sulla faccia e mi spinse via, come si fa con una creatura molesta ma innocua. Era chiaro che non mi considerava all'altezza di uno scontro fisico con lui.

Ora va detto che capitava con una certa frequenza di combattere fra noi ragazzini all'uscita da scuola o, appunto, dopo le partite al campetto parrocchiale. Quando si litigava e la lite era seria, andavamo a regolare i conti negli androni spaziosi di certi vecchi palazzi del quartiere Libertà. La frase che tipicamente introduceva questa situazione era: *andiamo in un portone*, laddove la parola *portone* era una sorta di involontaria sineddoche per indicare, appunto, un androne. Questi combattimenti erano eventi di un certo interesse, cui partecipava sempre un pubblico, più o meno numeroso.

La regola era che si potesse lottare – nel senso di afferrarsi, spingersi, cercare di buttare l'altro a terra e poi immobilizzarlo fino a quando non era chiaro chi avesse vinto e chi avesse perso – ma evitando del tutto i pugni, gli schiaffi e i calci. In quel tipo di combattimento, con quelle regole, non avrei avuto nessuna speranza contro Pinuccio *u' gress*: era troppo più alto, più grosso e più pesante di me e non sarei mai riuscito a spingerlo a terra o tantomeno a immobilizzarlo. Quando però mi mise la mano in faccia, in segno di scherno e superiorità, mi sentii invadere da una rabbia incontrollabile; mi parve che una specie di luce bianca mi abbagliasse – da allora so cosa significa essere accecati dall'ira – e senza nemmeno rendermi conto di cosa stavo facendo mi ritrovai a prenderlo a pugni. Ne piazzai almeno tre o quattro prima che qualcuno mi afferrasse da dietro e mi tirasse via mentre quell'altro, che non era stato in grado nemmeno di abbozzare una difesa o una reazione, era rimasto lì sbigottito, come tutti gli altri.

La conseguenza di quei pochi istanti di follia fu la mia espulsione dall'oratorio. Per la precisione: non fui proprio espulso ma solo sospeso per un lunghissimo periodo (forse sei mesi, forse di più) alla fine del quale però non avevo più voglia di tornare in parrocchia.

Mi vergognai parecchio di quel gesto. Qualche settimana dopo andai a cercare Pinuccio e gli chiesi scusa e lui, invece di darmi un bel pugno come avrebbe avuto il diritto di fare, accettò le mie scuse e mi strinse anche la mano.

Ma da quel pomeriggio all'oratorio qualcosa era cambiato e nulla sarebbe tornato come prima. Quei pugni in faccia mi avevano fatto intuire una parte di me – una creatura sconosciuta in agguato nella penombra – cui non mi piaceva pensare.

Tre

Il tuo bed and breakfast è un posto carino e ci sei arrivato a piedi dalla stazione in meno di dieci minuti. *Carino* è una parola che avevi promesso di non usare più, ma questo è successo tanto tempo fa e nel frattempo hai fatto tante altre promesse non mantenute. Diciamo che sei uno specialista in promesse non mantenute; agli altri ma soprattutto a te stesso. Questa violazione tutto sommato è veniale, ammesso poi che sia una violazione. Perché, a dire il vero, *carino* è proprio l'aggettivo adatto per questo posto. Appena un po' casa di bambole, con mobili riciclati e verniciati in colori pastello, tende di tessuti grezzi e accoglienti, una cucina dove ti vien voglia di stare e un letto che sembra quello di certe nitide case di campagna. Niente televisori in giro e un profumo lieve che forse è di ginepro ma comunque è molto piacevole e dà di macchia mediterranea. La signora che ti ha risposto al telefono e che ti accoglie, in effetti non è né barese né italiana. È belga di Anversa, graziosa e molto nordica, e ti informa che è venuta a vivere a Bari per amore.

Le sorridi senza troppa espressione e lei precisa che è stato per amore della Puglia, che secondo lei è bellissima e fortunatamente non affollata – *le piacerà*, ti dice, classificandoti come turista o in ogni caso come forestiero –, e poi del suo compagno che, a quanto pare, è anche lui alquanto bello e fortunatamente non affollato.

Prendi possesso della tua camera che è sui toni dell'azzurro e del celeste e si chiama *Spiagge salentine*. Ogni stanza ha un nome dipinto sopra la porta d'ingresso, con grafia un po' leziosa da scuola elementare. Vicino alla tua ci sono *Castel del Monte*, *Alta Murgia* e *Scogliere di Polignano*.

È una sensazione bizzarra, arrivare nella tua città – insomma: quella che un tempo *era* la tua città – e ritrovarti nel ruolo del turista. Non solo per il fatto di stare in un albergo, o qualcosa di simile, ma perché ti vengono presentate come entità esotiche e ricche di fascino cose che per te sono sempre state normali, parte di uno scenario personale allargato ma consueto. Bizzarro, ti dici ad alta voce mentre ti sbarazzi degli abiti per andarti a ficcare sotto la doccia.

Poco dopo, ancora con l'accappatoio addosso, ti affacci alla finestra della tua camera. Dà su un inatteso giardino interno, di quelli, ormai rari, del borgo murattiano storico. Il giardino – che evidentemente dà il nome al bed and breakfast – è ben tenuto, ci sono una grande magnolia, due alberi di arance, due di limoni, due palme e un nespolo oltre a piante più piccole che non sai identificare. Il silenzio è abnorme – sei in pieno centro e la regola dovrebbe essere un molesto rumore di fondo – e per qualche istante sperimenti quel senso di totale straniamento che capita a volte viaggiando per luoghi lontani e sconosciuti.

Mezz'ora dopo sei per strada, ti ricordi di non aver toccato cibo dalla colazione e dalla lettura di quel giornale e decidi che hai fame. Così arrivi su corso Vittorio Emanuele pieno di macchine in fila e di gente sui marciapiedi, scegli un ristorante a caso e vai a cenare prendendo un tavolo all'aperto, sul versante chiuso al traffico della città vecchia, a pochi metri dalle grandi aiuole con le palme. Dopo un poco la sensazione di essere in una città visitata per la prima volta si fa più forte. Non sai dire per quale motivo. Forse è il prolungamento, o la dilatazione, dell'effetto del Giardino Segreto; forse sono quelle strade così affollate anche adesso, di sera, dopo la chiusura dei negozi, quando il tuo ricordo era del tutto diverso; forse, diciamocelo, è anche l'effetto di una bottiglia di primitivo da quattordici gradi bevuto sugli spaghetti all'assassina; cioè spaghetti all'arrabbiata molto piccanti, fatti saltare in padella fino a quando non diventano bruciacchiati e croccanti e squisiti. Come si fa a non svuotare una bottiglia di buon rosso su questa roba?

Sta di fatto che quando esci dal ristorante, come si dice, ti gira piacevolmente la testa. Non hai un contatto saldo con la realtà circostante in generale, e con il marciapiede su cui cammini in particolare. Le facce delle persone che ti passano accanto tendono a confondersi le une con le altre; lo stesso accade con tutti i profumi e i deodoranti e gli umori provenienti da questo alveare di ragazze e ragazzi, alcuni dei quali, ti sembra, sono davvero molto giovani. Alcune delle ragazze sono poi davvero molto belle e altrettanto poco vestite. Dopo averne osservate con troppa attenzione quattro o cinque ti rendi conto di essere su un crinale scivoloso, quello che porta in breve alla classificazione di vecchio porco semiubriaco. Dunque decidi che forse è meglio andare a dormire anche se magari prima potresti bere ancora qualcosa, giusto per concludere la serata. Così entri in un bar tutto plastica, acciaio e musica *house*, ti appoggi al bancone e ordini un bel whisky col ghiaccio.

Il whisky col ghiaccio è buono e pericoloso, perché si beve con troppa facilità e infatti dopo un paio di minuti lo hai già finito e ne ordini un altro. Ancora cinque minuti e la situazione si ripresenta uguale e va detto che in questo bar non sono avari con le quantità. In pratica, dopo una bottiglia di primitivo, ti sei bevuto due tumbler di un ottimo bourbon. Vorresti prenderne ancora uno. Sei combattuto perché sai che non è una buona idea ma contemporaneamente ne avresti proprio una gran voglia. Non c'è nulla come l'alcol per sciogliere l'angoscia. Qualcuno deve aver parlato della solubilità del tragico nelle acque ma per quanto ti riguarda, per la tua esperienza, sei piuttosto incline a pensare alla solubilità del tragico nel vino o in quasi ogni altra bevanda alcolica, escluso forse il centerbe.

Te ne stai lì nella penombra rumorosa a masticare un cubetto di ghiaccio e a cercare di decidere il da farsi, quando arriva un gruppo di ragazzi e ragazze. Una di loro si colloca molto vicino, quasi a contatto con te. Non è particolarmente bella ma ha una maglietta bianca scollatissima e attillata su un seno di dimensioni inusuali. Stai pensando come potrebbe essere toccarlo, quel seno gigante. Sei un po' fuori esercizio, in effetti, soprattutto con ragazze di quell'età. Come capita agli ubriachi non ti accorgi molto di quello che ti succede attorno. Non ti accorgi che qualcuno si è accorto che stai fissando con un'attenzione eccessiva e non troppo educata la scollatura della ragazza. O meglio: te ne accorgi, ma solo quando questo qualcuno – un giovanotto con l'attaccatura dei capelli insolitamente bassa, forse il fidanzato – ti chiede cosa cazzo hai da guardare.

Tu lo squadri con la calma che solo una bella bevuta può regalare. Pensi, quasi al rallentatore, che potresti dirgli, con totale onestà, che stavi osservando le spropositate tette della sua fidanzata e anzi stavi anche immaginando come sarebbe toccarle. Poi, subito dopo, potresti prendere la bottiglia di birra che è sul banco, piuttosto vicina alla tua mano, e dargliela in testa o in faccia.

Sei davvero molto calmo. Lui non sa quali sono le possibilità in ballo e continua a fissarti con quegli occhi così meravigliosamente immuni dal pensiero.

Poi quasi gli sorridi, scrolli le spalle, ti giri e te ne vai a dormire. Lui ti dice qualcosa di non *carino* mentre stai andando via, ma in tutta franchezza la questione non ti interessa. Ufficialmente sei ubriaco. E ufficiosamente devi essergli grato per averti dato la possibilità di fermarti al momento giusto.

Quattro

Quando apri gli occhi la luce del giorno filtra dalle fessure della tapparella. È una sensazione piacevole svegliarsi quando fuori è giorno. Non ti capita spesso, di solito quando ti svegli fuori è ancora buio, spesso è proprio notte. Com'era quella frase di Fitzgerald? *Nella vera notte buia dell'anima sono sempre le tre del mattino.* Ecco, di regola tu ti svegli non tanto più tardi di quell'ora, e poi rimani a letto a pensare, o qualcosa di simile. Diciamo che non è il momento migliore della giornata.

Fitzgerald. Ecco, lui è uno che in gran parte ha sprecato il suo talento. Ha scritto qualche capolavoro – e alcuni dei titoli più belli della storia della letteratura – ma anche un sacco di robaccia. Il problema erano i soldi, il tenore di vita, le pretese della signora Zelda. Anche se poi, in un certo senso, senza quella vita costosa la sua scrittura non sarebbe esistita. E dunque forse, alla fine dei conti, aveva senso scrivere della robaccia, e alla fine quello era un modo per non sprecare il suo talento. Ti sembra che in questa riflessione sia nascosta qualche verità da afferrare, qualcosa che ti riguarda da vicino. Ma la mattina, quando sei ancora a letto in bilico fra il sonno e la veglia, le idee sono quasi sempre inafferrabili. Comunque sia, oggi ti svegli quando fuori è giorno e questa è una buona notizia. Un'altra buona notizia è che, nonostante tutto quello che hai bevuto ieri notte, non hai nemmeno un po' di mal di testa.

La signora di Anversa la sera prima ti ha spiegato che gli ospiti del Giardino Segreto possono usare la cucina e prepararsi la colazione. In frigo ci sono latte, latte di soia, latte di riso, succhi di frutta, burro e formaggi. Sul tavolo, ogni mattina, c'è un dolce da colazione appositamente preparato dalla signora che va anche a fare le pulizie. Ovviamente ci sono caffè, caffè d'orzo, tè e anche tisane varie. Così vai in cucina, metti su una caffettiera, ti tagli una fetta dal ciambellone con lo zucchero a velo che sta su un'alzatina, nel mezzo del tavolo di legno chiaro. Diamine, pensi. *Diamine* dovrebbe essere una parola vietatissima, quasi più di *carino*. Ma chissenefrega. Qui sembra di stare in vacanza, *diamine*. In effetti, a pensarci bene, *è* vacanza. Quando il profumo di caffè si diffonde per la cucina il tuo umore migliora ancora, se possibile. Fuori c'è il sole; dentro, la casa è silenziosa, gli altri ospiti – se ci sono, perché ieri sera non hai incontrato nessuno – devono essere usciti. Ti versi una tazza di caffè e pensi che in un posto così ci potresti proprio abitare, per un po' di tempo. In fondo è come una casa, ma senza le preoccupazioni e le incombenze di una casa. Hai sempre pensato che potresti abitare addirittura in un albergo. Quell'idea così leggera di poter tenere tutto in un armadio, pronto in qualsiasi momento a mettere tutto in uno zaino per andare via, altrove.

È a questo punto che ti accorgi di un pacchetto di sigarette abbandonato su un ripiano. Dai un'occhiata in corridoio, provi a dire: «C'è qualcuno?» e nessuno risponde. Allora, furtivamente, raggiungi il pacchetto, tiri fuori una sigaretta, usi il fornello per accenderla e vai fuori a fumartela. Il contatto dei piedi scalzi sul pavimento fresco e un po' ruvido del balcone ti dà una scossa di piacere. A piedi scalzi, fuori, di regola si sta al mare, in vacanza. Ti fumi la sigaretta guardando la gente che passa per strada; poi la spegni con cura nella terra di un vaso da fiori, la recuperi, la avvolgi in un tovagliolo di carta – nascondi le prove, in sostanza –, la butti nella spazzatura e vai a farti una doccia.

È quando sei pronto per uscire che il buonumore del risveglio, della colazione, della sigaretta rubata e tutto il resto comincia a diradarsi. Cede il posto all'ansia. Adesso dove vai? Hai una meta? Hai un obiettivo, qualcuno da incontrare? Perché sei venuto qua? Conosci qualcuno, in questa città? Il vortice che si sta creando con queste domande è capace di risucchiare tutto e bisogna bloccarlo al più presto, aggrapparsi a un pensiero o a una cosa da fare.

Tuo fratello, ecco. Devi chiamare tuo fratello, è la cosa più naturale da fare. Fra l'altro potresti incontrarlo per strada, per caso, e sarebbe seccante, spiacevole. Dovresti spiegare come mai sei a Bari e nemmeno gli hai fatto una telefonata. Sei sempre stato molto a disagio con il dover dare spiegazioni. Quando sei già per strada cerchi il numero di tuo fratello nella rubrica del cellulare e senza pensarci più schiacci il pulsante di chiamata. In attesa che cominci a squillare – un tempo stranamente dilatato – cammini e pensi. Ti chiedi quanti anni avranno le gemelle, le tue nipoti. Che cosa bizzarra, ho due nipoti. Forse hanno diciannove anni? Dunque saranno all'università? Perché non prende la linea? Forse Angelo ha cambiato numero? Angelo. Che strano suono fa il nome di tuo fratello. Chissà quando lo hai chiamato per nome l'ultima volta. E se riattaccassi? In fondo perché mai dovremmo incontrarci per caso? Io sono in centro, lui abita e lavora in periferia. Fra massimo un paio di giorni io me ne riparto, chissenefrega della prenotazione e buonanotte. Ma intanto il telefono sta squillando e non si può tornare indietro. Anche se riattacchi lui troverà la chiamata e ti richiamerà. Dunque resti in linea e aspetti.

«Pronto?» il tono è di stupore, misto a una nota sconosciuta di cordialità. Forse qualcosa di più.

«Ciao.»

«Ciao...»

«Sono a Bari.»

«A Bari? Veramente? E quando sei arrivato?»

«Ieri. Ho alcune cose di lavoro da sbrigare...» menti impacciato, prima che tuo fratello ti faccia domande sul perché sei in città. Non la sai nemmeno tu, la ragione di questo viaggio.

«Quanto ti trattieni?»
«Non lo so, forse un paio di giorni.»
«Che fai stasera?»
«Come, scusa?»
«Hai impegni, stasera?»
«No, no. Niente impegni.»
«Allora vieni a cena a casa. Non l'hai mai vista la casa nuova, sono anni che noi due non ci vediamo e ancora di più che non vedi Patrizia e le ragazze. Vabbe', loro non le riconoscerai. Lo sai che sono all'università?»
Tuo fratello è davvero *contento* di sentirti. Non eri preparato a questo e la cosa ti produce una sensazione composita e inattesa. Diciamo: un misto fra stupore, imbarazzo e qualcosa che assomiglia alla commozione.
«Cosa studiano?»
«Paola studia medicina e Vittoria giurisprudenza. Allora vieni?»
Dici di sì. Angelo ti dà l'indirizzo e poi, non fidandosi della tua memoria – ha ragione –, dice che ti manderà un sms. Ci vediamo stasera alle nove, allora. Alle nove, allora. Clic. Si fa per dire: *clic*. I cellulari non fanno clic ma funziona lo stesso. Clic si può usare, ti dici.

La telefonata con tuo fratello ti ha confuso ulteriormente. Pensieri nebulosi ti passano per la testa, rapidi, senza lasciarsi afferrare e anche senza lasciarsi osservare. In pratica non sai cosa stai pensando anche se in qualche momento quello che stai pensando ti sembra importante. Solo che ti sfugge subito dopo essere apparso. Per esempio, c'è qualcosa che riguarda la faccenda di Fitzgerald, di questa mattina. Ma appunto è *una cosa*, ha i contorni indistinti; ha a che fare con te e sembra anche importante, ma di afferrarla non se ne parla proprio. Riprendi consapevolezza della tua collocazione spazio-temporale quando è l'una passata e tu sei praticamente fuori città. Hai superato l'architettura fascista e i lampioni di ghisa del lungomare e sei arrivato al parco di Punta Perotti, popolato da ragazzi che giocano con gli aquiloni, coppie sedute sulle panchine, gente che fa sport. Fra gli sportivi ci sono tre signori sopra la sessantina in mutandoni e canottiere, che trottano e ogni tanto partono per degli scatti un po' ridicoli. Il ridicolo andrebbe sempre evitato, nei limiti del possibile, pensi mentre ti rendi conto che il sole della prima mattina è scomparso. Il vento si è alzato, il cielo si è coperto di nuvole e a giudicare dal loro colore non ci vorrà molto perché si metta a piovere. Così riprendi la marcia verso il centro e sulla strada compri una fetta di focaccia e una birra. Il cielo diventa sempre più minaccioso ma tu hai fame e non ti sembra elegantissimo – e nemmeno comodo – mangiare focaccia, bere birra e camminare per le vie della città. Così ti siedi su una panchina dei giardini davanti al cinema Santa Lucia e pranzi, mentre sul mare, dalle parti dell'Albania, si cominciano a vedere i lampi, i tuoni rimbombano sempre più vicini e nell'aria si diffonde l'odore elettrico della pioggia imminente. Mentre mangi ti si avvicina una barbona. È accompagnata da un odore di abiti indossati senza interruzione per mesi, di urina, di vino da quattro soldi. Per intuire la sua consuetudine con il vino non ci sarebbe nemmeno

bisogno dell'olfatto, perché da una tasca dell'impermeabile sudicio e troppo grande che le cade addosso fino ai polpacci, spunta un cartone di vino di quelli da novantanove centesimi al litro.
«Vuoi dare moneta spicciola prego?»
Tu scuoti la testa, accennando appena un movimento con le mani. Vuol dire che purtroppo non hai nulla da darle. È una bugia perché hai la tasca piena di spiccioli, il resto che ti hanno dato al panificio quando hai comprato la focaccia.
Lei non dice niente ma si siede sulla stessa panchina, all'estremità opposta. L'odore si fa più intenso a quella distanza. Non esattamente gradevole.
«Fate tutti uguale» e così dicendo imita il gesto che hai appena fatto. «Perché non tiene coraggio di dire: vai via brutta merdosa ho moneta spicciola ma non vuole dare a te? Brutta merdosa.»
Lo dice senza arrabbiarsi, come se stesse facendo una speculazione sull'indole umana. Che poi, a pensarci bene, è proprio quello che sta facendo.
«È buona tua focaccia?»
Dopo una breve esitazione le tendi il pezzo di focaccia rimasto. Lei lo prende con naturalezza e ne stacca un paio di morsi. Chissà perché tu non ti alzi, nonostante l'odore stia diventando difficile da sopportare.
«Io era persona normale, ha finito così perché vita è di merda. Io viene di Romania per migliore vita e finisce così. Era dottore e così tutti può finire come me. Tu non pensa che può succedere così.»

«Eri dottore?»

«Era dottore, sì, a mio paese. Ora barbona qui a tuo paese.»

Finisce di mangiare la focaccia, tira fuori il cartone di vino dalla tasca e ne beve a lungo, come un atleta disidratato che svuoti una bottiglia d'acqua dopo una gara. Poi te lo offre.

«No grazie, ho la birra» rispondi mostrando la bottiglia e poi bevendo un sorso per rinforzare il concetto. I tuoni si fanno ancora più vicini, di sicuro fra qualche minuto si metterà a piovere.

«Vuoi dare moneta spicciola prego?»

Metti la mano in tasca, ne tiri fuori tutti gli spiccioli e glieli dai. Lei li prende, non controlla quanti sono, li fa sparire fra le pieghe di quei vestiti sudici.

«Hai sigarette?»

Scuoti la testa. Non ce le hai le sigarette anche se davvero ne vorresti una, adesso. Lei tira fuori un sacchettino di stoffa e una busta di cartine. Nel sacchettino c'è del tabacco. Con un'agilità insospettabile per quelle dita deformate dall'artrite prepara una sigaretta.

«Vuoi una?»

«No, grazie, non fumo.»

«Bravo. Se fuma muore presto. Io muore presto anche senza fuma.»

Ti sorride come se avesse detto una bella battuta. Non ha molti denti. Perché rimani su questa panchina, ti chiedi. Non ce l'hai una risposta. Lei si accende la sigaretta con un fiammifero da cucina e aspira con forza, socchiudendo gli

occhi per il piacere. Poi si toglie un filo di tabacco dalla bocca e lo ripone con cura nel sacchetto.
«Vedi tabacco?»
«Sì.»
«Io non compra tabacco. Per terra tante cicche. Io raccoglie e svuota e poi fuma.» Sorride di nuovo.
«Come ti chiami?» le chiedi.
«Ora non mi chiama. Nessuno mi chiama.»
«Qual è il tuo nome?»
«Apolinaria era mio nome. Ora sono barbona merdosa.»
Vorresti chiederle altro – era veramente un medico? com'è finita così, lurida, ubriaca e coperta di stracci in un giardino pubblico di una città lontana? – ma comincia a piovere, con grasse, lente gocce, quasi tropicali. Cerchi il portafogli, tiri fuori una banconota da venti euro e gliela dai. Lei la prende e, come prima, se la mette in tasca, senza guardarla e senza ringraziare.
«Dove vai a ripararti?»
Lei ti fissa a lungo. Poi si alza e va via, senza dire niente.

Enrico

Il ginnasio era stato un periodo tranquillo, dal mio punto di vista. Avevo studiato pochissimo, ero quasi sempre altrove anche se stavo in classe, ma i professori non avevano da ridire. Erano anni di disciplina elastica. Ero incuriosito dalla politica, ma i discorsi che sentivo ripetere nelle assemblee o che leggevo nei ciclostilati diffusi davanti a scuola mi parevano un cumulo di sciocchezze. Dunque più o meno me ne stavo per i fatti miei, abbastanza solitario. Ai tempi delle medie avevo tre amici con i quali ci vedevamo quasi ogni pomeriggio. Stavamo molto per strada ed eravamo né più né meno che piccoli teppisti, anche se noi ci sentivamo giovani Robin Hood. Tanto per dire: uno dei nostri passatempi preferiti era buttare petardi, bengala o fialette puzzolenti nei lussuosi negozi del centro per poi scappare via velocissimi e ubriachi di adrenalina. Avevamo una elementare consapevolezza ideologica: colpivamo soltanto negozi per ricchi e questo ci sembrava giustificasse eticamente le nostre azioni. Che spesso producevano danni, anche seri. Una volta, per esempio, un bengala lanciato con troppa energia in un negozio di cachemire invece di finire a terra dove era destinato andò a planare su una pila di maglioni. Dalle urla inumane che si levarono alle nostre spalle mentre scappavamo capimmo che quella volta avevamo esagerato e da quel pomeriggio il bengala fu bandito dal nostro equipaggiamento di guerriglieri urbani.

Alla fine della scuola media i miei amici si iscrissero al liceo scientifico e, come capita a quell'età, ci perdemmo di vista. Io mi ritrovai da solo al ginnasio e in quei due anni non legai con nessuno. O almeno con nessun compagno maschio: se infatti all'inizio della prima liceo avessi dovuto indicare il mio migliore amico, avrei fatto il nome di una ragazza: Stefania Berberian.

Stefania non aveva fatto amicizia con le ragazze della classe, io non avevo fatto amicizia con i ragazzi e fu abbastanza naturale che andassimo uno incontro all'altra. Tornavamo insieme da scuola, spesso ci vedevamo il pomeriggio, a casa mia o più spesso a casa sua, e insieme andavamo al cineforum della scuola. Tutti e due eravamo appassionati di cinema e fu con lei che vidi film come *Alice's Restaurant, Fragole e sangue, Jules e Jim, Il laureato, La dolce vita*.

***

La sezione E e la sezione C erano considerate, a torto o a ragione, le due migliori del liceo ginnasio Orazio Flacco. Nell'una e nell'altra c'erano bravi professori, qualche imbecille e un paio di personaggi leggendari nella storia della scuola, e non solo della scuola. Il più famoso era Roberto Segantini, da alcuni decenni – e con una interruzione di cinque anni trascorsi in Parlamento fra i banchi del Partito socialista – titolare della cattedra di storia e filosofia nella sezione E. Segantini era notoriamente bizzarro e geniale e si diceva che le sue lezioni fossero un'esperienza straordinaria. Gli restavano tre anni, prima della pensione, e dunque io lo avrei avuto come professore di storia e filosofia per tutto il liceo, fino alla maturità.

In teoria. In pratica fece appena in tempo a spiegarci perché si studia la filosofia, a parlarci dei presocratici e a fumare qualche decina di sigarette durante le lezioni. Poi si ammalò e dovette assentarsi. Per qualche giorno lo sostituirono a turno altri professori della scuola, nelle cosiddette ore di buco. Poi fu chiaro che l'assenza non sarebbe stata breve e che il problema non era risolvibile con supplenze estemporanee.

Era una bellissima giornata dei primi di novembre. I raggi del sole attraversavano le grate di una delle due finestre e si andavano a depositare, liquidi, davanti alla cattedra. O magari quel giorno non c'era il sole e quei raggi li ho visti un'altra volta, e come capita, sto mettendo insieme ricordi diversi; o sto lavorando di fantasia. Dicono che la memoria non sia materiale registrato come una pellicola e depositato per sempre da qualche parte del cervello. Dicono che sia qualcosa di molto più complicato, molto più sfuggente; molto più simile a dipingere un quadro che a proiettare un film. Non lo so. So solo che nella mia prima immagine di quella mattina ci sono i raggi del sole, animati dal pulviscolo, e strisce di luce gialla disegnate sul pavimento davanti alla cattedra vuota.

Era finita la prima ora, o forse la seconda, e noi facevamo casino, come sempre nel passaggio fra una lezione e l'altra.

All'inizio in pochi si accorsero di quella ragazza che entrava in classe e si guardava attorno con un'aria che era a un tempo intimidita e divertita.

«Di che classe è quella?» mi chiese Pontrandolfi.

«Mi sa che è la supplente di filosofia.»

«Cazzodici? È una di qualche terza...» la voce però gli si spense in gola. La ragazza girò attorno alla cattedra, poggiò la sua borsa e – ce ne accorgemmo solo in quel momento – anche un registro. Il silenzio si depositò sulla classe come una polvere leggera e persistente. La reazione che si riserva ai fenomeni davvero inusuali. Quando succede una cosa e ti accorgi che sta succedendo e non hai bisogno che ti venga detto dopo.

«Mi chiamo Celeste Belforte, sono la vostra supplente di storia e filosofia, sostituisco il professor Segantini che, come avrete saputo, non sta bene. Siccome staremo insieme qualche mese, direi che possiamo cominciare a conoscerci.»

Stava aprendo il registro per leggere i nostri nomi quando do subentrò Capriati. Un attimo prima aveva sussurrato che ci avrebbe fatto fare *un casino di risate*. Capriati era figlio di un barone universitario, in tutti e due gli anni del ginnasio era sfuggito a una meritata bocciatura grazie – si diceva – alle amicizie del padre. Era un cretino soddisfatto e un provocatore; ed era anche un po' cattivo. Gli piaceva prendersela con i più deboli e mettere in imbarazzo il prossimo, ogni volta che poteva. Quella supplente così carina, giovanissima e apparentemente indifesa dovette sembrargli la preda perfetta.

«Scusi, professoressa, posso fare una domanda?» disse con la sua voce sgradevole e carica di accento.

«Tu come ti chiami?» chiese la Belforte, e adesso non saprei dire come, ma nel suo tono c'era qualcosa che prese in contropiede Capriati e spense il suo sorriso ebete.

«Capriati.»

«Hai anche un nome di battesimo, Capriati?»

«Capriati Nicola.»

«Bene, Capriati Nicola, siccome non credo che sia una cosa urgente, direi che puoi lasciarmi fare l'appello. Dopo ascolterò la tua domanda.»

Mi ci volle qualche secondo per rendermi conto che stavo sorridendo da solo. E credo di essermi innamorato di lei sin da quei primi minuti e anzi in un momento preciso, per un gesto preciso. La professoressa aveva un ciuffo di capelli castani che le scendeva grazioso fin sotto il sopracciglio sinistro. Soffiò l'aria da un angolo della bocca per spostare i capelli dall'occhio, mi spezzò il cuore e poi cominciò a leggere i nostri nomi.

Ancora oggi mi ricordo a memoria l'appello di quella classe, scandito con il ritmo ternario di una formazione calcistica. Berberian, Buono, Capriati. Cassano, Cornetta, De

Filippis. De Tullio, Diana, Filipponio. Girardi, Guastamacchia, Longo. Losacco, Mastronardi, Micunco. Mirenghi, Nicastro, Pontrandolfi. Pasculli, Raimondi, Scarrone. Silvestrini, Torelli, Vallesi.

Quando finì di leggere chiuse il registro e ripeté l'appello a memoria, senza dimenticarsi nemmeno un nome.

«Come ha fatto?» chiese Salvatore Scarrone, che non parlava mai.

Celeste Belforte sorrise, e c'era una combinazione adorabile e struggente di ironia adulta e di infantile compiacimento in quel sorriso.

«Come ho fatto, cosa?»

«Come ha fatto a imparare a memoria tutti i nomi in due minuti? O forse li aveva già imparati prima?»

«Non li avevo imparati prima. Vi ho mostrato questo piccolo gioco con la memoria per introdurre l'argomento della lezione. Il professor Segantini – che è stato anche mio professore, qualche anno fa – mi ha detto che siete arrivati ai presocratici. Il prossimo argomento sono i sofisti. Ho imparato i vostri nomi usando una tecnica che per la prima volta fu messa a punto dai sofisti e della quale vi parlerò.»

Non mi era mai accaduto di ascoltare un'intera lezione, dall'inizio alla fine e in un silenzio così prolungato e palpabile. Ancora oggi potrei ripetere, quasi parola per parola, quello che ci disse la professoressa-ragazza. Prima di tutto ci spiegò la tecnica dei *loci* per memorizzare lunghi elenchi di parole, nomi, concetti. I sofisti – e in seguito gli oratori romani, Cicerone incluso – la usavano per tenere a memoria

i discorsi ma poteva servire per qualsiasi cosa, come ci aveva appena dimostrato.
«I sofisti sono i fondatori della retorica. Questa è una parola con una cattiva reputazione, oggi. La si associa all'idea di fare discorsi vuoti, ingannevoli e pomposi. Quando oggi si pensa alla retorica si evoca un'idea di menzogna e doppiezza ma, nella corretta accezione del termine, la retorica è la tecnica di concepire discorsi persuasivi e di perseguire la verità con il mezzo dell'argomentazione. L'insegnamento della retorica, che i sofisti furono i primi a praticare nell'Atene di Pericle, includeva l'insegnamento delle tecniche per imparare a memoria i discorsi e dunque pronunciarli con più efficacia.»

Si alzò, con un movimento elastico girò attorno alla cattedra e poi riprese a parlare tenendo con la sinistra una matita di quelle con la gomma per cancellare. Di tanto in tanto la batteva leggermente sul palmo della destra, come per enfatizzare una parola o dare ritmo a un concetto.

«La tecnica più antica e più famosa per memorizzare lunghi elenchi – siano nomi, concetti, o parti di un discorso complesso – è quella cosiddetta dei *loci*. L'idea è di utilizzare un ambiente o un percorso familiare come supporto della memoria. A ogni punto o tappa del percorso si associa – visualizzandolo – un concetto, un nome o una parte del discorso da memorizzare, e questa tecnica, una volta padroneggiata, consente di imparare lunghi elenchi molto rapidamente, come ho fatto io con il registro di classe.»

Fece una pausa e di nuovo soffiò via i capelli dall'occhio.

Pensai che se mi avesse chiesto di buttarmi dalla finestra lo avrei fatto senza esitazione. Il vantaggio di questi pensieri è che non vengono mai sottoposti alla prova dei fatti.

«Il padre della sofistica – anche questa una parola che nei secoli si è caricata di significati negativi – fu Protagora, cui si deve la celebre massima: *l'uomo è misura di tutte le cose*. Secondo voi cosa significa?»

Nessuno rispose, anche se si percepiva che in molti, me compreso, avrebbero voluto provarci. Eravamo incuriositi, stupiti, disorientati.

«L'idea è che la cosiddetta realtà oggettiva appare diversa a seconda dei singoli individui che la percepiscono, la interpretano e poi la raccontano. Se all'uscita da scuola qualcuno vi intervistasse e vi chiedesse cosa è successo in questa lezione, ognuno darebbe una versione diversa. Non del tutto diversa, è ovvio, ma ognuno di voi racconterebbe dei particolari e ne ometterebbe altri; qualcuno sarebbe in grado di ripetere quello che ho detto, qualcuno invece no; qualcuno esprimerebbe un'opinione favorevole, qualcuno contraria. Ogni racconto sarebbe *vero*, senza però contenere tutta la verità di quello che è accaduto. È chiaro questo concetto?»

Molte teste si mossero e qualcuno disse sì, mentre io rimasi immobile, con il mento appoggiato ai palmi delle mani, i gomiti sul banco. Non perché non fossi d'accordo, ma ero così concentrato – non mi succedeva quasi mai, a scuola – da non voler disperdere nemmeno un briciolo di quella condizione con un movimento o con la voce.

«Protagora era interessato ai discorsi contrastanti e sosteneva la necessità di imparare a difendere una tesi e il suo esatto contrario. È un'idea modernissima, che nel corso dei secoli è stata parecchio travisata. Il principio è che non esista un singolo depositario della verità, che in ogni punto di vista ci sia una parte di ragione, che sia necessario imparare a cogliere la parte di verità che c'è in qualsiasi discorso.» Parlava scegliendo senza sforzo apparente le parole giuste e la sua voce era increspata da una sfumatura roca, quasi maschile. Chissà se sa cantare, mi chiesi socchiudendo gli occhi, come facevo sempre quando volevo ascoltare meglio la musica.

«La verità non è qualcosa che si intuisce e si mantiene per sempre, è il risultato della discussione. In ogni punto di vista ci sono elementi condivisibili ed elementi da rifiutare. Se pensiamo che una tesi – la nostra – contenga tutto il bene e le altre tutto il male, ci precludiamo la possibilità di progredire. Il grande merito dei sofisti – offuscato in secoli di storia della filosofia in cui sono stati diffamati e svalutati – sta nel riconoscimento del potere del linguaggio, della sua capacità di produrre la conoscenza. Senza linguaggio non esiste conoscenza. Le idee esistono solo se abbiamo le parole per nominarle e descriverle.»

Mi guardai attorno e mi accorsi che anche Salvatore, di solito intento a fare altro – qualsiasi cosa: disegnare sul banco, dormire, leggere, scrivere –, seguiva la lezione. Quasi ipnotizzato, come noi tutti. Celeste – fu in quel momento, credo, che cominciai a chiamarla così, semplicemente per nome – prese un libro dalla borsa e cominciò a camminare fra i banchi. Si fermò proprio vicino a me e io sentii l'odore della sua giacca di pelle misto a una punta di patchouli. Aprì il libro e cominciò a leggere ad alta voce mentre io aspiravo quel profumo con tutta la forza, come per immagazzinarlo dentro di me e non dimenticarlo mai più.

«Questa è la frase con cui, secondo Diogene Laerzio, cominciava l'opera di Protagora *Sugli dèi*: "Intorno agli dèi non ho alcuna possibilità di sapere né che sono né che non sono. Molti sono gli ostacoli che impediscono di sapere, sia l'oscurità dell'argomento sia la brevità della vita umana". Anche questa, come potete vedere, è un'affermazione modernissima: il riconoscimento dei limiti della conoscenza rispetto a temi – come l'esistenza e la natura della divinità – che sfuggono alla verifica dei sensi e del discorso razionale.»

Si interruppe in modo brusco controllando l'orologio. Era ormai passata quasi tutta l'ora e non me n'ero accorto. Nessuno se n'era accorto.

«Fra qualche minuto suona la campanella. Continuiamo la prossima volta.»

Il brusio, domato per almeno cinquanta minuti, stava riemergendo quando lei aggiunse, come se le fosse venuto in mente solo in quel momento, ma io lo so che non era così:

«Adesso, Capriati. Cosa volevi chiedermi?»

Capriati si scosse, preso alla sprovvista, e poi balbettò che grazie, non importava, non era nulla di importante.

Enrico

A quei tempi capitava ancora di giocare a pallone per strada. Qualche giorno dopo l'arrivo di Celeste cominciò a fare freddo. Come ogni anno il riscaldamento non funzionava e come ogni anno scioperammo per i termosifoni. Per sfruttare la mattinata libera, con alcuni della mia classe e altri di una quinta ginnasio decidemmo di fare una colletta, comprare un pallone e andare a giocare nel grande spiazzo davanti alla scuola.

Avevamo appena cominciato a giocare, la mia squadra perdeva perché nell'altra c'era un ragazzino che sembrava Pelé, quando arrivarono due motorini con a bordo quattro tizi, tutti con gli occhiali scuri. Salirono sul marciapiede, attraversarono lo spiazzo sgommando e procedendo pericolosamente a zig zag e alla fine si fermarono in mezzo al nostro campo di gioco. I due passeggeri scesero dai motorini mentre i guidatori rimasero seduti, continuando a dare gas e a fare un sacco di fumo.

Era una brutta scena. Uno di quelli scesi dai motorini afferrò per il bavero uno dei ginnasiali, il primo che gli venne a tiro.

«Siete di questa merdosa scuola rossa?» disse indicando con un cenno del capo l'edificio alle nostre spalle. Non lasciò al ragazzino il tempo di rispondere, ammesso che una qualsiasi risposta lo interessasse. Con la mano libera gli diede un ceffone e fu un gesto così stupido, gratuito e cattivo che mi sentii umiliato come se quello schiaffo l'avessi preso io. Ero a qualche metro di distanza e mi accorsi che stavo parlando quando le parole mi erano già uscite di bocca.

«Siamo molti di più di questi quattro stronzi, spacchiamogli il culo.»

Per qualche istante la scena si immobilizzò. Poi quello del ceffone lasciò andare il ragazzino del ginnasio e venne verso di me. L'altro che era sceso dal motorino – era magrissimo, aveva la faccia butterata e occhi da morto che facevano paura – lo seguì.

«E tu da dove vieni, testa di cazzo?»

Stavo cercando una risposta adeguata – *tu da dove vieni* è una domanda non facile, non saprei rispondere nemmeno ora – quando l'altro mi si avvicinò e mi fece un rutto in faccia.

D'istinto gli diedi una spinta, più per allontanare quella sensazione schifosa che per avviare uno scontro fisico. Quello che accadde subito dopo non lo ricordo con precisione. Cominciarono ad arrivarmi addosso botte da tutte le parti e nessuno dei miei compagni di gioco si mosse per aiutarmi.

Cercai di reagire e forse riuscii a dare almeno un pugno in faccia a qualcuno perché quando tutto finì mi ritrovai con le nocche sbucciate; in qualche secondo comunque ero a terra, con quei due che continuavano a picchiarmi mentre io, a occhi chiusi, cercavo di ripararmi almeno la testa con le braccia. Poi sentii uno scoppio di grida, le botte cessarono all'improvviso e quando mi tirai su vidi Salvatore Scarrone – che non stava giocando a pallone con noi, e non so da dove fosse saltato fuori – e un altro tizio grosso come una montagna, che picchiavano come due furie. Il grosso sollevò quello del rutto dopo averlo riempito di pugni e lo ributtò giù, come in certi combattimenti di wrestling, con una violenza da spezzargli la schiena. Salvatore fece volare l'altro con una mossa di lotta – pareva la scena di un film, pensai – e lo finì con un calcio in faccia. Poi si lanciarono insieme di corsa verso i motorini, per completare il lavoro. I due guidatori fecero appena in tempo a ripartire e a scappare via, furono inseguiti a piedi per un centinaio di metri e alla fine sparirono fra le auto. Salvatore e il suo amico gigantesco non tornarono indietro, e in breve perdemmo di vista anche loro.

***

Davanti al portone di casa incontrai mia madre e quando mi vide lanciò un grido. Una reazione inusuale per lei, ma il mio aspetto era davvero tremendo. Avevo una benda sulla fronte, che copriva cinque punti sull'arcata sopraccigliare destra, lo zigomo sinistro era gonfio e rosso e presto sarebbe diventato color melanzana, zoppicavo e mi faceva male quasi tutto anche se, a quanto pareva, non avevo ossa rotte. Il medico del Pronto soccorso aveva avuto la delicatezza di un macellaio e ancora oggi posso rievocare il dolore, diritto fino al cervello, di ogni volta che l'ago aveva penetrato, per ricucirla, la mia pelle squarciata dai pugni.

«Non si può fare un po' di anestesia?» avevo chiesto tremando mentre quello preparava i suoi attrezzi.

«Ma quale anestesia? Nemmeno te ne accorgi.» Appunto.

Il giorno successivo non andai a scuola. Mio padre – dopo avere esaminato le medicazioni e aver deciso che quelli del Pronto soccorso erano degli animali – aveva detto che era meglio rimanessi a casa e prendessi degli antibiotici. Per una volta ero d'accordo con lui su tutto. Passai una giornata leggendo, suonando la chitarra, scrivendo e pensando a quello che mi era successo. Pensavo che, anche se le avevo prese, almeno avevo avuto il coraggio di reagire contro quegli stronzi. Pensavo che non ero stato un vigliacco, a differenza dei miei compagni. Pensavo soprattutto a Salvatore, al suo amico e a quello che avevano fatto; e mi chiedevo se picchiare in quel modo fosse un talento naturale o dipendesse da qualche tipo di misterioso addestramento.

Il giorno successivo tornai a scuola e per il mio stupore nessuno dei compagni di classe mi chiese spiegazioni sul mio aspetto da reduce. Qualcuno doveva aver già raccontato tutto, pensai.

Alla prima ora avevamo chimica, con D'Addario. Si diceva che fosse stato un professore eccezionale, amatissimo dai ragazzi. Si diceva che molti suoi allievi avessero scelto facoltà scientifiche solo perché lui era stato capace di suscitare entusiasmo e passioni.

Poi c'era stato l'incidente. Aveva avuto una scandalosa storia d'amore con una studentessa, i genitori della ragazza l'avevano denunciato per violenza carnale, era stato arrestato, sospeso, processato, assolto e alla fine, dopo tre anni, riammesso in servizio. Non era uscito indenne da questa vicenda. Quando aveva ripreso a insegnare non gli importava più di niente. La disciplina, durante le sue ore di lezione, era particolarmente rilassata. Non faceva l'appello, non controllava presenze e assenze, si poteva uscire anche in gruppo e rimanere fuori tutto il tempo che si voleva, si poteva leggere, discutere o addirittura giocare a carte o a scacchi. D'Addario non ci badava. Non badava a niente.

Quando entrai in classe salutai Salvatore, cercando nella sua espressione un appiglio per parlargli – dall'inizio della scuola fino a quel giorno non era mai successo. Lui si limitò a farmi un cenno neutro col capo e poi andò a sedersi al suo posto. Dopo un quarto d'ora dall'inizio della cosiddetta lezione uscì e io lo seguii quasi subito. Non sapevo ancora cosa gli avrei detto, ma volevo parlare con lui. Lo trovai in bagno, che fumava una sigaretta, appoggiato al muro, tra scritte di ogni tipo e disegni sconci.

«Senti, io... volevo ringraziarti...»

Mosse la testa – prima era rivolto al cortile, con l'espressione di un carcerato che osserva il mondo dalla sua cella – e mi fissò senza parlare.

«... per l'altro giorno» aggiunsi, nel caso ci fosse possibilità di equivocare.
Lui soffiò il fumo continuando a guardarmi. Poi buttò il mozzicone per terra, lo spense e solo alla fine mi parlò.
«Bella banda di stronzi vigliacchi i tuoi amici.»
Non dissi niente ma pensai che sul punto in effetti c'erano pochi dubbi.
«Lo sai che quei quattro figli di puttana sono dei fascisti?»
Annuii.
«Chi era quello che stava con te?»
«Un compagno operaio. Lavora ai mercati generali.»
«È... enorme.»
«Un metro e novantacinque per cento chili.»
«Come... come hai fatto a farlo volare, quello della moto?»
Salvatore fece un sogghigno e parve misurarmi dalla testa ai piedi, come per prendere una decisione.
«Vuoi venire ad allenarti con noi?» disse alla fine.
«Sì» risposi senza un attimo di esitazione, anche se non avevo la più pallida idea di cosa volesse dire.

Cinque

Alle nove di sera un taxi ti deposita davanti al cancello di un condominio nuovissimo e un po' pretenzioso, a Poggiofranco, nella periferia più opulenta della città. Hai una bottiglia di vino, comprata in fretta all'ultimo momento. Hai perso la mano per la vita sociale e solo poco prima di uscire hai pensato che anche se l'invito era di tuo fratello sarebbe stato poco educato presentarti del tutto a mani vuote. Attraversi il giardino umido della pioggia che ha smesso di cadere solo una mezz'ora prima. Hai passato il pomeriggio in camera, cercando inutilmente di lavorare un poco, bighellonando su internet, leggendo. Cercando inutilmente di mettere a fuoco i pensieri. È ricomparsa la fitta al gomito. Erano diversi giorni che se ne stava tranquilla, la stupida articolazione, e oggi invece ecco di nuovo quello spillone spietato che entra all'improvviso nel gomito e arriva fino al cervello. Schiacciando il pulsante del citofono speri che stasera ti lasci in pace. In realtà speri che ti lasci in pace e basta, ma questa al momento sembra un'aspirazione non realistica. Diciamo che per il momento ti accontenteresti di stasera.

In casa c'è musica ad alto volume – Coldplay, *Trouble* – ed è proprio il tipo di musica che ti saresti aspettato di trovare da tuo fratello. Vengono ad aprire insieme, Angelo e Patrizia, e ti abbracciano a turno mentre qualcuno abbassa il volume. C'è anche un cane, un Jack Russell di nome Nicola, che abbaia un po' rauco e vi salta attorno, eccitatissimo. Quando ti chini per accarezzarlo sulla testa e dietro le orecchie smette di abbaiare e ti lecca la mano. Sarebbe bello avere un cane, pensi.

Poi arrivano le gemelle. Mentre anche loro ti abbracciano a turno, dopo una breve esitazione, pensi che tuo fratello aveva ragione: non le avresti riconosciute. Ti fanno entrare in casa; Patrizia e Angelo parlano e forse tu rispondi, ma non ne sei sicuro e soprattutto non senti cosa dicono. È come stare in un acquario, o in una bolla, per l'assenza del sonoro ma anche per una straniata languidezza dei movimenti.

La casa è grande, bella e piena di oggetti costosi, con molto legno, molto cuoio, molto acciaio. C'è una grande vetrata da cui si vede tutta la città e sembra di stare in qualche metropoli lontana e fascinosa. L'oggetto che ti piace di più è una bellissima poltrona gialla che mette allegria. Pensi che ti piacerebbe possederla, quella poltrona, o una uguale. Ci sono anche scaffali con libri, che a distanza sembrano veri, non messi lì a metro, come soprammobili. La cosa ti sorprende piacevolmente perché, diciamocelo, tuo fratello non è mai stato un lettore. Questa dei libri nelle case è una questione fondamentale: se ci sono e se sono veri. Ti ricordi di una casa in cui sei stato anni prima, per una festa. In un grande soggiorno c'era una libreria con parecchi volumi. Qualcosa metteva a disagio, in quella libreria. Così ti eri avvicinato e tutto era stato chiaro. In un ordine perfetto e quasi maniacale c'erano i vecchi testi universitari della padrona di casa: manuali di diritto privato, diritto costituzionale, diritto commerciale, diritto ecclesiastico, vecchi codici sdruciti; e poi di seguito: *Il Codice da Vinci*, *La dieta Zona*, l'opera omnia di un noto showman, *Trasforma la tua vita con l'enneagramma*, libri di barzellette.

A casa di Angelo i libri sono veri – romanzi, qualche saggio, addirittura qualche raccolta di poesia – e quando lo verifichi, avvicinandoti agli scaffali e dando un'occhiata, provi un sollievo quasi esagerato. Forse le ragazze amano la lettura; forse Patrizia – non ricordavi che fosse una intellettuale – o forse gli strani percorsi della vita hanno trasformato tuo fratello?

Tua cognata è sempre bella, anche se di certo la chirurgia estetica non è estranea a questo viso senza rughe, a questi seni tonici, a questi zigomi alti e scolpiti.

Angelo è ingrassato. La faccia è rimasta uguale, solo appena più morbida. Però peserà cento chili, parecchi dei quali sulla pancia. Ti legge nel pensiero.

«Ho messo su qualche chilo, come vedi. Tu invece sei in gran forma. Non mi dire che hai cominciato a fare sport. Sarebbe il mondo alla rovescia.»

Sorridi stringendoti nelle spalle.

«Niente sport. Cerco di fare un po' di flessioni e un po' di addominali e cammino tutti i giorni.»
Le ragazze sono diventate due donne, sono proprio uguali, sono belle e assomigliano alla madre. Un pensiero molesto e immotivato ti attraversa il cervello: che Paola e Vittoria non siano figlie di tuo fratello ma di qualcun altro. Ti sforzi di scacciarlo, quel pensiero, e cerchi di concentrarti sulla conversazione.
È Vittoria, quella che studia giurisprudenza, a toccare l'argomento. Prima o poi doveva succedere.
«Ho letto il tuo romanzo, zio.»
Zio. Che suono strano questa parola, rivolta a te. Ti sforzi di sorridere ma hai l'impressione che non ti venga troppo bene. Non dici niente e Vittoria prosegue.
«Mi è piaciuto molto. Solo che non mi ricordo mai il titolo.»
«*Preferiremmo di no.*»
«Ecco, sì. Mentre lo leggevo mi sembrava di sentire una voce, come se ci fosse stato qualcuno vicino, che parlava. Era una bella sensazione.»
Lo sai bene qual è la prossima domanda, e non puoi farci niente.
«Ma quando ne scrivi un altro?»
Cerchi di schiarirti la voce e poi passi al repertorio completo delle bugie. C'è un progetto cui ti stai dedicando da anni, è un romanzo complesso, procedi con lentezza, nel frattempo devi anche lavorare, al momento non sai dire quando finirai e del resto pensi che ogni cosa, e un romanzo

più di altre, debba maturare secondo i suoi tempi. Questa pomposa sciocchezza ogni volta ti procura un senso di nausea, eppure ogni volta non riesci a evitare di dirla. Per fortuna la tua sequenza di giustificazioni travestite da pensose riflessioni sull'arte, la vita e la letteratura sembra sufficiente e la conversazione plana su argomenti innocui. La squisita cena preparata da Alma, la signora filippina che vive in casa con la famiglia di tuo fratello. Il vino. L'arredamento. Le prossime vacanze. Cosa vorrebbero fare le tue nipoti dopo le rispettive lauree. Quando arrivate al dolce ti senti bene, rilassato dal vino, dal cibo e dalla cauta, precaria, piacevole intimità che si è stabilita.

Le ragazze se ne vanno, qualcuno passa a prenderle. Poco dopo anche Patrizia vi saluta. La mattina si alza presto per andare in palestra ad allenarsi con una sua amica, prima del lavoro.

Così rimanete da soli, tu e tuo fratello in questa bella sala da pranzo, in questa casa bella, pulita e solida. La parola *solida*, per gli imprevedibili percorsi del cervello, ti fa scattare l'ansia, come per l'improvvisa percezione di una minaccia che cova sotto la superficie. Una minaccia tanto invisibile quanto vicina. Dura poco, ma ti lascia addosso un'inquietudine leggera e sgradevole.

Angelo nel frattempo ha preso una bottiglia di rum e ha riempito due bicchierini. Te ne dà uno, spegne qualche luce e in breve vi ritrovate seduti in poltrona, uno di fianco all'altro, nella penombra, davanti alla grande vetrata da cui si vedono la città e le sue luci gialle.

«Quando posso mi piace starmene qui la sera, al buio, a

guardare fuori. È la cosa migliore della casa, il colpo d'occhio da queste vetrate.»
«È fantastico. Da quanto vi siete trasferiti qui?»
«Poco più di un anno. Io arrivo in Policlinico in cinque minuti, Patrizia ha palestra e piscina a due passi. Le ragazze hanno una parte della casa tutta per loro, con un ingresso autonomo. È come se vivessero da sole, ma senza le seccature di vivere da sole.»
Annuisci e bevi un sorso di rum. Passa un minuto, forse di più.
«Non ho mica capito che cosa fai esattamente di lavoro adesso.»
«Consulenze editoriali, come si dice. In pratica faccio editing di romanzi, leggo manoscritti inediti e scrivo delle schede, consigliandone – quasi mai – o sconsigliandone – quasi sempre – la pubblicazione.»
Non hai mentito. È la verità, anche se solo una parte.
«Ma ti dà da vivere, questa roba?»
«Me la cavo. Ho poche spese, la casa è mia, insomma va bene.»
«Sai che non ho mai visto casa tua?» ti interrompe tuo fratello.
«Be', neanch'io avevo visto questa» e mentre lo dici pensi alla sproporzione fra le due sistemazioni.
«Com'è?»
«Niente di speciale. Tre stanze, una cucina spaziosa, c'è fin troppo spazio per me. I balconi interni affacciano su un giardino condominiale con gli alberi, un po' fuori dal mon-

do. È in un ex quartiere popolare di Firenze che adesso, come molti altri posti, è diventato una zona mista. Si arriva in centro a piedi in venti minuti e si esce dalla città facilmente in auto. Se uno ce l'ha, l'auto.»
«Tu non ce l'hai?»
«Da parecchi anni. Nemmeno lo so, se sono ancora capace di guidare.»
«Hai una... compagna?»
Ti fa strano sentire tuo fratello che ti rivolge una domanda del genere. Non avete mai parlato di questi argomenti, tu e tuo fratello. Anzi, a dire il vero, non avete mai parlato davvero di nulla.
«No, niente compagne, fidanzate o simili.»
«Quanto tempo fa vi siete lasciati con Agata?»
«Per la precisione: è stata Agata a lasciare me, essendosi preventivamente munita di un fidanzato molto più giovane di lei, e quindi anche di me. Detto questo: sono quasi cinque anni che non stiamo più insieme.»
«Mica la sapevo, questa storia.»
«Non potevi saperla, non te l'ho mai raccontata.»
Angelo sta per aggiungere qualcosa. Tipo: ma nessun altro me l'ha detta, o simili. Poi si rende conto che nessuno potrebbe avergliela detta. Non ci sono conoscenze comuni, fra te e tuo fratello. Rimane così, imbarazzato, dispiaciuto, senza sapere cosa dire. Pensi che non puoi lasciarlo così in sospeso. In breve, devi raccontargli cosa è successo.
«La sua storia con questo ragazzo era evidente, la sapevano tutti. Intendo: tutti i nostri amici, la gente con cui usciva-

mo. Era sotto i miei occhi, il fatto che si frequentassero, ma per un sacco di tempo ho ignorato la cosa.»

«Vuoi dire che te n'eri accorto e hai fatto finta di non vedere?»

«Me n'ero accorto. E avevo negato a me stesso che fosse possibile. Non rientrava nel personaggio di Agata – il personaggio che mi ero costruito – che potesse avere una storia con un altro e in particolare con uno più giovane di lei. Quello che vedevo – perché *vedevo* eccome – veniva subito dopo cancellato. C'è un aneddoto interessante su Hegel, che spiega il mio atteggiamento.»

Per qualche istante temi che Angelo possa non ricordare chi era Hegel e che te lo chieda. Tuo fratello però non dice niente, è lì in attesa, attento e ignaro di quello che ti passa per la testa. Così ti vergogni un poco per questo rigurgito di supponenza adolescenziale e poi riprendi a parlare.

«In una dissertazione sull'orbita dei pianeti Hegel sostenne in modo categorico che i pianeti del sistema solare erano sei e non potevano essere più di sei, per ragioni legate alla sua idea metafisica dell'universo. Quando seppe che già parecchi anni prima un astronomo inglese aveva scoperto il settimo pianeta, cioè Urano, reagì seccato e disse una frase che è diventata famosa: se i fatti contraddicono la teoria, tanto peggio per i fatti.»

«Vedevi dei fatti, non si accordavano con la teoria che avevi su Agata e dunque li ignoravi.»

«Più o meno. Ovviamente questa è una semplificazione, c'erano altri fattori. Quella che potremmo definire sciatteria esistenziale. E poi la paura.»

«Paura?»
«Di scoprire qualcosa che pensavo di non saper fronteggiare.»
Bevi un sorso abbondante e svuoti il bicchiere.
«Avevo ragione» aggiungi, versandoti ancora un po' di rum.
«Ragione su cosa?»
«Sul timore di non essere capace di fronteggiare la situazione. In effetti non sono stato capace.»
«Credo che nessuno sia davvero capace di fronteggiare queste situazioni.»
«Probabilmente. Comunque a un certo punto la contraddizione fra i fatti e la teoria era diventata così macroscopica che non era più possibile ignorarla e insomma decisi di parlarle. No, non è esatto. Non *decisi*. Lei tornò a casa e io le parlai, ma non fu una vera decisione e soprattutto non mi posi il problema delle possibili conseguenze. Le dissi che mi ero reso conto che c'era qualcosa di serio che non andava fra noi, che era una questione che bisognava affrontare, senza più rinviarla. Anche, se necessario, prendendo delle decisioni.»
Bevi ancora del rum e il bicchiere è di nuovo quasi vuoto.
«Pensavo che si mettesse sulla difensiva, che mi dicesse che mi sbagliavo; oppure che si giustificasse, magari che mi dicesse che era consapevole di essersi comportata male con me, che si scusava, che dovevamo recuperare. Roba del genere. Pensavo che mi chiedesse *scusa*. Credo di aver assaporato quella specie di piccolo potere un po' miserabile di chi

può rinfacciare qualcosa a qualcun altro. È durato pochissimo, però.»
    Proprio mentre pronunci queste parole arriva la fitta al gomito. Improvvisa, come sempre, e particolarmente acuta, tanto che non puoi trattenere una smorfia di dolore. Angelo se ne accorge. È naturale, di mestiere fa il medico.
    «Che hai?»
    «Niente, niente. Di tanto in tanto mi prende una fitta al gomito destro.»
    «Ti sei fatto vedere?»
    «Non è un infarto. Se lo fosse sarei morto da tempo visto che queste fitte mi vengono da almeno due anni.»
    «La medicina si occupa anche di qualche altro dettaglio oltre agli infarti. Per esempio i disturbi delle articolazioni.»
    «Ho fatto tutto. Radiografia, risonanza magnetica, analisi, fisioterapia, stregoneria, medicina ayurvedica, pranoterapia...»
    «Mi prendi per il culo?»
    «Un pochino, ma è vero che ho fatto tutto.»
    «E...?»
    «E niente. I medici dicono che non c'è niente. Il responso finale è stato che deve trattarsi di un disturbo psicosomatico, che immagino sia la vostra diagnosi ogni volta che non siete capaci di fare una diagnosi.»
    «Vuoi venire domani in ospedale e...»
    Fai un gesto con la mano, scuoti la testa, socchiudi gli occhi. Grazie ma non ci vuoi andare in ospedale e nemmeno vuoi continuare a parlare di questa faccenda del dolore al gomito. Invece, adesso che hai cominciato, hai voglia di

continuare la tua storia. Anche solo qualche ora prima ti sarebbe parso impossibile.

«Cosa stavo dicendo? Ah, sì, lei mi ha risposto subito. Avrei dovuto capire dalla sua espressione che qualcosa non andava nel verso giusto. Era seria, dispiaciuta ma molto tranquilla. *Troppo* tranquilla e in qualche modo quasi sollevata. Ma forse questa è una mia rielaborazione del ricordo.»

Ancora un goccio di rum. Una sigaretta ci starebbe bene adesso, pensi, articolando mentalmente le parole come davvero stessi comunicando a qualcuno questo desiderio.

«Era sollevata che fossi stato tu a iniziare il discorso. Le hai risparmiato la parte più spiacevole della faccenda» dice Angelo, protendendosi un poco sulla poltrona. Il movimento mette ancora più in evidenza la pancia ed è quantomeno improbabile che sia ancora capace di fare cinquanta flessioni o quindici trazioni alla sbarra. Tutte cose che da ragazzo gli riuscivano senza sforzo. «Cosa ti ha detto?»

«Avevo ragione, ha detto. Erano settimane, forse mesi che pensava di dovermi parlare ma non trovava il coraggio. Non era colpa di nessuno, ma era un fatto che da tempo qualcosa si era spento fra noi. Avevamo smesso di badare l'uno all'altra, avevamo smesso di ridere. Avevamo anche smesso di fare l'amore o magari, cosa che non guasta, proprio di *scopare* in allegria. Nei momenti migliori le sembrava di avere per me i sentimenti che si hanno per un fratello. Nei peggiori – le dispiaceva dirmelo – proprio non mi sopportava. Non era colpa di nessuno, ha ripetuto con il tono di chi recita educatamente una parte. Io allora l'ho interrotta e le ho chiesto se era un modo per dire che era colpa mia. A quel punto la sua espressione è cambiata. Forse il mio tono era stato troppo secco o forse aspettava solo l'occasione per smettere di essere troppo gentile e dire quello che pensava davvero.»

In quel momento entra il cane. Ha una pantofola in bocca e la scuote come se fosse una preda appena catturata, da finire al più presto. Si avvicina ad Angelo per provocarlo.

«Vai via, Nicola. Vai a cuccia.»

Lo dice con tono poco convinto e il Jack Russell capisce di poter insistere. Angelo allora afferra la pantofola e la tira; il cane tira a sua volta, puntando i piedi, soffiando, ringhiando. I due combattono un po' e la scena ha qualcosa di deliziosamente irreale. Alla fine Angelo dice che adesso basta e ingiunge a Nicola di andarsene a cuccia. Questa volta il tono è perentorio. Il cane ci rimane un po' male, ma si volta con dignità e, portandosi via la pantofola che a distanza sembra davvero un sorcio malridotto, sparisce nella penombra.

Per un po' vi guardate senza dire nulla, tu e tuo fratello. È una cosa molto strana, molto strana, questo tuo – questo *vostro* – essere qui, pensi.

«È lì che è arrivata la parte peggiore, vero?»

«Vero. Ha detto che lei si prendeva le sue colpe – una specie di clausola di stile –, ma che starmi vicino in quegli ultimi anni era stato davvero difficile. Per via della mia *ossessione*. Intendeva la mia ossessione per la scrittura. Mi aveva fatto smarrire il contatto con il mondo reale, disse. Non mi aveva fatto capire che a poco a poco la stavo per-

dendo. Me ne ero accorto troppo tardi, quando ormai era tutto finito, eccetera, eccetera. Insomma, un perfetto repertorio di luoghi comuni.»
Ci pensi su qualche istante.
«Il problema con i luoghi comuni è che, purtroppo, spesso dicono la verità. In modo grossolano, ma la dicono.»
Nel cielo notturno davanti alla grande vetrata passano le luci di un aereo. Angelo si muove di nuovo sulla poltrona, alla ricerca di una posizione che non trova.
«E tu?»
«Mi ha preso il panico. Ho provato a dire che dovevamo cercare di... come ho detto? Sì, credo di aver detto che dovevamo cercare di *ricomporre*. Lei mi ha interrotto. Le dispiaceva, ma non c'era nulla da ricomporre: aveva un altro, ed era una cosa seria. O almeno doveva verificarlo. Era meglio se andavo via di casa. Con calma, prendendomi il tempo che mi serviva. Io le ho chiesto chi fosse l'altro e lei me lo ha detto. Era un suo collega, un ragazzo otto anni più giovane di lei, e dunque nove anni più giovane di me. Uno che avevo conosciuto, qualche volta eravamo anche usciti insieme.»
Guardi la faccia di tuo fratello nella penombra. Sembra sofferente. Stupito e sofferente. Forse c'è anche qualche altra cosa, nella sua espressione, ma è più difficile da decifrare.
«Cazzo, otto anni più giovane. E a quel punto cosa hai fatto?»
«Me ne sono andato quella sera stessa. Secondo uno schema classico ho passato qualche giorno a casa di un amico a dormire sul divano e poi sono andato a stare in un mo-

nolocale ammobiliato. Se devo identificare la tristezza, la malinconia, l'avvilimento, lo sconforto, la disperazione con un luogo, be', si tratta di quel monolocale. Sembrava fatto apposta per moltiplicare e simboleggiare l'infelicità. Affacciava su un muro, era arredato con mobili orrendi e nel palazzo c'era odore di pipì di gatto. Ci ho passato qualche settimana, e mentre ero lì pensavo che Agata mi avrebbe richiamato da un momento all'altro. Controllavo ossessivamente che il telefono avesse campo e ho passato ore e ore a chiedermi cosa fosse più opportuno dirle, quando mi avesse chiamato. L'avrei ripresa, certo, ma dovevo farlo con dignità, mi dicevo.»

«E lei?»

«Non mi ha mai chiamato. Mi ha scritto una mail. Diceva che le dispiaceva molto com'erano andate le cose fra noi e che le sembrava giusto restituirmi una parte dei soldi che avevamo speso per ristrutturare casa e per arredarla. In effetti anch'io avevo pensato che non era stato corretto buttarmi fuori, che quella in fondo era casa mia almeno quanto era casa sua e via dicendo. Quando però mi è arrivata quella mail le ho risposto d'istinto che grazie, apprezzavo il gesto cortese, ma non occorreva, non volevo i soldi. Fine.»

«Come: fine? Non vi siete più visti? Non vi siete più parlati?»

«Incontrati per caso, tre volte. Mai più parlati. Eravamo stati insieme più di dieci anni.»

Tuo fratello butta fuori l'aria, in qualcosa a metà strada fra uno sbuffo e un sibilo.

«Cazzo.»
Si capisce che vorrebbe aggiungere qualcosa. La frase completa magari poteva essere: "Cazzo che stronza" o roba del genere. Ma non lo sa che tipo di reazione può produrre una frase del genere. Magari offendere o magari chissà. Insomma dice solo cazzo.
«E poi?»
«Poi?»
«Voglio dire, hai avuto altre storie, ti sei fatto prete, sei passato agli uomini?» Cerca di scherzare ma non gli viene benissimo.
«Qualche storia così. Una mia allieva...»
«Allieva di cosa?»
«Qualche volta tengo dei seminari di scrittura» rispondi con un filo di imbarazzo, come se ti stessi scusando. «Insomma qualche storia occasionale. Poi, per semplificarmi la vita, ho cominciato una relazione – non è una parola orribile: *relazione*? –, insomma una cosa più seria con una donna sposata e ho sperimentato una situazione nella quale di solito si trovano le donne. L'amante, concettualmente al femminile.»
«Che significa?»
«Hai presente lo stereotipo della donna sola amante di un uomo sposato? Si vedono nei ritagli di tempo di lui; qualche scopata nella pausa pranzo; qualche piccola fuga mascherata da viaggio di lavoro; qualche cena con la panzana della rimpatriata con gli amici. Off limits i fine settimana, le vacanze estive, Natale, Pasqua, Capodanno. Hai presente?»

Angelo ha presente, e da una nota di impercettibile imbarazzo, dal lieve disagio della sua espressione nella penombra ti sembra di intuire che il tema non gli è noto solo in teoria, o per sentito dire.

«Bene. Tutto così, solo a parti invertite. L'amante ero io. Lei era sposata, aveva due bambini, amava suo marito, ogni tanto si vedeva con me e non aveva intenzione di alterare questo equilibrio. Dopo un paio di Natali trascorsi ad aspettare un furtivo sms di risposta ai miei auguri sdolcinati ho capito che forse conservare un po' di dignità non era una cattiva idea. Ho troncato, ho anche resistito ai suoi tentativi di riallacciare e oggi eccomi qua. Un raro esemplare di maschio adulto, non brutto, non malato, e completamente singolo.»

Per diversi minuti non dite niente, anche se lui sembra più volte sul punto di rompere il silenzio, trattenendosi ogni volta, come non trovando le parole, o il modo di metterle insieme. Alla fine sei tu a parlare.

«Senti, Angelo» *senti Angelo*, che suono davvero bizzarro, «volevo chiederti un paio di cose. Forse ti sembreranno domande stupide o insignificanti.»

«Tu fammele.»

«Cosa ti ricordi di noi da ragazzi?»

«In che senso?»

«Voglio dire, che ricordi hai di quando avevamo, diciamo io quindici, sedici anni e tu diciotto, diciannove. Per dire un anno, il tuo ultimo di liceo. Com'eravamo?»

Il viso di Angelo, fra luci e ombre, sembra quello di un

altro. Un bravo fotografo ne tirerebbe fuori qualcosa. Forse saprebbe – il bravo fotografo – anche raccontare la perplessità leggera, quasi inespressa, che è disegnata su quel volto.

«La prima cosa che mi viene in mente è che in terza liceo smisi di giocare a pallanuoto perché, con tutto il tempo che passavo in piscina, prepararmi per la maturità sarebbe stato un problema. Stavo con Margherita De Santis, allora. Te la ricordi?»

Molto bene, te la ricordi. Era così bella che quando veniva a casa le prime volte – facevi la quinta ginnasio, allora – cercavi di non incontrarla per paura di diventare rosso e che tutti si accorgessero di quanto ti piaceva.

«I miei amici erano Saverio, Gianluca e Marco. È stato un anno divertente e, a pensare a quello che è venuto dopo – voglio dire: gli anni di università e poi tutto il resto –, l'ultimo davvero divertente. Smettere gli allenamenti di pallanuoto fu una liberazione. Vincemmo il campionato di calcio, ogni fine settimana c'era qualcosa da fare.»

«Che fine ha fatto Margherita De Santis?»

«Ha sposato un notaio. Non lavora e non è più così bella. Diciamo che è una signora di mezza età piuttosto appesantita. Anch'io del resto sono un signore di mezza età piuttosto appesantito.»

«E di me cosa ti ricordi?»

«In che senso?»

«Che tipo ero? Che facevo? Parlavamo di qualcosa?»

«Eri... eri mio fratello piccolo. Non è che parlassimo molto, avevamo interessi diversi. Tu, quando eri a casa, te

ne stavi quasi sempre chiuso in camera, a suonare la chitarra o a battere a macchina. Ma quello che scrivevi poi lo facevi leggere a qualcuno?»
Ti stringi nelle spalle, scuoti il capo.
«Ti ricordi se qualcuno veniva a trovarmi?»
«È un interrogatorio?» dice ridendo. Ma un po' nervosamente, quelle domande non lo mettono a suo agio.
«Mi serve solo per una cosa che sto scrivendo. Una cosa sui diversi punti di vista, su come persone diverse raccontino in modo diverso le stesse esperienze, gli stessi fatti, gli stessi periodi.»
La bugia funziona, tuo fratello si rilassa e per un attimo, come per una scossa elettrica, pensi che potrebbe essere davvero un'idea.
«C'era quella ragazza... come si chiamava?»
«Stefania.»
«Stefania, ecco. Quella che adesso ha una specie di erboristeria. Lei veniva a casa, ma non si è mai capito se stavate insieme.»
«No, no. Eravamo amici. Hai detto che ha un'erboristeria?»
«Non proprio un'erboristeria. Più un negozio di roba biologica, una cosa del genere.»
«Dove?»
«Madonnella, fra corso Sonnino e via Dalmazia, vicino alla Pinacoteca provinciale, in una di quelle traverse di cui non ho mai imparato i nomi.»
Rimanete in silenzio per qualche minuto. Finisci le ultime

gocce di rum rimaste nel bicchierino e resisti alla tentazione di versartene dell'altro.
«Meglio che vada a dormire. Abbiamo fatto tardi e tu domani lavori.»
«Dove ti sei sistemato?» ti chiede quando siete ormai sulla porta di casa.
«Un bed and breakfast vicino alla Laterza, a un paio di isolati.»
«Chissà perché, pensavo fossi ospite di qualche tuo amico.»
Stai per dirgli che non ne hai, di amici che ti ospitino. Per fortuna ti trattieni, i toni patetici andrebbero sempre evitati.
«No, no. Preferisco sentirmi libero. Quel bed and breakfast è la soluzione ideale.»
«Ma quanto ti trattieni?»
«Ancora non lo so.»
«Ci rivediamo, prima che tu parta?»
C'è un filo impercettibile di sgomento nella voce di tuo fratello, che ancora una volta ti sorprende.
«Ti chiamo e passo a trovarti, prima di partire.»
Poi vai via e ti immergi nella notte di quella periferia costosa.

Sei

Per strada l'aria è fresca e pulita. Poche macchine in giro e un odore di fiori di maggio, così insolito in città.

Per decidere se chiamare un taxi o andare a piedi metti in funzione il navigatore del telefono e calcoli la distanza fra casa di tuo fratello e Il Giardino Segreto. Poco meno di quattro chilometri, si fanno in tre quarti d'ora. Così ti avvii e dopo un po', giusto il tempo di prendere il ritmo, i pensieri cominciano a turbinare.

Ti è piaciuto parlare con tuo fratello ma subito, per rovinare tutto, come d'abitudine, ripeschi dalla memoria una frase di Schopenhauer.

Ogni separazione ci fa pregustare la morte, e ogni rivederci ci fa pregustare la resurrezione. Perciò le stesse persone, che erano state indifferenti l'una all'altra, si rallegrano tanto, quando, dopo venti o trent'anni, si incontrano di nuovo.

Dev'essere *Parerga e paralipomena* ma non sei sicuro. E comunque non ti importa.

Invece ti importa di riflettere sul tuo modo di vedere le cose, le persone, il mondo. Sul tuo consumo, ridicolo cinismo da intellettuale fallito. Dove ci sono buone notizie non c'è letteratura – chi lo ha detto? La letteratura esiste solo per indagare le meccaniche dell'infelicità; se no è spazzatura, è robaccia commerciale, a prescindere. In ogni caso per evitare equivoci, tu sei sempre stato d'accordo con questa idea di letteratura. Il che è normale, se sei un intellettuale fallito.

È a questo punto che, senza una connessione apparente, ti ricordi di quante bugie e storie inventate raccontavi da bambino. Intanto qualunque impresa avessi compiuto – un buon voto a scuola, per esempio –, non riuscivi a trattenerti dall'amplificarla, anche solo un poco. Una specie di sindrome del pescatore, che racconta sempre di aver preso un pesce più grosso di quello vero.

Poi c'era l'invenzione pura.

Una volta, quando avevi otto anni, i tuoi genitori vi avevano portato nel Parco nazionale d'Abruzzo. Eri molto emozionato – molto più di tuo fratello – all'idea che da qualche parte potessero saltar fuori un lupo o un orso. Eri così appassionato di animali e desideroso di vederne uno feroce in libertà – e poterlo raccontare, perché la questione fondamentale è sempre stata questa: raccontarlo – che facesti in modo di vederlo.

«Lì c'è un orso, fra gli alberi.»

Tutti si voltarono di scatto ma non videro nulla, perché – spiegasti – l'orso era scomparso fra gli alberi. Inutile dire che non c'era stato alcun orso, ma questo non ti aveva impedito di descrivere per anni questo favoloso avvistamento, ogni volta arricchendo l'esperienza di nuovi particolari.

Un'altra volta raccontasti di aver messo in fuga dei ladri che tentavano di rubare un'auto e un'altra ancora di avere aiutato a spegnere un incendio.

Sparare balle era più forte di te. Diventando adulto le cose non erano cambiate e dopo aver scritto e pubblicato il tuo romanzo, erano decisamente peggiorate. La manipolazione della realtà era diventata un fatto sistematico e non un divertimento episodico.

Sparavi balle sulle ragioni – nobilissime, inutile dirlo – della tua scrittura, sulle tue letture, sul numero di copie vendute, sul numero delle traduzioni, sulle mail ricevute dai lettori, sulle recensioni – quelle favorevoli diventavano entusiastiche, quelle sfavorevoli semplicemente non esistevano o non le avevi lette.

C'è almeno una cosa buona nel fatto che tutto è andato a rotoli. Hai smesso di dire cazzate; in generale, e in particolare sulla scrittura. Fitta al gomito. Dolore bianco e lancinante. Dura qualche istante, poi si attenua e ti permette di riprendere il ritmo dei passi e il filo dei pensieri.

È stato facile, per parecchio tempo, dare la colpa di tutto ad Agata. Un ottimo alibi ma, a dire il vero, già molto prima che lei ti mandasse via di casa, il tuo ipotetico secondo romanzo era morto. Dopo la separazione hai smesso anche solo di provarci. Ti sentivi autorizzato, non si può scrivere in certe condizioni. Chi l'ha detto poi, che non si può? Ma insomma, è una scusa che suona bene.

Ti accorgi di aver percorso già parecchia strada. Adesso sei nei paraggi del Policlinico e, mentre cammini, ti rendi conto che queste vie non le conosci. Quando hai lasciato Bari per andare a studiare a Firenze non avevi ancora diciannove anni. Solo poche zone della città significano qualcosa per te, e sono tutte altrove. Per qualche momento non sai dove ti trovi – in quale posto del mondo – e non è una sensazione piacevole. Poi passa – passa tutto, o quasi – e torni a sentire il rumore solitario della tua camminata.

Ormai nessuno più ti chiede interviste. Per molto tempo, invece, è accaduto spesso. Uno degli esordi letterari più fulminanti degli ultimi anni, aveva scritto un giornalista, per la verità in rapporti assai amichevoli con l'ufficio stampa della tua casa editrice. Quale che fosse la sua qualità letteraria – un argomento cui non hai più voglia di pensare – il tuo romanzo era stato per mesi ai primi posti delle classifiche di vendita, anche se mai al primo posto assoluto, però. Un piccolo cruccio che non avresti mai confessato, essendo poco elegante preoccuparsi di cose volgari come le classifiche di vendita.

I giornalisti ti cercavano e tu, con la condiscendenza un po' spocchiosa del neofita, ti concedevi, cortese anche se leggermente annoiato. Poi, a poco a poco, man mano che il tuo libro scendeva nelle classifiche, le richieste dei giornalisti erano diventate sempre meno frequenti. Sempre meno giornali nazionali, sempre più testate locali, siti internet, blog letterari di modesta reputazione. Perlopiù ti chiedevano quando sarebbe uscito il tuo prossimo romanzo e tu rispondevi sempre allo stesso modo, cercando di soffocare l'angoscia. Stavi facendo ricerche; stavi riordinando gli appunti; stavi completando la scaletta; avevi degli ottimi personaggi e li stavi interrogando, per farti raccontare la loro storia. Quest'ultima, di tutte le cazzate, era la più pretenziosa, la più ridicola, la più insopportabile.

Era un po' che non pensavi a queste cose. Deve essere stata la conversazione con tuo fratello e questa lunga passeggiata per strade deserte e un po' spettrali.

Passi davanti a una specie di discopub e pensi di entrare a bere ancora qualcosa, per placare l'ansia che sta crescendo. Però il posto è pieno di ragazzini e la tua voglia di alcol non è così forte da convincerti ad affrontare questa folla carica di ormoni giovani, di deodoranti da supermercato, di brufoli e mentine. Così rinunci e ti avvii verso le scale del sottovia Quintino Sella, un posto dove in passato era facile essere aggrediti e rapinati. Quasi ti piacerebbe subire un'aggressione, fare a botte e sentirti sanguinosamente vivo. Ma non c'è nessuno stanotte e comunque non hai l'aria di uno che valga la pena rapinare.

Per placare l'ansia allora pensi al denaro. A quello che guadagni con il tuo lavoro di merda, anzi con *i* tuoi lavori di merda. Pensare al denaro – a quello che guadagni e a quello che hai risparmiato per i momenti difficili che di sicuro ci saranno e anzi già ci sono – è sempre stato di aiuto, in questi ultimi anni. Ti dà una vischiosa, squallida, confortevole sicurezza. Dunque, ti ripeti per l'ennesima volta, quello che riesci a mettere insieme ogni anno è più di uno stipendio e probabilmente è più di quanto guadagneresti con i tuoi romanzi di merda, se ti riuscisse di scriverli. Stai ripetendo un po' troppo spesso la parola *merda*. Non è un buon segno, e poi ti accorgi di avere ancora accelerato il passo. È come se cercassi di andare più veloce dei tuoi pensieri, ma loro tengono il passo benissimo ed ecco che arrivate insieme all'altezza del cinema teatro Royal, ex cinema Lucciola, ex dopolavoro ferroviario.

Ecco un posto che ti ricorda un po' di cose. Per esempio *La febbre del sabato sera*, visto in mezzo a una folla pazzesca, con gente seduta ovunque, quando nei cinema non andavano troppo per il sottile sul rispetto delle norme di sicurezza. Qualche anno prima, un film a episodi, di cui non ricordi il titolo. Una di quelle cose sexy anni Settanta, con Edwige Fenech, Barbara Bouchet e soprattutto Giovanna Ralli, la tua passione da ragazzino.

E poi fra i vari ricordi se ne fa strada uno più remoto e spiacevole. Ti viene in mente la parola *simbolico*. È corretta, si tratta di un ricordo simbolico. Andavi in prima media alla Giovanni Pascoli e un giorno grigio di febbraio tutta la scuola fu portata ad assistere allo spettacolo di un prestigiatore, il mago Navlis – Silvan letto al contrario. Una cosa stravagante davvero, alle nove del mattino queste centinaia di ragazzi che si accalcavano davanti all'allora cinema Lucciola, prossimo a venire trasformato nel cinema teatro Royal. Chissà perché la scuola aveva organizzato una cosa del genere, chissà qual era il contenuto di istruzione di quello spettacolo.

La maggioranza della scolaresca era in preda a una eccitazione eccessiva e quasi fuori controllo. Non erano state ancora aperte le porte, centinaia di ragazzi spingevano, gridavano, facevano scherzi violenti. Ne ricordi uno che produceva delle incredibili, fragorose scorregge con le mani a ventosa. Te ne fece una fortissima nell'orecchio e fu in quel momento che ti rendesti conto di aver perso il contatto con i tuoi compagni di classe. Eri in mezzo a sconosciuti che ti stringevano, ti spingevano, ti urlavano addosso; uno alle tue spalle ti diede un ceffone sulla nuca e insomma a un certo punto perdesti il controllo. Scoppiasti a piangere e cercasti disperatamente di farti strada verso l'uscita, per scappare. Un professore ti vide, ti fermò, ti chiese cosa fosse successo, ma tu singhiozzavi e non potevi parlare. Quello allora ti prese per le spalle e ti scosse. Te la ricordi bene la presa di quelle mani, era decisa ma anche delicata, e funzionò. Cominciasti a calmarti, abbastanza da imbastire una buona bugia per giustificare la tua reazione scomposta. Qualcuno ti aveva dato un pugno nello stomaco. No, non avevi visto chi era stato, la confusione era incredibile; non ti sentivi tanto bene, se era possibile avresti rinunciato allo spettacolo e saresti voluto andare a casa. Quello era un brav'uomo, con l'aspetto da professore di applicazioni tecniche – cioè proprio quello che era –, mani callose, odore di camicia lavata con il sapone di Marsiglia, faccia da Spencer Tracy giovane. Ti disse che non poteva lasciarti andare a casa senza il permesso dei tuoi genitori. Poi ti scortò all'interno del teatro, facendosi strada fra la calca di ragazzini selvaggi, fino a un posto vicinissimo al palcoscenico, uno di quelli riservati ai professori. Da quella posizione privilegiata vedesti i conigli e i colombi che uscivano dal cilindro, la levitazione, la donna segata in due e un sacco di altre cose che non ricordi più. Eri così vicino da notare che il frac del mago era leggermente sdrucito e consumato all'altezza dei gomiti e che l'assistente di Navlis aveva le calze smagliate. Eri così vicino da cogliere alcune zaffate di odore, un misto di sudore, naftalina e abiti polverosi. Non l'hai mai raccontato, quell'episodio; come non hai mai davvero parlato a nessuno di tutte le tue paure da bambino e da ragazzo. Erano così tante che una tua biografia potrebbe cominciare con una frase del genere: "Da bambino avevo paura di tutto".

Sei arrivato su via De Rossi, mancano ormai solo una decina di isolati, e ti accorgi di avere accelerato di nuovo. Vai così veloce da sentire le tue pulsazioni che diventano violente e il calore che aumenta fra la pelle e gli abiti.

Ricordare il panico di quella grigia mattina invernale ti ha fatto bene. Decidi che domani – non ora, perché prendere sonno diventerebbe complicato – farai l'inventario delle tue paure del passato.

Ti sembra una buona idea, anche se non sai perché. Sembra il principio di qualcosa, dopo tanto tempo.

Enrico

«Cosa è successo?» mi chiese Celeste dopo essere entrata in classe e aver visto i miei bendaggi. Era la sua terza lezione di filosofia ed erano trascorsi dieci giorni dal suo primo ingresso in classe. Evitando di guardare i presenti che erano stati anche testimoni oculari dell'accaduto, raccontai la storia che avevo già ripetuto più volte nei giorni precedenti. Ero sul motorino di un amico, avevamo preso male una curva, eravamo caduti e ci eravamo fatti male. Poteva andare peggio, aggiungevo per concludere, col tono vagamente filosofico di chi sa come va il mondo. Lei mi guardò ancora un po', non fece commenti e non credette nemmeno a una parola del mio racconto. La sua espressione era così inequivoca da farmi pensare che qualcuno le avesse raccontato tutta la vera storia.

«Oggi, per darvi un ulteriore elemento di riflessione sulla modernità dei sofisti, comincerò parlandovi di Antifonte. Egli era filosofo, avvocato, oratore – il fondatore della grande tradizione dell'oratoria attica – ma soprattutto a lui è stata attribuita *l'arte di evitare il dolore*, cioè un metodo per curare la sofferenza psicologica attraverso le domande, i discorsi e l'interpretazione simbolica dei sogni. Antifonte inventò la terapia della parola oltre duemila anni prima di Sigmund Freud.»

Prima di proseguire si alzò e girò attorno alla cattedra con quel movimento sciolto, quasi flessuoso, che mi era già diventato familiare.

«Sapete chi era Sigmund Freud?»

Diverse voci si alzarono dalla classe. Freud era stato un filosofo, uno psichiatra, uno scienziato, un uomo politico, uno psicoanalista. Era vissuto nell'Ottocento, nel Novecento, era ancora vivo. Nel complesso le risposte dimostravano un'informazione collettiva imprecisa ma, tutto sommato, accettabile sull'argomento.

«Sigmund Freud era un neurologo austriaco, visse a cavallo fra il diciannovesimo e il ventesimo secolo e inventò la psicoanalisi, cioè una branca della psicologia che si basa sul concetto di inconscio, sull'interpretazione dei sogni, sul dialogo come strumento di terapia. Pochi altri pensatori hanno influenzato la cultura – la scienza, la filosofia, la letteratura – del ventesimo secolo come Freud. Ebbene, alcune delle sue intuizioni sono già presenti nel pensiero e nell'opera di un dimenticato sofista greco vissuto ventiquattro secoli fa.»

Quel giorno Celeste indossava un maglioncino a V su una maglietta bianca e dei jeans scoloriti e, così vestita, sembrava ancora più giovane. Aveva fianchi stretti, quasi da ragazzo, e gambe lunghe e magre.

«Nel grande scontro di idee dell'antichità classica Platone prima e Aristotele poi sono i vincitori, Protagora, Gorgia, Antifonte e gli altri sofisti sono gli sconfitti, anche se ebbero intuizioni modernissime sulla necessità di tenere conto dei vari punti di vista, sull'importanza fondamentale delle parole, sul valore non assoluto delle regole etiche e giuridiche. Eppure per molti secoli sono stati considerati una corrente di pensiero minore e la stessa parola che li definiva – *sofistica*, con il suo derivato: *sofisma* – mantiene ancora oggi un significato negativo. Il sofisma è per definizione il discorso ingannevole basato sulla forza di suggestione del discorso retorico. Un nemico della verità.»

Girardi alzò la mano. Era uno dei bravi della classe, versante destrorso ma non fascista. Studiava tutto, era sempre preparato, faceva parte di Comunione e Liberazione e non era simpatico.

«Dimmi.»

«Che vuol dire: *valore non assoluto delle regole etiche e giuridiche?*» chiese con tono educato ma nel quale si percepiva la tensione polemica.

«Buona domanda. Secondo te cosa vuol dire?»

Girardi, come dicevo, non mi era simpatico ma bisognava riconoscere che era un tipo tosto. Non si tirò indietro e accettò la sfida implicita nelle parole di Celeste.

«Io credo che l'etica debba avere valore assoluto. Altrimenti è facile trovare il modo di non rispettarla.»

«Bene. Sai dirmi cosa significa *etica?*»

«Etica è sinonimo di morale.»

«E dunque? Cosa vuol dire morale?»

Girardi esitò. Chiedere al proprio interlocutore di definire i termini del discorso è uno strumento micidiale. Io non intervenivo quasi mai in classe, durante le lezioni. Non lo avevo mai fatto, sin dai tempi delle elementari. Un po' perché raramente le lezioni mi interessavano, un po' perché ero timido, nonostante mi sforzassi di esibire un'apparenza spavalda.

Quella volta però mi inserii nello spazio creato dall'esitazione di Girardi.

«La morale sono le regole di comportamento. Le regole che ci dicono come dobbiamo comportarci con gli altri.»

La professoressa si voltò nella direzione da cui proveniva quella voce – la mia – e al tempo stesso si voltò buona parte della classe. Non erano abituati a sentirmi intervenire.

«Bene, giusto. La parola chiave è *regole*. La morale è un sistema di regole. Possiamo dire che questo sistema di regole deve essere lo stesso per tutti, ovunque, come sostiene Girardi? Oppure dobbiamo accettare l'idea che queste regole possano dipendere dal contesto, cioè dal luogo, dal momento e da altri fattori?»

«Non uccidere è una regola che vale per tutti, e anche non rubare» disse Girardi.

«Sì e no. Nelle antiche civiltà tribali la regola di non uccidere vale per i membri della stessa tribù ma non per gli altri. Uccidere e spesso anche *mangiare* l'appartenente a un'altra tribù è non solo consentito, ma anche apprezzato. Stando alle loro regole.»

«Ma che significa, sono selvaggi primitivi. Noi parliamo di civiltà» replicò Girardi. La sua voce toccò una nota stridula.

«Non si può dire che violino una legge morale se non ne conoscono l'esistenza. Voglio dire: se per loro non esiste la regola *non uccidere* ma solo *non uccidere i membri della tua tribù* si potrà dire che fanno qualcosa di male – cioè che violano la loro morale – solo se uccidono un membro della loro tribù» dissi io.

Girardi non trovò cosa replicare. Celeste fece un cenno quasi impercettibile di approvazione, lasciò passare una decina di secondi, forse per vedere se c'erano altri interventi, e poi riprese a parlare.

«La parola *etica* nasce con Aristotele ma i temi etici esistono nella cultura greca da molto prima. Discussioni di tipo morale sono presenti nei poemi omerici, nella tragedia e diventano apertamente filosofiche proprio con i sofisti. Prima di loro la questione del giusto e dell'ingiusto veniva risolta in modo semplice. Giusto era quello che stabilivano le leggi dello Stato dettate dagli dèi, ingiusti i comportamenti che si ponevano in contrasto con quelle leggi. I sofisti però, attraverso un'indagine che oggi definiremmo sociologica, mettono a confronto le varie leggi dei diversi Stati e scoprono che spesso ciò che è giusto per uno Stato non lo è per un altro e viceversa.»

Ci diede il tempo di elaborare il concetto e poi continuò.

«Se le leggi fossero dettate dagli dèi dovrebbero essere identiche per tutti. Siccome non è così, possiamo concludere che leggi e morale dipendono dall'ambiente in cui vengono elaborate e in sostanza sono un prodotto della società, della cultura, dell'economia e non verità assolute e rivelate dagli dèi, chiunque essi siano. Prendiamo una regola sulla quale dovremmo essere tutti d'accordo, in astratto: il divieto di mentire. Si tratta di una regola dal valore assoluto? È inderogabile, o a certe condizioni è consentito, se non moralmente obbligatorio, non dire la verità?»

Si alzarono più voci, in una polifonia di opinioni, commenti, esclamazioni. Colsi un movimento di Salvatore, forse solo un'espressione, come se anche lui fosse stato sul punto di dire qualcosa e poi avesse rinunciato.

«È credibile qualcuno che affermi di dire *sempre* la verità? E soprattutto è desiderabile un comportamento del genere, ammesso che esista? Chiedetevi quante bugie avete detto negli ultimi giorni, o anche soltanto nelle ultime ore» questo lo disse guardandomi negli occhi «e domandatevi quali di queste bugie fossero una violazione della legge morale che vieta la menzogna, quali fossero innocue, quali fossero moralmente obbligatorie.»

«Come fa una bugia a essere moralmente obbligatoria?» chiese qualcuno.

«Immaginiamo una situazione. Siamo nel 1944, in territori occupati dai nazisti. Una famiglia ebrea in fuga dai rastrellamenti bussa alla porta della vostra casa in campagna e vi chiede rifugio. Voi li fate entrare, date loro da mangiare, li sistemate in cantina o nella mansarda o dove vi pare. Poco dopo qualcuno bussa di nuovo alla porta. Questa volta si tratta di una pattuglia di militari delle SS, il loro capo vi chiede se abbiate visto ebrei in fuga o se ce ne sia qualcuno da voi, ammonendovi sul fatto che bisogna dire la verità a ufficiali delle SS nell'esercizio delle loro funzioni. Cosa fate?» Ci fu una cacofonia di voci ma tutte dicevano, come è ovvio, la stessa cosa anche se in modi diversi. Nessuno avrebbe rivelato ai nazisti di avere accolto degli ebrei.

«Bene, direi che su questo punto siamo tutti d'accordo. *Non* diciamo la verità ai nazisti e così salviamo – o cerchiamo di salvare – gli ebrei che ci hanno chiesto aiuto e si sono affidati a noi. Ma come la mettiamo con l'obbligo di dire sempre la verità? Un grande filosofo che studierete in terza liceo, Kant, sosteneva che mentire non è mai lecito e che la menzogna – ogni menzogna – è un'ingiustizia contro i diritti dell'umanità intera. In questo caso ci troviamo di fronte a un dilemma. Se diciamo la verità condanniamo a morte gli ebrei – per non dire del rischio cui esponiamo noi stessi. Se mentiamo, violiamo il precetto di dire sempre la verità. Come si esce da questo dilemma?»

Il brusio diventò quasi un rumore di piccola folla. In molti erano in procinto di parlare per provare a rispondere a quella domanda.

«Bisogna vedere quali sono gli interessi concreti in gioco, bisogna vedere qual è il più importante. Se un'azione astrattamente immorale come mentire serve a salvare delle vite umane, allora diventa morale in concreto» dissi parlando veloce, per evitare che qualcuno potesse arrivare prima di me.

Celeste accennò un sorriso, in bilico fra ammirazione e ironia. Mi parve che tutti gli altri scomparissero, che le altre voci sfumassero e che in quell'aula, uno di fronte all'altra, fossimo rimasti solo lei e io. Non potrò mai dimenticare la sua faccia, e mi veniva da piangere per quanto era bella e se in quel momento mi avessero chiesto di esprimere un desiderio avrei detto che volevo passare tutta la vita con lei.

«Molto bene, Vallesi, vedo che l'*incidente stradale* non ha danneggiato la tua capacità di ragionamento. È così» aggiunse tornando a rivolgersi alla classe, «le scelte etiche si fanno in base a regole generali, che peraltro possono variare da società a società, e operando una comparazione in concreto degli interessi in gioco. Il metodo – e lo spirito – di ragionamento che ci consente di fare un'affermazione del genere nasce con i sofisti ed è questo il motivo per cui oggi li studiamo e non dovremmo dimenticarli.»

Eravamo alla fine dell'ora. Lei andò alla cattedra, aprì il registro e ci scrisse su qualcosa.

«Tu hai preso otto e mezzo, Girardi: è una buona cosa avere il coraggio di difendere le proprie idee.» Indugiò qualche secondo.

«Tu hai preso nove, Vallesi. La risposta sul bilanciamento degli interessi era... brillante» disse alla fine, subito prima che suonasse la campanella.

Enrico

L'indirizzo era nella città vecchia, che allora era un posto pericoloso dal quale noi ragazzini perbene ci tenevamo alla larga. Era facile perdersi nell'intrico di quelle piccole vie, e soprattutto era facile essere aggrediti, malmenati, rapinati da bande di coetanei molto più avanti di noi nell'esperienza della vita reale. Ognuno di noi aveva una storia da raccontare, più o meno vera, più o meno romanzata, di cosa gli era accaduto in una imprudente incursione a Bari Vecchia.

Il giorno prima mi avevano tolto i punti e avevo questo sfregio rosso vivo che spuntava dal sopracciglio destro dandomi un'aria audace. Avevo deciso che l'effetto mi piaceva: *Enrico lo sfregiato* non suonava male. Anche per questo, forse, attraversai con decisione il confine di corso Vittorio Emanuele, mi addentrai fra i vicoli oscuri della città vecchia e non ci misi più di una decina di minuti per trovare il posto. Nessuno mi aggredì o cercò di rapinarmi.

Era un palazzo molto grande e così fatiscente da sembrare quasi in rovina. Salvatore mi aveva detto di salire al terzo piano e di bussare alla porta con la targhetta dell'associazione Italia-Cuba. Non c'era ascensore e salendo le scale male illuminate passai attraverso ogni tipo di odore: di cucina, di bucato, di umido, di piscio di gatto, di varechina, di polvere, di altro che non sapevo decifrare. La baldanza di poco prima si dissolse rapidamente. C'era un senso vago di pericolo, per quelle scale e in quel palazzo. Come se ci fosse qualcuno – *qualcosa* – appostato nelle rientranze dei muri, nelle zone d'ombra, dietro le porte scricchiolanti.

Man mano che procedevo nella semioscurità mi chiedevo per quale motivo ci fossi andato, in quel posto. Al secondo piano incontrai una vecchia brutta e con gli occhi cattivi. Forse fu la mia mente suggestionabile, ma mi parve tanto somigliante alle streghe dei miei incubi da bambino. Sibilò qualcosa che non capii, cui non risposi ma che mi diede i brividi. Per qualche istante pensai di girarmi sui tacchi e di scappare via, senza guardarmi indietro, per non tornare mai più. Invece non scappai. Arrivai al terzo piano con il cuore che batteva rapido, individuai fra le quattro porte che davano sull'ampio ballatoio quella dell'associazione Italia-Cuba, provai a schiacciare il pulsante del campanello ma non sentii niente. Riprovai, più a lungo, con lo stesso risultato. Mi stavo chiedendo se provare a bussare alla porta o se andarmene e basta, quando la porta si aprì cigolando. Mi trovai davanti un ragazzo più grande di me, basso di statura, con una faccia da faina, rosso di capelli, occhi piccoli e sospettosi.

«Chi sei?»

«Sono un amico di Salvatore, mi ha detto lui di venire.»

Se la risposta gli parve soddisfacente non lo diede a vedere. Mi scrutò a lungo, senza muoversi; guardò alle mie spalle, come per controllare se c'era qualcuno con me. Alla fine dovette concludere che non rappresentavo un pericolo, aprì un po' di più la porta, si scostò e mi fece entrare.

In seguito avrei scoperto che in quell'appartamento il campanello era stato disattivato ma, quando qualcuno premeva il pulsante, in tutte le stanze si accendevano delle luci rosse lampeggianti. Era un dispositivo che serviva a prendere tempo in caso di controlli della polizia o dei carabinieri. Il brigadiere provava a suonare e non sentiva niente. Magari, però, se non c'era una ragione speciale per fare irruzione, aspettava un po' prima di riprovare e ancora un altro po' prima di lasciar perdere il campanello e bussare direttamente sulla porta con il pugno. Dall'altra parte intanto si erano accesi i lampeggianti rossi e qualcuno era andato a controllare nello spioncino, aveva visto gli sbirri e dato, in silenzio, l'allarme, in caso ci fosse del materiale – volantini, spranghe, chiavi inglesi, catene, coltelli, altro – che era meglio far sparire.

Attraversammo, una dietro l'altra, quattro o cinque stanze nelle quali c'erano: scaffali con libri e fascicoli, un divano semisfondato con molle che venivano fuori come teste di animali immaginari, scrivanie, vecchie macchine da scrivere, un ciclostile, armadi scalcinati, un letto, una grande radio, un giradischi, un gatto. Le pareti erano in cattivo stato, sporche e scrostate; su alcune erano attaccati in malo modo dei manifesti di propaganda politica. C'era odore forte di fumo, di inchiostro, di scarsa pulizia e, più ancora che per le scale, di umidità. La casa pareva deserta, a parte una ragazza magrissima che era intenta a scrivere a macchina e che ignorò il mio passaggio.

Alla fine arrivammo in una stanza molto più grande delle altre – in tempi migliori doveva essere stata un salone –, che aveva l'aria di una specie di palestra. C'erano dei vecchissimi manubri arrugginiti, un sacco da boxe riparato in molti punti con nastro adesivo da imballaggio, un paio di spalliere svedesi, dei copertoni di camion. Lì dentro c'era Salvatore, con sei o sette ragazzi – qualcuno in tuta, qualcuno vestito normalmente – che facevano piegamenti sulle braccia, mentre lui era in piedi e contava. Ogni numero sembrava un colpo di frusta sul pavimento.

«Allora sei venuto» disse quando mi vide, interrompendo il conteggio. Feci di sì con la testa, non sapendo cosa rispondere.

«Hai tolto i punti.»

«Sì, oggi.»

«Bene, allora ti puoi allenare con noi.»

«Ma non ho niente...»

«Che vuol dire: *non ho niente*?»

«Non so, una tuta, scarpe da ginnastica.»

«Non c'è bisogno. Non vedi gli altri? Se la prossima volta vuoi venire in tuta, va bene, ma va bene anche vestito normale. Le scarpe da ginnastica invece è meglio se te le porti, ma oggi puoi cominciare anche senza. Togliti il giaccone, mettiti di lato e saltella cinque minuti per scaldarti. Poi ti dico io cosa fare.»

Insomma, non c'era molto da aggiungere o da replicare e così cominciò il mio primo allenamento e un pezzo della mia vita che non avrei mai più dimenticato.

«Vediamo quanto sei in forma» disse quando gli parve che mi fossi riscaldato a sufficienza. Voleva vedere quanti piegamenti sulle braccia fossi capace di fare. Non feci una gran figura. Arrivai a stento a dieci, con un'impostazione non proprio impeccabile e con le braccia che mi tremavano. Avevo sempre odiato le flessioni. Forse perché le flessioni sulle braccia – oltre a tutta un'altra serie di esercizi di culturismo casereccio – erano la fissazione di mio padre. Ogni mattina ne faceva cento, divise in due serie da cinquanta. Quando mio fratello era diventato abbastanza grande avevano cominciato a sfidarsi a chi ne faceva di più e ovviamente, col tempo, mio fratello vinceva sempre più spesso. Io mi ero sempre rifiutato di partecipare a questa competizione che mi sembrava una pagliacciata e alla quale peraltro, come fu chiaro in quel primo allenamento con Salvatore, ero del tutto impreparato.

Quando mi tirai su, Salvatore scosse la testa.

«Fra un mese ne devi fare almeno trenta e fra due mesi almeno cinquanta. Altrimenti ti spezzo le gambe» aggiunse dopo averci pensato un poco. Doveva essere una battuta, ma non riuscii a cogliere una sfumatura scherzosa nel tono della sua voce.

Nel frattempo gli altri avevano finito la ginnastica, si erano disposti a coppie e facevano una specie di scherma in cui a turno si sferravano dei colpi con le mani aperte e con i gomiti.

«Come vedi non ci sono pugni.»
«Perché?»
«Perché per tirare bene un pugno senza farti più male di quello che se lo prende devi essere un professionista. L'idea qui, invece, è di imparare presto a combattere, senza metterci tutto il tempo che ci vuole a diventare un professionista.»
Allora va detto che la conversazione e tutta la situazione erano surreali. Ero un ragazzo che non amava lo sport – calcio escluso –, che detestava gli allenamenti e al quale non era mai passato per la testa di "imparare a combattere". Però in quel momento tutto mi parve naturale, come succede in certi sogni.
«Se colpisci con la mano aperta stordisci molto di più che con un pugno e non ti fai male. Se colpisci con una gomitata fai molto più male che con un pugno e non ti fai male.»
Per terra, in un angolo del salone, c'erano dei caschi da motociclista. Ne prese uno e me lo mise davanti al volto.
«Prova a darci un pugno. Non troppo forte altrimenti ti spacchi la mano.»
Provai a dare un pugno, non troppo forte come mi aveva detto, e anche se non mi spaccai la mano, mi feci abbastanza male.
«Se devi affrontare uno con il casco e non sei armato, cosa fai?»
Mi venne da chiedere perché mai avrei dovuto affrontare *uno con il casco*, ma qualcosa mi disse che non era il momento di fare domande del genere.
«Non lo so.»

Poggiò il casco per terra e mi mostrò come si sferra un colpo con la mano aperta. Il movimento era più o meno quello di un pugno, solo che a colpire era il palmo della mano. Me lo fece sentire, quasi con dolcezza, sulla spalla. Il livido mi rimase per una settimana. Poi riprese il casco e me lo mise di nuovo davanti.

«Adesso prova a colpirlo con il palmo della mano, con la stessa forza di prima.»

Eseguii, il movimento mi venne stranamente spontaneo e non mi feci male.

«Se colpisci uno che ha il casco con il palmo della mano aperta lo rincoglionisci di più che se gli dai una mazzata con una chiave inglese.»

Subito dopo mi insegnò la tecnica del colpo di gomito e anche quello mi riuscì con naturalezza. Salvatore era un bravo insegnante, sembrava mostrarti un'abilità che era già tua e della quale, semplicemente, dovevi diventare consapevole.

«Adesso mettiti davanti al sacco e prova queste due cose che ti ho insegnato. Piano, altrimenti ti fai male. Colpo con il palmo della mano, gomitata, tocca, torna indietro, spostati e ripeti. Fai due o tre giri attorno al sacco e poi ricomincia nella direzione opposta, invertendo le braccia. Continua fino a quando non ti dico di smettere.»

Mi disse di smettere mezz'ora dopo, quando non riuscivo più a tenere le braccia alzate, respiravo in modo sempre più affannoso, a bocca aperta, e mi sentivo tutto indolenzito. Niente però in confronto ai dolori che avrei avuto nei due giorni successivi.

«Qui ci alleniamo tutti i giorni, però domani non riesci nemmeno a muoverti, quindi torna dopodomani. Ora vatti a fare una doccia.»
«Ma non ho portato niente, borsone, accappatoio...»
Fece una breve risata, innaturale, quasi meccanica.
«Non hai capito. Vatti a fare una doccia a casa tua. Mica questa è una palestra, non ce l'abbiamo lo spogliatoio. Al massimo puoi andare al cesso a lavarti la faccia, a bere e a pisciare, se hai bisogno.»

Mi sentii un vero cretino. Andai a riprendere il giaccone mentre gli altri continuavano ad allenarsi. Si erano divisi in due gruppi e si affrontavano spingendosi con i copertoni di camion, un gruppo contro l'altro, in una specie di combattimento collettivo, affannoso e che, non so per quale motivo, mi comunicò un'inquietudine violenta.

«Per venire qui devi dare un contributo all'associazione. Ognuno mette quello che può, se può. Secondo me tu puoi portare diecimila lire al mese.» Poi si girò e andò verso gli altri ragazzi, senza salutarmi.

Sette

Oggi è una giornata bellissima. Sole, vento fresco, il cielo di un colore che avevi dimenticato. Quando sei in strada pensi che devono essere passati non meno di vent'anni dall'ultima passeggiata in una mattina di primavera come questa, quaggiù. Quando sei su via Sparano ti fermi davanti alla libreria Laterza, dai un'occhiata alle vetrine e resisti alla tentazione di fare un giro all'interno. Lo sai bene che dopo un poco ti metteresti alla ricerca del tuo romanzo e non vuoi rischiare l'umiliazione di scoprire che magari non ne hanno più nemmeno una copia. Non hai proprio voglia di guastarti il buonumore di questa mattina. Così lasci perdere la libreria, raggiungi corso Vittorio Emanuele e giri verso il teatro Margherita, così bello e così abbandonato. Pare che vogliano farci un museo di arte moderna. Pare, ma per il momento è una specie di guscio vuoto e fa tristezza. Tu però non hai voglia di tristezza, oggi, così lo superi di buon passo e ti dirigi verso il molo Sant'Antonio. Da una macchina ferma e con i finestrini abbassati vien fuori un vecchissimo pezzo di Bennato: *È stata tua la colpa.* Chissà se significa qualcosa, questa colonna sonora, ti chiedi prima di passare ad altro. Sono le dieci e mezza, l'aria si sta riscaldando. Fra poco dovrai togliere la giacca e arrotolare le maniche. Sul molo, nella fascia interna, quella dalla quale si vedono, una accanto all'altra, le silhouette della città vecchia e della città nuova, immobili, silenziose e surreali, ci sono quattro pescatori. Tre sono in piedi, uno, più organizzato degli altri, ha una sedia di stoffa, tipo quelle dei registi.

Per quello che ricordi, lì si pescano spigole e soprattutto cefali. Diciamo che il posto è famoso per la pesca al cefalo. Da bambino, quando avevi otto, nove anni ti aveva preso la passione per la pesca. Anzi, meglio: la passione per l'*idea* della pesca. Sin da bambino sei sempre stato incline a passioni letterarie e in genere astratte. Avevi convinto i tuoi genitori a regalarti l'attrezzatura – canna, mulinello, lenza, ami, piombini, galleggianti – e tuo padre per due volte ti aveva portato appunto al molo Sant'Antonio a tentare la pesca del cefalo. Non avevi preso niente né la prima né la seconda volta mentre tutt'intorno gli altri pescatori – quelli veri – tiravano su pesci di ogni dimensione. Dopo il secondo tentativo infruttuoso la passione per la pesca era cessata ed eri passato ad altro.

Però non sei venuto qui per rievocare le tue poco emozionanti avventure di pesca. Ci sei venuto perché è un posto che ti ricorda una delle tue paure di bambino. Tutte e due le volte che eri andato in quel posto avevi trovato, oltre ai pescatori veri, un gruppo di ragazzini che facevano il bagno. Si tuffavano dal molo con grandi salti, grida, allegre bestemmie.

L'acqua davanti al molo era – ed è ancora – scura e profonda. Che fosse scura e, diciamocelo, lurida si vedeva; che fosse profonda si intuiva dal tempo che quei ragazzini ci mettevano a tornare in superficie dopo ogni tuffo.

Tu non sapevi nuotare, allora. Guardavi quei diavoli oscillare sul margine del molo e poi lasciarsi cadere e sparire fra schizzi e urla nell'acqua torbida e minacciosa e pensavi che non saresti mai stato capace di fare qualcosa del genere.

«Qualcuno di questi si prenderà la salmonellosi» disse a un certo punto tuo padre. La frase ti diede una punta di maligna e inconfessabile contentezza, quella dei vigliacchi quando pensano alle possibili conseguenze delle azioni audaci. Eppure nel profondo, dentro di te sapevi che avresti accettato volentieri il rischio di prendere quella malattia dal nome strano in cambio dell'incoscienza di quei ragazzini. In cambio del coraggio di stare in bilico su quel bordo vertiginoso e poi di sprofondare in quell'acqua nera come un pozzo.

Chissà cosa ne è stato di quei ragazzini. Non li conoscevi, nemmeno ti ricordi le loro facce e in ogni caso si tratta di una domanda destinata a rimanere senza risposta. Una domanda speculativa, tanto per cambiare. Speculativa e nemmeno originale.

Ti passa per la testa che uno dei quattro pescatori di stamattina potrebbe essere uno dei ragazzini di tanti anni fa.

No, non è possibile. Uno è troppo giovane e gli altri sembrano decisamente troppo vecchi.

Comunque questo è di sicuro un buon posto per quell'inventario sulle paure cui hai pensato ieri notte. La paura dell'acqua profonda durò a lungo, anche dopo avere imparato a nuotare. Allo stesso modo intense erano la paura del vuoto – balconi, terrazze, ogni altro tipo di luogo alto – e la paura del buio in tutte le sue variazioni. Ti ricordi il corridoio di casa della bisnonna, con i suoi odori di naftalina, di vecchi abiti, di gatto. L'interruttore era proprio a metà strada fra il soggiorno e il bagno. Per andare a fare la pipì bisognava dunque percorrere un bel pezzo di quell'oscurità minacciosa. Era pieno di nascondigli, quel corridoio – armadi, rientranze nel muro, scaffali polverosi, semipieni – e ogni volta che con il cuore in gola dovevi raggiungere l'interruttore nel buio, immaginavi demoni, streghe e mani adunche pronte a ghermirti.

Poi c'era il buio della tua cameretta, il luogo più familiare di tutti dove a volte però ti capitava di svegliarti nel cuore della notte in preda agli incubi. In quei casi dovevi accendere la luce e leggere, fino a quando non filtravano le prime luci dell'alba e potevi riaddormentarti, anche se solo per poco.

Una volta ti capitò un'esperienza particolarmente paurosa. Ti sembrava di essere sveglio, anche se avrebbe dovuto insospettirti il fatto che tenevi gli occhi aperti al buio. Cioè una cosa che non avresti mai avuto il coraggio di fare. O tenevi gli occhi chiusi, coperto fin sopra la testa, o accendevi la luce.

Quella notte invece avevi gli occhi aperti, o così ti sembrava, e fissavi la porta della tua camera. A un certo punto tua madre entrò e rimase lì, nell'oscurità. Ti ci volle qualche istante per renderti conto che non aveva aperto la porta, ci era passata attraverso; e lì, ferma nel buio, stava in piedi ma leggermente sollevata dal pavimento.

Ti svegliasti gridando disperatamente, in preda a un ragionamento essenziale: quello che avevi *visto* era un fantasma – sono i fantasmi che passano attraverso le porte e rimangono sollevati da terra –; tua madre era un fantasma; dunque tua madre era morta. Solo molti anni dopo uno psichiatra ti avrebbe spiegato cos'era accaduto. Avevi avuto un'illusione ipnagogica – una specie di allucinazione che si verifica con una certa frequenza nella prima fase del sonno – cioè un fenomeno a volte spaventoso ma del tutto naturale. Anche dopo queste informazioni però, quando ti capita di ricordare quell'episodio, senti un brivido dietro la nuca e devi costringerti a distogliere il pensiero.

Tutte queste paure, e le altre – la folla, i grossi insetti volanti, i cani –, erano scomparse senza che te ne accorgessi. Alla fine del liceo non c'erano quasi più e adesso che ci pensi non sapresti dire quando e perché si erano dissolte. A diciannove anni, quando andando via da Bari avevi fatto una sorta di catalogo della coscienza, ti rimaneva solo una lieve inquietudine se ti capitava di guardare giù da posti molto alti e una scarsa propensione a nuotare da solo lontano dalla riva. Basta.

Non ti sei mai posto il problema di approfondire la questione, non ti ha mai incuriosito, ti è sempre parso il risultato di un'evoluzione naturale. Da piccolo hai paura di tutto, diventi grande e smetti di avere paura. Così.

Adesso però la curiosità ti è venuta, e cercando di mettere a fuoco quegli anni ti rendi conto che le paure c'erano ancora in quinta ginnasio. Dopo, invece, non ne hai più alcun ricordo.

«Non vuole mica buttarsi in acqua?»

La voce è piuttosto profonda, un po' rauca, impercettibilmente ironica e ti risveglia dalla leggera trance in cui eri caduto. Ti accorgi di essere molto vicino al bordo del molo.

«No, no. Mi sono fatto trasportare dai pensieri» dici facendo un passo indietro e girandoti verso il titolare della voce. Avrà forse sessantacinque anni, capelli bianchi corti e folti, occhi azzurri, barba cortissima, anch'essa bianca. Sembra un Hemingway più piccolo e magro.

«E cosa pensava, di così ipnotico, se è lecito?» ti chiede voltando la testa verso di te mentre la canna resta puntata verso il mare.

Ti stai chiedendo cosa rispondergli quando, proprio in quel momento, la lenza si tende e subito dopo la canna si flette.

«Scusi» dice, «sono da lei fra un po'. Sembra che ci sia qualcuno dall'altra parte.» Poi comincia a lavorare con il mulinello e a ondeggiare leggermente avanti e indietro. Dopo forse un minuto il pesce affiora ma non ha l'aria di volersi rassegnare alla cattura. Guizza da una parte all'altra, a zig zag, per cercare di liberarsi. Il pescatore cede un poco e poi tira di nuovo, dando ogni volta un paio di giri di mulinello, cosicché il pesce è sempre più vicino. Alla fine il cefalo guizza fuori dall'acqua agganciato. Per un istante uomo, canna, lenza e animale sembrano un tutt'uno armonioso.

L'uomo tira fuori il pesce – è piuttosto piccolo –, lo raccoglie con un retino, lo prende in mano, gli apre la bocca e con delicatezza lo libera dall'amo. Poi lo tiene davanti al viso, come se volesse dirgli qualcosa, e infine lo ributta in acqua.

«Perché lo ha fatto?»

«Troppo piccolo. Sotto i venti centimetri non è nemmeno permesso pescarli. Provo a riprenderlo un'altra volta, quando è cresciuto.»

Si piega con un movimento fluido, da uomo giovane, e poggia la canna per terra.

«E allora, che pensieri l'hanno portata sull'orlo del molo, a rischio di finire nell'acqua fra i cefali?»

«Stavo ricordando una volta che ero venuto anch'io a pescare qui, tanti anni fa, da bambino.»

«Lei è di Bari? Ha un accento che non sembra barese, anche se non saprei identificarlo.»

«Sono cresciuto a Bari ma dopo il liceo sono andato fuori a studiare. Vivo a Firenze da allora.»

«E da bambino veniva qui a prendere i cefali.»

«Mai preso un pesce in vita mia. Sono venuto qui due volte, non ho pescato niente e ho rinunciato. Non sono mai stato bravo a gestire le frustrazioni.»

«Forse non usava l'esca giusta. È un errore comune. Non solo nella pesca.»
«È probabile. Qual è l'esca giusta?» e stai per aggiungere: non solo nella pesca.
«Mollica di pane aromatizzata con pasta di acciughe. Volendo si può pasturare con pane e formaggio. Il divertimento di questa pesca è soprattutto nel combattimento. Come ha visto, il cefalo non si rassegna a farsi prendere, anche quando è molto piccolo.»
«E come si mangia?» Mentre gli fai questa domanda tutta la conversazione ti sembra confortevolmente surreale.
«Io lo preparo al forno con i limoni o, meglio, al vapore con un filo di olio. A molti piace arrostito ma a me la puzza del pesce arrosto non piace proprio. Ma non lo ha mai assaggiato?»
«Credo di no.»
Il pescatore scuote la testa in segno di bonaria disapprovazione.
«Lei è di Bari e non ha mai mangiato il cefalo. È un pesce con una reputazione bistrattata ma, come per molte altre cose, è solo una questione di nomi.»
«Che vuol dire?»
«Sa cos'è la bottarga di muggine?»
«Certo.»
«E l'ha mai assaggiata?»
«Sì, mi piace molto.»
«Le sembra un cibo raffinato?»
«Molto.»

«E il cefalo le sembra un cibo raffinato?»
«Onestamente, no. Non l'ho mai assaggiato ma non lo associo a un'idea di raffinatezza.»
«E lo sa che pesce è il muggine, quello dalle cui uova si fa la bottarga?»
«No...»
«Il muggine è il cefalo.»
«Ah. Non lo sapevo, avrei detto che il muggine era una specie di storione o roba del genere. Ma quanto sono grossi quelli che prende di solito?»
«Una volta ne ho preso uno di quasi quattro chili. Ci sono voluti più di venti minuti per tirarlo su. Combatteva come una furia.»
«Quattro chili?» Sembrano davvero troppi, anche a uno che non se ne intende come te, quattro chili per un cefalo.
«Sta pensando che è la tipica panzana da pescatori. In effetti i cefali che si prendono qui di regola pesano due, trecento grammi. Mezzo chilo, qualche volta. Pescare un cefalo da quattro chili è un evento eccezionale, ma se legge un qualsiasi libro di zoologia scoprirà che i cefali possono raggiungere gli otto chili di peso, anche se non ne ho mai visto uno così. Il più grosso che abbia mai visto era il mio. Ho le foto. Era lungo sessanta centimetri e ha combattuto come un dannato prima di arrendersi. Se mi dà un indirizzo di posta elettronica le mando la foto. Io vicino al pescione.»
Non sai che dire. Lui sorride e sembra d'un tratto un bambino che ha appena fatto uno scherzo.

«E va bene. Non pesava quattro chili e non era lungo sessanta centimetri. Ma era davvero grosso. Pesava più di due chili ed era lungo quarantadue centimetri, e davvero ci è voluto tanto a tirarlo su. Non ne ho mai visto uno più grosso. Dire una bugia in questi casi è obbligatorio, uno come lei che non ne capisce molto non sarebbe abbastanza impressionato dalla verità.»

«Capisco bene il meccanismo. Ho detto bugie psicologicamente affini a questa per tutta la vita» dici restituendo il sorriso.

«Ma lei che fa nella vita? Ho l'impressione di avere già visto la sua faccia, da qualche parte. È il mio rimbambimento senile o può essere che ci siamo già incontrati?»

«Non credo.» Poi senza pensarci aggiungi: «Mi chiamo Enrico Vallesi».

«Vallesi... ma non è mica lo scrittore?»

Annuisci, un po' imbarazzato. Perché diavolo gli hai detto il tuo nome?

«Ah, ma certo, allora ho visto la sua fotografia da qualche parte. Ho letto un suo romanzo, qualche anno fa. Non ricordo il titolo, però. Era come una specie di citazione?»

«Preferiremmo di no.»

«Ecco, certo. Ha citato *Bartleby lo scrivano*.»

«Sì, l'idea era quella.»

«Poi però non ho trovato altri suoi libri. Non ha pubblicato più niente o sto perdendo colpi anche nella mia attività di pattugliatore quotidiano delle librerie?»

Scuoti la testa. Non hai pubblicato più niente e a quanto pare lui non perde affatto colpi.
«E lei di cosa si occupa?» chiedi prima che quello faccia altre domande.
«Sono in pensione» risponde, ma senza la malinconia che spesso accompagna questa risposta. Anzi, nei suoi occhi balena un lampo, vagamente fanciullesco, con un filo di follia giocosa.
«Prima facevo il professore di liceo. Italiano e latino.»
«Quale liceo?»
«Al Socrate.»
«Io sono andato all'Orazio Flacco.»
«Anch'io. Non è stata una scelta, ai miei tempi c'era solo quello.»
«Com'è la pensione?» È una domanda che non avresti mai fatto se non avessi colto quel lampo di lieve, allegra follia.
«La pensione è una cosa strana. L'ho aspettata ogni singolo giorno degli ultimi anni di lavoro. Non ne potevo più dei presidi, dei vicepresidi, dei colleghi, delle sale dei professori, dei ragazzi e soprattutto dei genitori, di gran lunga la categoria più insopportabile. Non ne potevo più di parlare di cose che non interessavano ai ragazzi e soprattutto non interessavano più a me. Insomma: me ne volevo andare. Poi è arrivato l'ultimo giorno, mi hanno fatto una festa, di quelle che avevo visto tante volte in trentasei anni di scuola. Ogni volta mi erano parse patetiche, e ogni volta mi era parsa patetica la commozione di quelli che se ne andavano in pen-

sione e si mettevano a piangere e sembravano dispiaciuti di abbandonare quel mondo che fino al giorno prima avevano detestato con tutte le loro forze. Io *sapevo* che per me sarebbe stato diverso.

«Fatte queste premesse, mi sono commosso come un cretino, mi si sono inumiditi gli occhi, ho abbracciato un sacco di persone che avevo detestato o che nel migliore dei casi mi erano state indifferenti. Quando sono uscito da quel portone con il mio orologio – che regalo del cazzo, scusi il termine, un orologio, per un momento in cui avresti bisogno di tutto, tranne che di un ulteriore promemoria del tempo che passa – mi sono ritrovato per strada, del tutto perso. Insomma: vecchio. La annoio, forse.»

«No. Mi piace come racconta.»

«Be', detto da lei dovrebbe essere un complimento. La faccio breve: il primo anno è stato piuttosto brutto ma poi ho cominciato a prenderci gusto. Ho conosciuto una persona, ci vogliamo bene, andiamo molto d'accordo, ma ognuno sta a casa sua. Viaggio, leggo un sacco di cose, scrivo qualche pezzo per i giornali locali. Come vede vengo a pescare. Vado spesso al cinema e anche ai concerti. Invece non vado a teatro, dove quasi sempre mi sono annoiato a morte. A lei piace il teatro?»

Neanche a te il teatro è mai piaciuto troppo, con qualche rara eccezione. Sfortunatamente invece ad Agata piaceva: andava matta per alcune cose di avanguardia che tu trovavi entusiasmanti come una seduta dal dentista. Ti ricordi una rassegna, organizzata da uno dei suoi amici alternativi, che si intitolava *Orfanitudini – Percorsi sull'assenza del padre*.

Ti toccò vederla tutta, quella rassegna, e oggi non saresti in grado di raccontare una sola delle rappresentazioni. Hai un vago ricordo di uomini in calzamaglia e cilindro, donne con costumi da bagno di inizio Novecento, una bara nel mezzo del palcoscenico e soprattutto una colossale, incalcolabile rottura di coglioni.

Te ne eri scordato, ma adesso ti passano per la testa tante serate trascorse nell'oscurità di platee un po' fetide, aspettando solo che tutto finisse e almeno si potesse andare a cena. Non ti eri mai soffermato su questo aspetto dell'essere stato lasciato da Agata. Niente più teatrini puzzolenti e spettacoli demenziali. Non è poco. Sorridi e decidi definitivamente che il professore ti piace.

«No, di solito mi annoio anch'io.»

«Ecco, appunto. Quando insegnavo non avrei mai avuto il coraggio di dire una cosa del genere. A pensarci bene non era neanche questione di coraggio. Non lo sapevo, che il teatro non mi piaceva. Era una cosa così difforme dalla mia idea di me stesso – diciamo: intellettuale piuttosto impegnato e ricco di interessi –, che non avrei mai potuto ammetterlo. Tanti anni fa andai a vedere al Petruzzelli *L'anima buona di Sezuan* di Brecht...»

«Con la regia di Strehler?»

«Sì, esatto. Lo ha visto?»

«No.»

«Io, sì, come dicevo. Mi faccia sgombrare il campo dagli equivoci: non sto facendo una critica del testo o della messa in scena. Figuriamoci. Però lo spettacolo durava quattro

ore. Capisce? *Quattro ore.* Per almeno due terzi della rappresentazione io sono stato a chiedermi quanto mancasse alla fine. Poche volte mi sono annoiato così tanto. È un problema mio, sia chiaro. Lei è uno scrittore e un intellettuale, non pensi troppo male di me.»
«Quindi legge, va al cinema...»
«Viaggio, ma niente tristissime vacanze organizzate. Fino a quando ce la faccio, viaggio da solo o con la fidanzata. Trova ridicolo che un uomo di sessantasette anni dica di avere una fidanzata?»
«No.»
«Ogni tanto mi prende il dubbio del ridicolo.»
«È bene avercelo, il dubbio del ridicolo.»
«Sì, credo di sì. Cosa stavo dicendo? Ah, sì. Le vacanze. Siccome non ho problemi di ferie mi metto in macchina, oppure prendo un treno o un aereo fuori stagione e vado a vedermi le cose che ho voglia di vedere. Una mostra, una città che non conosco, o magari qualche posto nella natura. Recentemente, per esempio, ho visitato il delta del Po. Conosce quella zona?»
Scuoti il capo. Non ci sei mai stato.
«Dovrebbe andarci, ci sono dei posti bellissimi, che uno nemmeno si immagina.»
«I luoghi di Bassani.»
«Appunto. Mi piace andare a scoprire i posti letterari. Ma chiacchiero troppo. Mi capita di incontrare uno scrittore, dovrei far parlare lui. Sta scrivendo qualcosa?»
Ti accorgi di non aver voglia di bugie come se fossi arriva-

to al punto di saturazione. E, come ieri sera con tuo fratello, hai voglia di *parlare*.

«Perché non andiamo a bere qualcosa?»

Il professore acconsente con un cenno del capo, come se foste due vecchi amici e questa fosse una proposta del tutto naturale.

«Mi dia il tempo di sistemare le mie cose in macchina» fa un cenno verso il lungomare e il fortino «e poi andiamo a sederci in un bar in piazza del Ferrarese.»

Venti minuti dopo siete seduti sotto un ombrellone, in un bar nel mezzo della piazza, a pochi metri dagli scavi della via Appia, quasi di fronte all'antico mercato del pesce. Avete ordinato due bicchieri di latte, ghiaccio e menta, suggerimento del professore. Molto buono. Hai dovuto resistere alla tentazione di chiedere del vino bianco, ma sei contento di avercela fatta.

«Allora ha qualche problema con la scrittura, vero?»

«È un buon eufemismo. Diciamo che ho *qualche problema*, sì.»

«Mi ricordavo bene, allora. Dopo quel romanzo non ha scritto altro.»

«Dopo quel romanzo ho scritto dodici libri.»

L'altro sembra disorientato.

«Temo di non capire.»

«Non li ho scritti con il mio nome. Sono tutti libri firmati da altri. Io li ho scritti ma i nomi sulla copertina sono di altre persone.»

«Perché scrive libri firmati da altri?»

«È una storia un po' lunga. Non so se ha tempo e voglia di sentirla.»

«Come le ho detto, sono in pensione.»

Stai per dire che si tratta di una storia che non può essere divulgata. Ci sono dei contratti, clausole di riservatezza, penali. Invece non dici niente, pensi chi se ne frega e cominci a raccontare, dal principio.

«Quando mi telefonarono per dirmi che avrebbero pubblicato il mio primo romanzo provai una cosa che non sono capace di descrivere. Che non è esattamente una bella frase per uno scrittore. L'idea sarebbe proprio di essere capaci di descrivere le cose non facili da descrivere. Comunque non è questo il punto. Insomma, ero felice. Era maggio. Mi ricordo che entrai in una libreria, una di quelle piccole che stanno scomparendo una dopo l'altra. L'aria era fresca, luminosa, trasparente, bellissima. Ora che ci faccio caso era una giornata come questa. Guardavo i libri esposti e cercavo di immaginarmi come sarebbe stato il mio. Di che colore, di che consistenza sarebbe stata la copertina. Quale sarebbe stato il profumo della carta. Avevo la pelle sensibile come se si fossero moltiplicate le terminazioni nervose. Percepivo la stoffa della camicia sulla pelle, e ogni tanto mi veniva un brivido, delizioso, lungo la schiena e sulle braccia. Stava cominciando il periodo più bello della mia vita. Pensavo.»

«Il periodo più bello della mia vita. Ha qualcosa di cinematografico, alla Frank Capra.»

«Forse, ma non ho un finale alla Capra.»

«*Ha* un finale?»

Ti sembra di avvertire una vibrazione di durezza, in questa domanda. Più o meno come se avesse detto: *davvero credi di avere un finale?* Davvero pensi una cosa così mediocre? Ma forse quella vibrazione te la sei soltanto immaginata e continui a parlare, senza tenerne conto. Forse.
«Temo di sì. Comunque il libro fu pubblicato e qualche mese dopo l'uscita diventò, come si dice, un caso. Era piaciuto ai critici e soprattutto piaceva ai lettori.»
«Mi ricordo. Insegnavo ancora. Per un certo periodo parlavano tutti di lei e del suo romanzo. Devo dirle che non lo comprai subito perché ho sempre avuto una certa avversione per i successi alla moda. Una piccola fissazione, lo ammetto. Però un paio di colleghi che erano quasi amici e di cui mi fidavo – intendo: dei loro gusti – mi dicevano che dovevo leggerlo, che era un bel romanzo, che l'autore era barese, e così via. Alla fine lo presi, lo lessi e mi piacque molto. Quanti anni sono passati da quando è uscito?»
«Una decina.»
Il professore fa quasi un fischio.
«Caspita, non mi sembrava fosse così tanto tempo. E poi cosa è successo?»
«Passai almeno un anno in una sorta di stato d'ebbrezza. Classifiche, diritti venduti all'estero, richieste di opzioni per il cinema, presentazioni in giro per l'Italia con le librerie piene. Ero ubriaco. Puntualmente, insieme a tutto questo, arrivò l'offerta della grande casa editrice. Un contratto per due libri con un anticipo pazzesco.»
«E lei accettò.»

«Era impossibile rifiutare, o almeno fu quello che pensai. Qualche giorno dopo aver incassato la parte dell'anticipo prevista per la firma del contratto lasciai il mio lavoro.»
«Cosa faceva?»
«Il bibliotecario. Lo lasciai senza rimpianti. Firmando quel contratto mi sembrava di avere sbrigato un'ultima formalità e che il futuro sarebbe stato solo un cammino trionfale e ininterrotto di soldi e successi.»
«Non è andata così.»
Scuoti il capo. No. Non è proprio andata così.
«Perché le sto raccontando questa storia? Quello che sto per dirle non l'ho mai raccontato.»
Il professore beve un sorso della sua bibita. Socchiude gli occhi e sembra che cerchi di afferrare un'idea.
«Mi fa una domanda difficile. Ci sono momenti nella vita di una persona in cui certe condizioni maturano. A quel punto basta un incontro casuale, come il nostro. A volte, poi, parlare con uno sconosciuto è più semplice. Hai meno giustificazioni da dare.»
Ecco una spiegazione precisa, diretta e senza parole inutili. Bisognerebbe evitare le parole inutili, lo sai benissimo. È quello che da un certo momento non sei stato più capace di fare. Quella risposta rapida e leggera e precisa ti mette allegria. No, è qualcosa di più dell'allegria. È un senso di imminenza euforica come non ti capitava da tanto tempo. Così tanto che nemmeno ti ricordi l'ultima volta che ti è successo. È mentre ti stupisci per quello che stai provando che d'un tratto – come se qualcuno avesse schiacciato un interruttore – ti ac-

corgi dei suoni che ti circondano. Due ragazzi che parlano in dialetto ad alta voce, un motorino che attraversa abusivamente la piazza chiusa al traffico, lo squillo di un cellulare che riproduce quello di un vecchio telefono di bachelite, i rintocchi lontani di una campana, una musica melodica che non riesci a identificare e che forse viene da qualche casa. La cosa più strana è che, nel momento in cui ti rendi conto dei suoni, la piazza, quella che vedi, assume una consistenza diversa, quasi impressionistica. Le immagini si stemperano, come se le tue energie sensoriali si fossero spostate sull'udito, lasciando alla vista una percezione approssimativa.

«Cosa successe dopo la firma del contratto?»

Hai un sussulto. Riemergi dai suoni della piazza che ridiventano una polifonia indistinta di fondo, rimetti a fuoco il mondo delle immagini. Prima di rispondere pensi che dovresti annotare l'esperienza di qualche attimo prima. Non ti succedeva da un sacco di tempo – pensare di dover annotare qualcosa.

«Avevo tante idee e, pensi, addirittura dei titoli pronti. Buttai giù tre ipotesi di romanzo. Presi degli appunti. Scrissi qualche incipit...»

«Ma di cosa?»

«Appunto, non avevo deciso. Passavo da un'idea all'altra e all'inizio mi sembrava una fortuna poter scegliere. Poi passarono dei mesi e io non mi decidevo. Continuavo a prendere appunti, a saltare da una storia all'altra. A chiedermi *quale* di queste storie aveva più possibilità di diventare un successo, un grande best seller.»

«Quanto tempo ci aveva messo per scrivere il primo romanzo?»

«Difficile rispondere. Se intendiamo il tempo di scrittura, da quando ho battuto la prima pagina fino all'ultima, direi circa otto mesi. Però era una storia cui pensavo da parecchio, almeno tre anni. E forse, in un certo senso, anche da molti di più.»

«E non aveva dubbi sul fatto di dover scrivere quella storia.»

«No. Non avevo dubbi.»

Lui non dice niente e ti guarda. Tu raccogli un po' le forze e poi riprendi a raccontare.

«Insomma, a un certo punto decisi che una delle tre storie era più adatta delle altre e cominciai a scriverla e fu subito chiaro che la cosa non funzionava. Iniziavo un capitolo e lo lasciavo a metà, facevo schemi dell'intreccio, schede di personaggi, bozze di dialoghi. Scrissi anche una pagina di possibili titoli e alcune frasi finali, ma più passava il tempo più mi rendevo conto che non stavo andando da nessuna parte.»

Il dolore al gomito arriva come al solito, senza preavviso, e ti contorce il viso in una smorfia. Prima che il professore ti faccia domande gli spieghi il più brevemente possibile. Poi ricominci il tuo racconto.

«Mentre ero impantanato in quel modo mia madre si è ammalata ed è morta in pochi mesi. Sa una cosa che non credevo di poter confessare nemmeno a me stesso?»

«Cosa?»

«Mia madre stava morendo e io pensavo al romanzo

che non riuscivo a scrivere e alla mia miserabile carriera di scrittore.»

Il professore si tocca la barba, come per controllare che sia sempre lì, a proteggerlo.

«Non lo ha mai detto a nessuno?»

«Mai.»

«Suo padre è...»

«È morto quasi vent'anni fa. Di colpo, mentre era in clinica – era un medico –, subito dopo il giro delle visite. I suoi colleghi non hanno potuto far niente. Io ero a Firenze, non ci vedevamo da almeno sei mesi.»

Il vecchio allunga la mano verso il suo bicchiere, lo prende ma non lo solleva dal tavolo. Lo fa girare un paio di volte e poi si ferma continuando a tenerlo, come se fosse una maniglia cui ha sentito il bisogno di aggrapparsi. Tu intanto senti che potresti metterti a piangere, il che è assurdo visto che nemmeno allora hai pianto.

«Ho capito bene: aveva già scritto delle frasi finali?»

La voce del professore è come uno schiaffo, di quelli che si danno per rianimare chi ha perso i sensi o non si sente troppo bene. Funziona.

«Sì. È una cosa che avevo fatto con il primo romanzo. Avevo scritto l'ultimo capitolo, l'epilogo, molto prima di finire il romanzo. Quella volta aveva funzionato.»

«E questa cosa dei libri scritti da lei e firmati da altri?»

«Un giorno venne a trovarmi a Firenze l'editor responsabile della narrativa italiana. Quando mi telefonò e mi disse che voleva venire a farmi visita entrai nel panico. Non stavo scrivendo, il termine di consegna del romanzo era ampiamente scaduto e pensai che avrei dovuto restituire i soldi dell'anticipo, usando l'eredità di mamma, visto che quell'anticipo l'avevo già speso. Lui fu molto gentile, aveva un tono protettivo. Mi disse cose del tipo: "Hai qualche difficoltà, lo abbiamo capito tutti. Non sei il primo e non ti devi preoccupare. È chiaro che senti la responsabilità di questo romanzo e questa responsabilità ti ha un po' paralizzato. Hai paura del giudizio del pubblico e della critica e ti sei bloccato. Passerà e certo noi non vogliamo farti pesare il fatto che non hai rispettato la scadenza per la consegna". Queste ultime cose le disse con tono *troppo* gentile. Sa quando si dice a qualcuno di *non* pensare a qualcosa o *non* preoccuparsi di qualcosa e il risultato è proprio l'opposto? Se le dico di *non* pensare a un elefante lei a cosa pensa?»

Il professore sorride.

«Mi disse che *non* voleva farmi pesare la mia violazione della scadenza e l'effetto fu di farmela pesare ancora di più, se possibile.»

«Non me lo sta rendendo simpatico, questo tizio.»

«Non lo era neanche a me. Disse che se uno sa fare una cosa – scrivere, nel mio caso – è impossibile che da un giorno all'altro dimentichi come si fa. Bisognava solo trovare il modo di affrontare il problema e lui aveva avuto un'idea, con la quale avrei potuto sbloccarmi, guadagnare dei soldi e rendermi utile alla Casa Editrice. Mentre dico queste parole – *casa editrice* – mi vengono in mente con le iniziali maiuscole. Fu il modo in cui lo disse, tipo la Santa Chiesa, o l'Autorità Superiore.»

Ti fermi e scopri una cosa inattesa: l'umiliazione è scomparsa e il ricordo ti fa sorridere. Quasi ti soffoca di allegria, questa scoperta, e il racconto ti sembra divertente. C'era questo personaggio televisivo molto famoso che aveva firmato un contratto per una specie di autobiografia romanzata. Gli avevano proposto l'affiancamento di un redattore per semplificare la stesura ma lui aveva detto che voleva fare da solo. Il risultato era quello che ci si poteva aspettare: un naufragio fra i flutti della grammatica e della sintassi. Questo era il motivo per cui erano venuti a cercarti, e a ricordarti il tuo debito.

«Quello tirò fuori dallo zainetto una risma di fogli stampati e una chiavetta USB: "Vorremmo che lo riguardassi e lo ripulissi". Mi disse qual era il compenso. Se avessi accettato, aggiunse, sarebbe stata una cosa buona per tutti.»

«Per loro, buona di sicuro. Cosa gli rispose?»

«Diedi un'occhiata a qualche pagina sparsa di quella roba e poi gli dissi che non c'era niente da riguardare. Bisognava riscrivere da cima a fondo. Lui sorrise con espressione complice: lo sapeva benissimo che bisognava riscrivere da cima a fondo, altrimenti perché mai sarebbe venuto da me? L'incontro non durò ancora a lungo. Gli dissi di lasciarmi tutto e nel giro di qualche giorno gli avrei dato una risposta. Dopo tre settimane gli restituii *l'autobiografia*, completamente riscritta. Così è cominciata la mia nuova carriera.»

«Come andò quel libro? Dal punto di vista commerciale, intendo.»
«Molto bene, credo che abbia venduto almeno centomila copie.»
«E dopo gliene hanno chiesti altri.»
«Dopo me ne hanno chiesti altri e in breve quello è diventato il mio lavoro. Non ho scritto più niente di mio. Tutto qui.»
Il professore non sembra affatto convinto che sia *tutto qui*.
«Quanto ci mette a scrivere uno di questi libri?»
«Da venti giorni a due mesi massimo.»
«Venti giorni per un intero libro?»
«Se non devo metterci il mio nome e la mia faccia sono molto veloce. Arrivo a venti pagine al giorno e sa una cosa buffa? A volte i miei libri – mi riferisco a quelli scritti da me, ma firmati da altri – vengono recensiti. Un paio di anni fa ho scritto l'*autobiografia* di un calciatore. Un giornalista piuttosto noto – l'unico, per inciso, che aveva stroncato il mio romanzo dicendo che era una storia insignificante e falsa, scritta con stile da liceale spocchioso – nella sua rubrica l'ha recensita entusiasticamente. Parlava di stile essenziale e tagliente, di una storia... mi faccia ricordare... ecco: con il sapore acre della verità. Il libro mostrava, secondo lui, uno straordinario talento di narratore naturale, quasi selvaggio. Una scrittura *fauve*.»
«*Fauve*? Come i fauvisti, nel senso dei pittori?»
«Nel senso dei pittori.»

«E che voleva dire?»
«Selvaggia e vera, credo. Ma non potrei giurarlo. Non ho avuto occasione di chiedergli spiegazioni.»
Il professore sorride scuotendo il capo.
«Pensa che questo sarà il suo lavoro per tutta la vita?»
«Non so niente. Mi alzo la mattina, esco per fare colazione e poi mi metto a lavorare. Scrivere il libro di un altro o fare l'editing, sempre del libro di un altro, scrivere una quarta di copertina, sempre del libro di un altro. Così.»
«Posso essere franco?»
«Sì.»
«Avverto un tono di autocommiserazione che non mi piace molto.»
Tu non sai che dire. Lui svuota il suo bicchiere, fa girare i pezzetti di ghiaccio sul fondo, prova a scolare le ultime gocce di bibita.
«Me lo ricordo bene, il suo primo romanzo. Era una bella storia, raccontata in modo asciutto, senza chiacchiere; i personaggi erano veri e una volta cominciata la lettura era impossibile smettere. Uno che sa fare una cosa del genere non ha il diritto di passare la vita ad autocommiserarsi. Scusi la franchezza, ma è una forma di vigliaccheria.»
«Non sono più capace.»
«Cazzate. Molto più comodo dire queste cazzate che mettersi a fare il proprio dovere. Quanti anni ha lei?»
«Fra qualche giorno quarantotto.»
«Si immagini fra vent'anni, alla mia età.»
«Che vuol dire?»

«Si immagini cosa darebbe quell'uomo, per tornare indietro. Ci provi a immaginarsi cosa le *dirà*. È disposto a sopportarlo?»
Si ferma di colpo, come rendendosi conto di dove si è spinto.
«Scusi. Mi sono immischiato in affari non miei.»
«No, non si scusi. Ha ragione.»
Ha ragione, sì, lo sapete tutti e due, e d'un tratto è arrivato il momento dei saluti. Tira fuori dal giubbotto un taccuino, ci scrive qualcosa, strappa il foglietto e te lo dà. C'è la sua mail scritta con una grafia elegante e nitida.
«Non c'è bisogno che mi dia la sua. Vorrei solo che mi facesse sapere quando ricomincia a scrivere.»
Senti che gli occhi, senza preavviso, ti diventano umidi. Allora rispondi in fretta perché non vorresti che anche la voce ti tradisse.
«Glielo faccio sapere, certo.»
Poi vi stringete la mano e andate via, uno da una parte e uno dall'altra.

Enrico

I fatti di quell'anno scolastico non so rievocarli in ordine cronologico. Me li ricordo bene e me ne ricordo tanti, ma è come se avessi davanti dei fotogrammi sparsi su un tavolo. Li vedo, le immagini sono nitide, ma non so cosa viene prima e cosa viene dopo, a parte pochissimi episodi.

Quei mesi da novembre ad aprile furono una specie di lungo presente, durante il quale tutto cambiò, ma che non sono capace di ricostruire con ordine nella memoria.

Dopo quella prima volta gli allenamenti all'associazione Italia-Cuba diventarono un'abitudine. Ci andavo quasi tutti i pomeriggi, sabato e domenica esclusi, e in breve cominciai ad allenarmi anche a casa, da solo, chiuso nella mia stanza o a volte in bagno.

Mi allenavo di nascosto perché non avrei mai voluto che mio fratello o peggio mio padre se ne accorgessero. Sarebbe stato come ammettere una conversione umiliante, rinnegare il personaggio – il giovane letterato ombroso e ribelle, ostile ai banali miti dell'apparenza e della forma fisica – che avevo interpretato con orgoglio fino ad allora. Così, dopo essermi chiuso a chiave, provavo e riprovavo le tecniche – gomitate, ginocchiate, calci, mosse di lotta per buttare a terra un ipotetico avversario –, mi stordivo di piegamenti sulle gambe, di addominali e soprattutto di flessioni sulle braccia. Salvatore non ebbe bisogno di spezzarmi le gambe. Dopo un mese il mio record era di trentacinque flessioni e col tempo, quando molte altre cose erano accadute, arrivai a sessantadue, il mio record di sempre. Avrei potuto sfidare e battere mio padre e, forse, anche mio fratello se la mia trasformazione non fosse rimasta un segreto perfettamente custodito. A casa non si accorsero del mio cambiamento e nella quotidiana recita familiare il mio ruolo rimase quello di prima.

Studiavo poco, ma questa non era una novità. Sin da piccolo non ero mai stato capace di concentrarmi su un compito che non mi piacesse. Anni fa lessi su un giornale che il numero dei bambini e dei ragazzi affetti dal disturbo da deficit di attenzione è in aumento. La cosa mi incuriosì e diedi un'occhiata ai sintomi. Più o meno erano questi: difficoltà a prestare attenzione ai particolari; difficoltà a mantenere l'attenzione sugli obiettivi da raggiungere; difficoltà a seguire le istruzioni; difficoltà a organizzarsi nelle attività; resistenza a impegnarsi in compiti che richiedono uno sforzo mentale protratto; facilità a farsi distrarre da stimoli esterni; sbadataggine.

Io ce li avevo tutti, dal primo all'ultimo. Se fossi un bambino oggi, mi prenderebbero come caso di scuola per studiare il disturbo da deficit di attenzione.

Ovviamente c'erano attività che invece mi assorbivano in modo totale, tagliando fuori il resto del mondo. La lettura, la chitarra e soprattutto la scrittura.

Passavo ore a battere sui tasti della mia amata Lettera 22 perdendo la nozione del tempo e, in qualche modo, di me stesso. Scrivevo poesie – per fortuna andate disperse –, canzoni, racconti e progettavo un romanzo che avrebbe cambiato le cose. Non le *mie* cose. L'idea era di cambiare il mondo. In alcuni momenti mi immaginavo il futuro come una sequenza avventurosa e meravigliosamente sconsiderata di viaggi, amore, velocità, poesia, coraggio, musica e storie che tutti avrebbero letto commuovendosi, appassionandosi, divertendosi, trasformandosi come succedeva a me con i libri che amavo. Erano momenti di pura felicità, quelli in cui mi raccontavo il mio futuro misterioso di scrittore. Una felicità così violenta e così perfetta da lasciarmi senza fiato.

Altre volte però l'incantesimo non riusciva e davanti a me non vedevo che una fila interminabile di giorni uguali e grigiastri: mattine flaccide e sere di noia e di angoscia. Non avrei trovato un lavoro, perché ero inadatto a un lavoro normale – su questo non avevo mai avuto alcun dubbio – e non sarei diventato uno scrittore perché non avevo il talento necessario. Sarei rimasto a invecchiare in quella stanza da ragazzino, solo e triste, mentre tutti gli altri spiccavano il volo verso la vita e la felicità. L'adolescenza è un periodo complicato.

***

Con l'arrivo di Celeste qualcosa però era cambiato nel mio rapporto con la scuola e lo studio. Nei giorni in cui avevamo lezione con lei arrivavo in classe di buonumore e nelle sue ore non mi perdevo una parola quando spiegava ma anche quando interrogava – il che forse significa che *non* avevo il disturbo da deficit di attenzione e che forse la questione era diversa. Nelle altre lezioni, invece, tutto proseguiva come prima. Non ascoltavo quello che dicevano i professori, mi arrangiavo nelle interrogazioni, mi arrangiavo nei compiti in classe e oggi non sarei capace di raccontare una sola di quelle interrogazioni, uno solo di quei compiti. Non c'ero, semplicemente, e la mia sopravvivenza scolastica era garantita da un apparato di consapevolezza superficiale, una specie di pilota automatico, un radar, che mi consentiva di percepire gli ostacoli ed evitarli, anche se con i pensieri ero intento a tutt'altro.

Uno dei pochi ricordi nitidi riguarda un'ora di educazione fisica. Il professore si chiamava Filomeno Barbagallo e assomigliava moltissimo all'attore Danny Kaye – diciamo: un Danny Kaye con l'accento dell'entroterra barese.

Barbagallo amava la coprolalia e gli scherzi da caserma. Talvolta combinava queste due passioni: il suo scherzo preferito consisteva nel dare ostentatamente la mano a uno studente per poi pronunciare una frase come: «Ohu, è la prima volta che metto la mano nella merda». Trascorreva le ore di lezione leggendo «La Gazzetta del Mezzogiorno» o facendo le parole crociate su «La Settimana Enigmistica» mentre noi giocavamo a pallavolo o a basket, andavamo in giro per la scuola, ci lanciavamo in faccia le palle mediche. Non ci chiamava mai per nome o per cognome e quando voleva attirare l'attenzione di qualcuno di noi si limitava a dire: «Ehi, tu, ricchioncello».

Un giorno Barbagallo si presentò in palestra, dove noi eravamo scesi già da qualche minuto, e disse che avrebbe *interrogato*.

«Perché, gli altri possono interrogare e io no? Sono un professore del cazzo?» chiese come in risposta alle nostre espressioni perplesse... Qualcuno parve sul punto di confermare la definizione, che in effetti sembrava appropriata, ma alla fine rimanemmo tutti zitti, in attesa.

«Devo mettere i voti per la fine del quadrimestre» precisò «e dunque interrogo. In flessioni.»

Ci spiegò in breve che a turno, uno dopo l'altro, avremmo dovuto fare il maggior numero possibile di piegamenti sulle braccia; da quanti ne avessimo completati sarebbe dipeso il voto del primo quadrimestre. L'idea, come tutte le novità che smuovevano il pantano della noia scolastica, ebbe successo e l'*interrogazione* si trasformò subito in una specie di gara, con tifo, sfottò, sbuffi, gemiti di frustrazione, grida di esultanza, pernacchie – Barbagallo non aveva obiezioni sul punto, anzi sembrava gradire quelle più fragorose – e applausi.

Per ragioni alfabetiche a me toccò per ultimo. Quando fu il mio turno la competizione sembrava chiusa e la mia prestazione ebbe inizio nel generale disinteresse. Salvatore era primo, con sessantatré flessioni; Guastamacchia, che faceva lotta greco-romana, era secondo con quarantasette;

Pontrandolfi, campione provinciale di tennis, era terzo con trentuno. Tutti gli altri – escluso Filipponio che era obeso e non ne fece neanche una – erano raggruppati fra le dieci e le venti, eseguite più o meno bene. Quali che fossero le opinioni degli altri su di me, di certo nessuno pensava che fossi un tipo muscolare e che potessi partecipare a una gara del genere con un ruolo diverso dal comprimario.

Prima di cominciare avevo lanciato uno sguardo a Salvatore e lui mi aveva fatto un cenno col capo. Poi avevo preso fiato, mi ero buttato a terra ed ero partito. Mi parve che il brusio si attenuasse quando superai la ventesima ripetizione, guadagnandomi il quarto posto, che per me era già un notevole risultato. Mentre mi avvicinavo a trenta si fece silenzio. Quando superai Pontrandolfi qualcuno disse: «Cazzo, ma hai visto Vallesi? Sembra Rocky».

Dopo la quarantesima le braccia cominciarono a muoversi con meno elasticità. Pensai che non dovevo pensare a niente. Dovevo solo andare avanti e spremere fino all'ultima goccia perché d'un tratto, senza preavviso, quella faccenda delle flessioni era diventata una questione di vita o di morte. Qualcuno contava, a voce alta e a ritmo sempre più lento, man mano che la fatica intossicava le braccia e tutto il resto del corpo: quarantadue, quarantatré, quarantaquattro. Quarantacinque.

Quarantasei.

Quarantasette.

Quarantotto, e avevo superato anche Guastamacchia. Partì un piccolo applauso, e mai avrei pensato di poter essere così

felice per una cosa del genere. Potevo smettere, anche perché non ce l'avrei fatta a raggiungere Salvatore e lo sapevo. Invece non smisi. Non sono sicuro di saper spiegare il perché, ma credo che avesse a che fare con l'esistenza di un pubblico, con il desiderio di non deluderlo, di regalargli ancora un frammento di emozione. Un olé, un bis, un sussulto di gioia. Così andai avanti, muovendomi ormai con una fatica enorme.
Quarantanove.
Cinquanta.
Cinquantuno.
Cinquantadue.
Crollai sulla cinquantatreesima e quando riuscii a rialzarmi mi accorsi che stavano tutti zitti, Barbagallo incluso. Era stata un'impresa. Una cosa del tipo: ti ricordi cazzo quella volta in prima liceo, quando Vallesi fece cinquanta flessioni? – quasi cinquantatré, prego. Pensai a come la mia felicità sarebbe stata perfetta se Celeste fosse stata lì. Poi Barbagallo si riprese.

«E bravo il ricchioncello. Quasi cinquantatré flessioni. E io che pensavo fossi solo un ricchioncello» aggiunse come se il concetto non fosse stato espresso con sufficiente chiarezza. O forse solo perché non sapeva cosa dire. Anche lui, come capita, si era trovato senza saperlo nel mezzo di un fatto straordinario.

***

Le ragazze non erano un problema per me. Nel senso che non c'erano. La prima e unica fidanzata della mia vita era stata una compagna di classe, in seconda elementare. Come mi sarebbe accaduto altre volte in futuro con le donne, aveva fatto tutto lei: un giorno mi aveva detto che da quel momento ero il suo ragazzo – era una comunicazione, non una proposta – e qualche settimana dopo, con modalità ancora più sbrigative, mi disse che mi stava lasciando perché si era fidanzata con un altro. Fine.

Mio fratello era diverso. Ebbe la sua prima ragazza a quattordici anni e dopo ce ne furono molte altre. Le cambiava con frequenza e spesso erano belle. Quando i miei genitori non c'erano, le portava a casa e si chiudeva a chiave nella sua camera. Qualche volta passavo lì davanti cercando di sentire i suoni che filtravano dalla porta sbarrata. Spesso c'era musica, che copriva qualsiasi altra cosa. A volte però sentivo dei bisbigli, delle risatine soffocate e, mi pareva, anche dei gemiti che mi scatenavano dentro un vortice di desiderio, tristezza, eccitazione, invidia, vergogna. Più volte avevo pensato di sbirciare dal buco della serratura. Non lo feci mai, ma non per ragioni etiche o di buona educazione. Avevo troppa paura che lui potesse accorgersene, aprendo d'un tratto la porta mentre il piccolo sporcaccione era intento a spiare. Pensavo a quelle ragazze e pensavo che quel mondo di giovani adulti che si incontravano si fidanzavano si baciavano e facevano l'amore, poi si lasciavano e ricominciavano, in allegria e leggerezza, mi sarebbe stato precluso per sempre, per mia totale e irredimibile inadeguatezza.

Alcuni miei coetanei erano come mio fratello. Gli veniva tutto facile – abbordarle, farle ridere, invitarle a uscire, baciarsi, lasciarsi e ricominciare. Alcuni, stando almeno ai loro racconti, avevano addirittura già *scopato*, e questo mi sembrava inconcepibile, sconvolgente come vincere la lotteria di Capodanno o essere presi a giocare nell'Inter o nella Juventus.

L'unica ragazza con cui avevo rapporti era Stefania. Abitava con i suoi genitori in una vecchia, bellissima casa popolare di inizio secolo. I Berberian erano una famiglia di artisti, piuttosto esotica nella torpida Bari dei tardi anni Settanta. Il padre disegnava e costruiva mobili. La madre insegnava all'Accademia di Belle Arti, e dipingeva.

I soffitti di quella casa erano alti almeno quattro metri, le stanze erano luminose, e da tutte si vedeva il mare. Si sentiva odore di cedro, di incenso, di tabacco da pipa (la fumava la madre), di cannella e spesso di biscotti o dolci infornati. In primavera inoltrata, quando le finestre erano aperte e il vento tirava nella direzione giusta, si sentiva anche l'odore della salsedine.

Stefania era figlia unica e aveva tutta per sé una stanza grandissima. Su una parete c'era una specie di affresco, opera di sua madre. Non mi ricordo che cosa rappresentasse questo affresco, o forse non ci avevo mai fatto davvero caso. Mi ricordo i colori, però – la tinta dominante era l'indaco –, e la mia meraviglia, la prima volta che entrai lì dentro. Le nostre case avevano pareti bianche o crema pallido, e la sola idea di violarle con una penna, una matita o un colore, era considerata scandalosa.

Il letto di Stefania era basso, realizzato con una rete matrimoniale appoggiata su ripiani da imballaggio. Su una grande scrivania – costruita dal padre come la maggior parte dei mobili che si trovavano in quella casa – c'erano oggetti di ogni tipo, libri, copie sparse di Linus, una macchina fotografica Rolleiflex, un pantografo, fotografie in bianco e nero scattate da Stefania e sviluppate da sua madre.

Andavo da lei per studiare, in teoria. Cioè, questo era il motivo ufficiale. In pratica non studiavamo quasi mai; invece parlavamo, di tutto; io le insegnavo a suonare la chitarra; leggevamo, insieme o ognuno per conto proprio.

Nessuna casa, dopo, mi è mai piaciuta così tanto. Nessuna mi ha mai dato un tale senso di libertà.

Su un muro, sopra una scaffalatura piena di libri, era scritta questa frase di Malraux: «La patria di un uomo che può scegliere è la dove arrivano le nubi più vaste».

Una volta eravamo tutti e due distesi sul suo letto, uno accanto all'altra, tutti e due con le mani incrociate dietro la nuca e gli occhi rivolti al soffitto.

«Quando finiamo il liceo io me ne vado da Bari» dissi a un certo punto.

«Dove te ne vai?»

«Non so, però me ne voglio andare da qua. Magari a Parigi.»

«E cosa ci vai a fare a Parigi? E poi lo sai il francese?»

«Che c'entra. Uno lo studia il francese, e poi se vai in un posto la lingua la impari subito. Ci vado a fare lo scrittore.»

«Dopo il liceo? Senza fare l'università?»

«Vabbe', magari vado a fare l'università da qualche parte in Italia e poi me ne vado a Parigi. Mi trovo un lavoro e poi scrivo. Perché, tu vuoi rimanere per sempre a Bari?»

«No, anch'io me ne voglio andare. Solo non saprei dire dove. Forse mi piacerebbe stare un po' in un posto, un po' in un altro.»

«Ma cosa vorresti fare? Se ti dicessero: puoi esprimere un desiderio su quello che farai da adulta, come lavoro dico, che cosa risponderesti?»

Non lo so se fui io a spostarmi un poco, per stare più comodo, o se fu lei. Certo è che ci ritrovammo più vicini di prima, il mio gomito sinistro sopra il suo destro.

«La fotografa» rispose tirandosi su, appoggiando il gomito sul letto e la guancia sulla mano. Anch'io mi tirai su, nella stessa, simmetrica posizione. Adesso eravamo molto vicini.

Non ne avevo particolare voglia, ma pensai che *dovevo* farlo, che non potevo farmi sfuggire l'occasione di baciare per la prima volta una ragazza. Tutto sarebbe stato diverso e più facile, dopo. Non pensai queste cose in modo articolato, ma il senso era questo, più o meno. Credo.

Mi avvicinai un po' di più, lei non si tirò indietro e con una straordinaria goffaggine poggiai le mie labbra sulle sue. Lei rispose al bacio, e dopo qualche secondo, preso atto della mia totale incapacità, mi insegnò con gentilezza come si faceva. Per qualche minuto mi fece esercitare, con dolcezza e senza alcun trasporto. Quando ci staccammo mi sorrise e le sorrisi anch'io, ma ero in imbarazzo. Lei mi guardava in un modo che in futuro avrei imparato a riconoscere. Molte donne mi avrebbero guardato più o meno allo stesso modo, con l'espressione di chi sa qualcosa che tu non sai – magari che nemmeno ti immagini – e si accinge, pazientemente, a spiegartelo.

«È la prima volta che baci?»

«No» mentii in fretta. Poi feci dei vaghi riferimenti a una ragazza conosciuta l'estate precedente, sperando che lei non mi chiedesse dettagli. Non lo fece, anche perché aveva in mente altro.

«Tu sei il mio migliore amico.»

Non sapevo come interpretare una frase del genere, in quella situazione.

«Anch'io ti voglio bene» dissi pensando che fosse la cosa più opportuna, e meno rischiosa.

«Però...»

«Però?»

«Se ti dico una cosa, mi giuri di non dirla a nessuno?»

«Certo.»

«Giura.»

«Giuro.»

«Io credo che mi piacciano le ragazze.»

Mi ci volle un po' per mettere a fuoco il concetto.

«In... in che senso?»

«Non mi piacciono molto i ragazzi. Mi piacciono le ragazze.»

Proprio non sapevo cosa dire. Era tutto, troppo, fuori dalla mia capacità di elaborazione.

«Ehi, non ci rimanere male. Non sei tu – io ti adoro –, sono io. Non ci posso fare niente, mi piacciono le ragazze» aggiunse ancora una volta come se il concetto non fosse chiaro e richiedesse una puntigliosa ripetizione.

Quando ebbi afferrato l'idea, che in sé non era difficile

ma alla quale ero impreparato, ebbi una reazione del tutto inattesa: un senso di liberazione, improvviso e allegro.

Stefania era una ragazza carina ma – me ne resi conto in quel momento – non ero attratto da lei. Forse perché avevo percepito da prima, senza accorgermene, quello che mi aveva appena rivelato. O forse, più probabilmente, per via di Celeste. In quei mesi non riuscivo a immaginarmi di stare con una ragazza se al mondo c'era lei. Questo rendeva la mia vita emotiva di adolescente ancora più complicata. Per dirne una: anche le fantasie erano diventate un problema. Non ero mai stato troppo a mio agio con le pratiche solitarie, ma da quando avevo conosciuto Celeste erano diventate vergognose nella loro inevitabilità. Se facevo certe cose – e nonostante tutti i miei sforzi non sempre sapevo astenermi – ero un ragazzino sporcaccione e pervertito, non degno di lei. Quando ci ricascavo mi sentivo in colpa, sporco e infelice come se avessi tradito il mio amore in un bordello di infimo rango.

Dicendomi che le piacevano le ragazze – e che dunque la mia inadeguatezza non c'entrava niente – Stefania aveva semplificato la nostra amicizia, liberandomi dall'ansia di doverci provare. In più, pensai, da quel momento potevo dire di avere avuto la mia prima esperienza. Avevo baciato una ragazza, con la lingua e tutto. Non dovevo più mentire in quelle imbarazzanti conversazioni collettive maschili quando i miei amici raccontavano le loro storie – roba molto più seria, a dire il vero, ma in quel momento non ero incline a sottilizzare.

Così diedi a Stefania un altro bacio, sulle labbra, senza insinuarmi ma con una sicurezza che mi piacque, e le sorrisi, con uno dei pochi sorrisi allegri che ricordi della mia adolescenza.

«Hai giurato» disse sorridendo anche lei.

«Ho giurato» risposi pensando che era una cosa davvero insolita e che mi piaceva condividere quel segreto.

***

Durante quell'anno scolastico, a febbraio, morì zia Costanza. La chiamavo zia ma per la precisione era zia di mio padre, sorella di un nonno che non avevo mai conosciuto. Era dunque una prozia, e a pensarci adesso sarebbe stato un modo perfetto per chiamarla: prozia Costanza.

Per quarant'anni aveva insegnato francese nelle scuole medie e quando era andata in pensione si era dedicata a quella che considerava la sua vera vocazione: scrivere poesie. In particolare scriveva poesie tristi e all'occorrenza funebri. I suoi temi favoriti erano l'infelicità della vita, l'inutilità della speranza e, soprattutto, la morte.

Sempre dopo la pensione prese l'abitudine di venire a farci visita senza preavviso, almeno due volte a settimana e negli orari meno opportuni. Ciò la rese in breve piuttosto impopolare nella mia famiglia. Nel lasso di tempo che passava fra la citofonata e il suo arrivo davanti alla porta, in casa accadevano varie cose. Mio fratello si esibiva in gesti apotropaici molto poco eleganti e andava a chiudersi in camera sua. Mia madre strillava che non si poteva andare avanti in questo modo e che i suoi parenti non erano così invadenti, anzi non erano invadenti per niente e che lei non poteva stare a far compagnia a zia Costanza perché aveva da fare e dunque andava nello studio e ce la vedessimo noi.

Mio padre, se c'era, si arrabbiava con mia madre – che però era già scappata nello studio – dicendo che non poteva farci niente e che in fondo era solo una vecchia signora, innocua, e non c'era niente di male che cercasse un po' di compagnia. Nel giro di qualche minuto però si eclissava anche lui, per urgenti impegni in ospedale o in qualsiasi altro posto lontano da casa e dalle poesie della zia.

Insomma, alla fine il compito di intrattenerla toccava quasi sempre a me. Non lo avrei mai confessato – con i miei fingevo fastidio per questa incombenza – ma zia Costanza a me era simpatica. Poesie lugubri a parte, aveva sempre storie interessanti – in parte inventate, sospetto – che a me piaceva ascoltare e che lei raccontava in modo divertente.

Un nostro incontro-tipo si svolgeva più o meno così. Lei entrava nel soggiorno, senza accorgersi del fuggi-fuggi che aveva appena avuto luogo, portando con sé il suo odore caratteristico, fatto di sigarette, cipria e naftalina.

«Allora, adesso ci facciamo un bel caffè e poi mi fumo una sigaretta» diceva quasi sempre per cominciare, avendo già fra le dita una sigaretta accesa. Io le andavo a fare il caffè, glielo portavo e lei a quel punto mi chiedeva sempre un dolcetto – ce l'hai un cioccolatino, un biscotto, un pasticcino? Quando non ce n'erano lei sembrava sempre un po' seccata. Aveva un modo di tirare su col naso che voleva dire: be', certo non è questa l'ospitalità che bisognerebbe garantire a una signora del mio rango. Ciononondimeno eviterò di fare storie, proprio perché, appunto, sono una signora di un certo rango. Zia Costanza era anche alquanto sorda. Una volta mi aveva chiesto il dolcetto, come al solito. In casa avevamo un pacco di Buondì Motta e allora pensai di offrigliene uno.

«Vuoi una merendina della Motta, zia?»

«Una merendina della morte? Perché vuoi darmi una merendina della morte?»

Le conversazioni erano così, e forse avrei fatto bene ad annotarle; come avrei fatto bene a scrivermi qualcuna delle poesie che mi offriva in lettura privata o a conservare le due raccolte che aveva fatto pubblicare a sue spese da improbabili editori locali – Edizioni del lungomare, mi pare se ne chiamasse uno.

«Ho scritto due nuove poesie questa settimana, le vuoi sentire?»

La domanda era retorica, e comunque lei non avrebbe sentito la risposta, a meno che non gliela avessi urlata nell'orecchio. Erano tutte piuttosto somiglianti fra loro, quelle poesie: fra gli alberi il cipresso la faceva da padrone; c'erano rime fra *sorte*, *corte* e naturalmente *morte*; il freddo delle lapidi era una metafora frequente, usata per alludere alla cattiveria degli uomini.

Purtroppo, però, di tutta la produzione poetica della zia, ricordo a memoria una sola coppia di versi.

Che sia oggi, che sia domani, che sia stato ieri

Nostro destino è solo la fioca luce dei cimiteri.
Insomma, le poesie erano proprio brutte. Zia Costanza, però, aveva davvero un temperamento poetico che si manifestava quando non cercava di essere poetessa. Aveva, come dire, *comportamenti* poetici. Una volta, fumando come sempre una sigaretta dopo l'altra, mi confidò una cosa che mi colpì moltissimo.

A quei tempi non c'era l'aria condizionata nelle case. Arrivò, come fenomeno di massa, tanti anni dopo. L'estate faceva caldo e ce lo tenevamo, e c'erano giorni – e notti – in cui stare in città era insopportabile e, a parte il mare, non c'era rifugio. Zia Costanza aveva trovato una soluzione personale: andava nelle chiese. Non ci andava a messa o a pregare o a confessarsi perché fra l'altro detestava i preti sin da bambina. Ci andava a godersi il fresco, nelle chiese, e a leggere e anche a scrivere le sue poesie. Ci passava le ore calde del pomeriggio, seduta su una panca – si portava sempre un cuscino, però – fino a quando non arrivava il sagrestano e diceva che bisognava andare via perché la chiesa chiudeva. L'unica cosa che non andava bene delle chiese, diceva, era che non si poteva fumare. Tanti anni dopo avrei scoperto una novella di Pirandello nella quale si raccontava una storia quasi identica, malinconica e poetica, di un vecchio che andava a leggere e a godersi il fresco nelle chiese d'estate.

Una sera di febbraio, per strada, qualcuno vide zia Costanza fermarsi e appoggiarsi a una macchina, come per un giramento di testa o un attimo di stanchezza. In modo automatico, solo un po' incerto, forse, si accese una sigaretta

– lo faceva sempre con un gesto da uomo, mettendo le mani a coppa per proteggere la fiamma del cerino, anche se era al chiuso – e, dopo qualche istante, scivolò sul cofano di quella macchina e poi per terra.

Forse non se ne accorse nemmeno. Aspirò l'ultima boccata della sua vita e andò.

Quando lo seppi, ebbi una reazione che non mi sarei aspettato. Finsi indifferenza, mi chiusi nella mia stanza e piansi. Se me lo avessero detto prima, che avrei pianto per la morte di zia Costanza, non ci avrei creduto, e comunque feci molta attenzione a evitare che qualcun altro nella mia famiglia se ne accorgesse. Per la prima volta nella mia vita ebbi la percezione precisa e lacerante che le cose finiscono e finiscono per davvero.

Otto

Tu e tuo fratello siete insieme su una terrazza e giocate a pallone. Avete un Super Tele, uno di quei palloni scadenti, leggeri e difficili da controllare. La regola del gioco è palleggiare senza far toccare terra al pallone. Si può colpire di testa, di gamba, di petto e si contano i passaggi andati bene, senza che la palla sia caduta. Andate avanti già da un po', e più passa il tempo, più senti aumentare la tensione. Tuo fratello invece è tranquillo, ha tocchi precisi e sicuri, si muove con economia e scioltezza. A un certo punto balza sulla ringhiera e ci rimane in equilibrio, in piedi. Quando lo vedi sull'orlo di quell'abisso ti senti gelare. Vorresti gridargli di scendere immediatamente perché in quel modo non ci vuole niente a *morire*. La voce però non ti vien fuori e intanto tuo fratello ti ha di nuovo ributtato la palla con un colpo di testa. Dunque bisogna continuare il gioco. Calci di interno destro, cercando il più possibile di misurare il tiro. Angelo riceve, controlla di petto, palleggia tranquillo e poi rimanda. È *im-*

pazzito, pensi mentre senti l'affanno crescere, i muscoli irrigidirsi, i movimenti diventare faticosi, lenti. Nonostante tutto, in un modo o nell'altro, rilanci il pallone ma questa volta il tiro è sporco e impreciso. Sul terreno non sarebbe un problema, basterebbe un innocuo balzo laterale. Ma Angelo è in equilibrio su una ringhiera. Ci prova lo stesso, a raggiungere il pallone che viaggia verso il vuoto. La scena diventa più lenta, un rallentatore angoscioso e interminabile che dura fino a quando, davanti ai tuoi occhi inorriditi, Angelo *perde l'equilibrio e precipita.*

È in quel momento che ti accorgi dei tuoi genitori. Ci sono anche loro su quella terrazza, hanno seguito tutta la scena e adesso ti fissano, muti e tristi. Poi si voltano e vanno verso la ringhiera. Tu allora scappi via, perché non puoi guardare giù, tuo fratello immobile sul marciapiede, e pensi che non hai fatto in tempo. Non hai fatto in tempo. Non hai fatto in tempo.

L'angoscia e il senso di catastrofe irreparabile non passano con il risveglio e si diradano solo quando ti stacchi fisicamente dal letto. Lo sai che è un comportamento infantile e superstizioso ma la prima cosa che fai è prendere il telefono e chiamare tuo fratello. Il cellulare è staccato. Non sarà nulla, ti dici. Angelo a quest'ora è in ospedale, e starà facendo il giro delle visite dei ricoverati. Reprimi a fatica uno sciame di pensieri spiacevoli e gli lasci un messaggio. Ciao, sono io, mi chiami quando hai un minuto?

Poi vai a fare colazione e questa volta la cucina non è deserta e silenziosa. Ci sono due turiste danesi, venute a visitare la terra dell'olio e la regione più cool d'Italia. Dicono proprio così: *land of olive oil and the coolest region in Italy* e la frase ti fa uno stranissimo effetto perché certo non hai mai pensato ai luoghi da cui sei scappato via tanti anni prima come a una *cool region*.

Le danesi non corrispondono allo stereotipo delle bellezze nordiche. Sono tutte e due piccole, né belle né brutte, non appariscenti e molto socievoli. Forse troppo socievoli e stamattina tu non hai molta voglia di chiacchierare. Così, dopo aver scambiato qualche battuta e dispensato qualche consiglio turistico – devono andare a Castellana a vedere le grotte, a Barletta per la pinacoteca, ad Alberobello, se possibile di notte, per i trulli e a Castel del Monte appunto per il castello di Federico II, cioè una delle costruzioni più misteriose della storia –, ti prepari un caffè doppio e te lo porti in camera insieme a una fetta di pastiera con i chicchi di grano e il profumo di arancia e cannella. Te la mangi meticolosamente, raccogliendo anche le briciole, e bevi il caffè mentre al piano di sopra qualcuno si mette a suonare un pianoforte. È una composizione che ti sembra di riconoscere ma alla quale non sai dare un nome. Ti piace questa colonna sonora attutita. Ti fa compagnia e cura un poco l'inquietudine. Il mondo non sembra deserto, in certi momenti.

Accendi il computer e seduto sulla sponda del letto digiti su Google *Salvatore Scarrone*, senza aggiungere altro. La macchina risponde veloce, dicendoti quello che più o meno sai già. Salvatore Scarrone aveva militato in diverse organizzazioni clandestine della sinistra rivoluzionaria fra la fine degli anni Settanta e gli anni Ottanta. Era stato responsabile di alcune gambizzazioni e di numerose rapine. Per questi fatti, oltre che per il reato di banda armata, era stato condannato a una pena complessiva di quattordici anni, scontata dopo un breve periodo di latitanza all'estero. Non aveva mai collaborato con la giustizia. Dopo qualche anno dall'espiazione della pena era stato di nuovo coinvolto in una serie di rapine a uffici postali, gioiellerie e furgoni portavalori, questa volta senza alcuna connotazione politica. Da meno di un anno era stato ammesso alla semilibertà.

Il finale già lo conosci e non hai voglia di rileggerlo. Vorresti sapere qualcosa di lui, di quello che gli è successo in tutti questi anni, a parte la vita violenta cui sembrava destinato sin dall'inizio. Vorresti sapere com'era la sua vita *normale*, fuori dal carcere – ammesso che ce l'avesse, una vita normale –, se è finito come è finito perché non aveva scelta o invece perché quella morte era esattamente quello che aveva sempre cercato. Come sospetti.

Per sapere queste cose bisognerebbe parlare con qualcuno che gli era vicino. Una moglie, dei figli, amici, se ci sono. Oppure complici. La parola ti risuona in testa con una vibrazione metallica. Complici. Uno che viveva in quel modo forse aveva più complici che amici. Che frase mediocre, che considerazione banale. Tu che ne sai di cosa significa vivere in quel modo, al di là degli stereotipi e dei luoghi comuni?

Magari Salvatore era su Facebook, o su Twitter, ti dici. Congettura idiota, ti rispondi subito. Uno che fa il delinquente di professione non crea un suo profilo su Twitter, o su Facebook, di regola. Di regola? Di quali regole stai parlando? Potresti smetterla di dire stupidaggini, anche se stai solo parlando con te stesso. Già, non ci avevi proprio fatto caso, stai parlando con te stesso. In ogni caso provi a controllare, sia su Facebook che su Twitter. Ci sono diversi Salvatore Scarrone ma nessuno è quello che stai cercando e quindi, al momento, fine di questa brillante indagine informatica.

Proprio mentre stai per chiudere il computer pensi che forse potresti fare un'altra piccola ricerca su internet. Celeste. Magari lei c'è. Non lo sai se è una buona idea. Quanti anni avrà Celeste, adesso? Dovrebbero essere cinquantacinque o forse cinquantasei. Cinquantasei è più vicino a sessanta che a cinquanta. Quando eri bambino per te i sessant'anni erano l'età in cui cominciava la vecchiaia. Forse è meglio lasciar perdere. Com'era il cognome di Celeste? Belforte, ecco, il cognome è Belforte. Va bene, a questo punto è assurdo tirarsi indietro. Digiti *Celeste Belforte* e ti accorgi di avere trattenuto il fiato fra la pressione sul tasto invio e l'apparizione della prima schermata di ricerca con i titoli azzurri. Non ci sono omonimi, a parte un uomo – Celeste, nome insolito per un uomo. La professoressa Celeste Belforte è ordinaria di filosofia del linguaggio all'università di Bari, ha pubblicato diversi libri, insegnato in varie università degli Stati Uniti e, a quanto pare, ha anche un profilo su Facebook. L'immagine del profilo non è una foto ma è come se fosse una foto, anzi di più: è lei, uguale. È un quadro di Modigliani – *Ritratto di Jeanne Hébuterne* – e la somiglianza di quel dipinto con il tuo ricordo remoto e vivissimo è inquietante.

In quel momento squilla il telefono. È il numero di un centralino.

«Pronto?»

«Enrico?»

«Sì?»

«Sono Angelo...»

«Ah, da che numero mi chiami?»

«Dal Policlinico. Ho visto che mi hai cercato, stavo visitando.»

Hai un'esitazione e tuo fratello la coglie. Decisamente è molto cambiato. O forse, ipotesi più probabile, non lo hai mai conosciuto.

«Tutto bene?»

«Mi sto rincoglionendo, ma ho fatto un brutto sogno... e insomma volevo controllare che andasse tutto bene.»

«Un brutto sogno con me?»

«Sì.»

«In cui mi succedeva qualcosa?»

«Sì, ma eri tu da ragazzo. Scusa, è che in questo periodo la mia connessione con la realtà è un po' indebolita. C'eri tu e c'erano mamma e papà, mi sono svegliato un po' scosso.»

Tuo fratello fa una pausa e sembra riflettere su quello che ha appena sentito. Mentre lui riflette, a te viene un'idea.

«Quanto rimani a Bari? Hai deciso?»

«Ancora qualche giorno, di sicuro.»

«Perché non vieni a stare a casa? Abbiamo un sacco di spazio.»

«Grazie, preferisco stare in centro, per varie ragioni. Ma ci vediamo di sicuro prima che io riparta. Adesso però volevo chiederti una cosa.»

«Dimmi.»

«C'era un tuo compagno di scuola che poi è entrato in polizia? O mi ricordo male?»

«Ti ricordi bene. Peppino Ciliberti, è il vicequestore vicario.»

«Siete in buoni rapporti? È uno cui puoi chiedere un favore?»

«Con tutti quelli che mi chiede lui? Ha bisogno continuo di visite mediche e di controlli per parenti, amici e colleghi. Certo che posso chiedergli un favore.»

Poi si interrompe. Fra i due telefoni c'è un momento di silenzio, in sospeso.

«Mica hai fatto qualche cazzata, vero?»

«No, no, niente cazzate» dici pensando che la domanda ti ha messo un'incongrua allegria, che ti piace l'idea di essere uno che può ancora fare delle cazzate, «ho solo bisogno di chiedergli delle informazioni. Puoi dirgli che vorrei incontrarlo?»

Nove

Il piantone davanti alla Questura è un tizio sovrappeso sulla quarantina, con capelli lunghi che spuntano a ciuffi dai lati del cappello. Ti chiede dove stai andando, dandoti del tu. Quando però rispondi che sei atteso dal dottor Ciliberti la sua espressione e la sua postura mutano in modo impercettibile. Passa al lei e ti dice di accomodarti all'interno, in una specie di portineria dove un altro poliziotto ti prega di attendere, chiama qualcuno al telefono e avverte che è arrivata la persona che il dottor Ciliberti stava aspettando.

«Adesso vengono a prenderla» ti dice dopo aver riattaccato. In effetti due minuti dopo arriva un signore sulla sessantina in giacca e cravatta. C'è qualcosa di leggermente fuori posto nel suo abbigliamento, ma non riesci a capire cosa. È il sovrintendente Barile e, dice, sarà lui ad accompagnarti dal *dottore*, che ti sta aspettando. Così prendete un ascensore, percorrete diversi corridoi, salite delle scale, attraversate delle porte – *faccio strada*, si scusa ogni volta Barile passandoti davanti – e alla fine, proprio quando ti chiedi se per qualche oscura ragione non stiate girando in tondo, siete davanti all'ufficio di Ciliberti.

«Il dottore l'aspetta» ribadisce Barile aprendoti la porta, dopo aver bussato in un modo che, chissà per quale motivo, ti sembra convenzionale.

Ciliberti è rimasto uguale a come te lo ricordavi: piccolo di statura, magro e di carnagione olivastra. Volendo sottilizzare: la carnagione adesso è *decisamente* scura, il che indica una intensa vita all'aria aperta o una pratica assidua di saloni per l'abbronzatura artificiale. Senza una precisa ragione, pensi che la seconda ipotesi sia la più probabile.

«Caro Enrico, che piacere» ti dice con eccessiva cordialità, stringendoti la mano e poi indicandoti un divano, su un lato dell'ufficio.

«Grazie, è stato molto gentile a trovare qualche minuto per me...»

«E che fai, mi dai del lei?»

«Ah, no certo, grazie. Volevo innanzitutto ringraziarti per aver trovato il tempo di incontrarmi...»

«È stato un piacere, e anche un dovere, diciamocelo. Con tutte le seccature che gli do, a tuo fratello. Ce lo facciamo portare un caffè? Io sono già al quinto da stamattina, ma da quando ho smesso di fumare non si capisce più niente. Per fortuna almeno non ingrasso.»

L'efficiente Barile, all'uopo richiamato, provvede anche al caffè con annesso cioccolatino. Tu vorresti andare al sodo, ma a quanto pare Ciliberti non è oberato di lavoro e ha voglia di chiacchierare.

«Se ti vuoi accendere una sigaretta fai pure. Ho smesso, ma l'odore mi piace sempre.»
«No, grazie. Anch'io ho smesso.»
«Ma lo sai che mia moglie ha letto qualche tuo libro? È una tua fan.»

Ti trattieni dall'inutile precisazione: l'uso dell'aggettivo indefinito *qualche* è impreciso, anzi errato, visto che di libri ne hai scritto uno solo.

«Lei legge tantissimo, a me piacerebbe ma purtroppo con tutto il lavoro che ho, non trovo mai il tempo.»

Ti sforzi di sorridere mentre lanci uno sguardo involontario alla scrivania lucida e completamente sgombra di carte. A proposito di lavoro in eccesso.

«Ma veniamo al motivo della tua visita. Cosa posso fare per te?»

Glielo dici, qual è il motivo della tua visita. Sai che stai per fargli una richiesta un po' strana ma ti chiedi se sia possibile consultare il fascicolo personale – immagini che si dica così – di tale Scarrone Salvatore, ex terrorista, nei giorni scorsi ucciso in un conflitto a fuoco durante una rapina a un furgone portavalori. Presumi che sia a conoscenza della vicenda.

Quando hai finito ti rendi conto di aver parlato molto veloce, per tenere a bada l'imbarazzo. Ciliberti sembra perplesso e a te viene in mente che potresti avere appena fatto una richiesta illegale. Istigazione a violare il segreto d'ufficio o roba del genere.

«Ma a che ti servono queste carte?»

Sorridi, cercando di apparire il più naturale possibile. Ti aspettavi la domanda e avevi preparato una risposta che ti sembra credibile. Stai raccogliendo informazioni e documenti per scrivere un romanzo. È una bugia, naturalmente. Non c'è nessun romanzo da scrivere e tu non hai idea del vero motivo per cui sei arrivato sin qui, attraversando due giorni dal tempo sospeso, che sembrano mesi a guardarli da questa mattina. E però mentre la dici, questa bugia, ti sembra la verità. Una verità così violenta da essere quasi insostenibile, come una scarica elettrica o una rivelazione inattesa.

Ciliberti sospira.

«Per gli atti del procedimento relativo alla rapina e all'uccisione di questo tizio sicuramente non c'è niente da fare. Le indagini sono in corso e non sappiamo quanto dureranno. Io stesso potrei creare degli imbarazzi se chiedessi al collega della squadra mobile di farmi vedere quelle carte. Per il materiale di archivio forse posso fare qualcosa.»

Ti sorprendi a rispondere come un burocrate ossequioso.

«Grazie, lo apprezzo molto. Tutto quello che potrai fare sarà di aiuto.»

«Però dobbiamo fare un patto» aggiunge Ciliberti con un sorriso ammiccante.

«Che patto?»

«Io ti trovo quello che è possibile trovare sull'ex terrorista. Mi ci vorrà qualche ora e quindi ci dobbiamo rivedere più tardi. Quando torni, però, voglio una copia di un tuo libro con dedica, per mia moglie.»

Un tuo libro è sbagliato, Ciliberti. Ho scritto un solo, maledetto libro. La frase corretta è: una copia *del* tuo unico libro.
Non dici così. Sorridi senza espressione e rispondi che volentieri – una parola che odi, *volentieri* – gli porterai una copia del tuo libro e lo dedicherai a sua moglie.
«Ottimo» dice Ciliberti alzandosi e accompagnandoti alla porta, «allora ti richiamo non appena ho qualcosa per te. Hai impegni per questa mattina?»
Rispondi che non hai impegni, che andrai a fare una passeggiata e ritornerai non appena ti chiamerà.
«Ah, beato te. Dev'essere una bella vita quella dello scrittore.»
Bellissima, certo.
Vieni riconsegnato alle cure di Barile che ti guida nuovamente a ritroso per i meandri della Questura e ti deposita fuori, vicino allo stesso piantone di prima, che però adesso ti saluta, portando la mano alla visiera.
Non hai idea di quanto tempo devi far passare. Senti un'inquietudine strisciante e inafferrabile, di quelle che vengono quando un pensiero importuno ci attraversa la testa e poi scompare, lasciando dietro di sé una scia molesta. Per cercare di dissolvere quest'inquietudine o comunque per evitare che si amplifichi, parti a passo veloce verso il centro della città, ma senza una meta, cercando di pensare solo al ritmo dei tuoi passi.
Sei arrivato nei paraggi del teatro Petruzzelli e stai pensando che ti piacerebbe dare un'occhiata dentro – l'ultima

volta che ci sei stato era prima dell'incendio – quando ti imbatti in un negozio dove, a quanto pare, si vendono e si riparano chitarre. Mai visto prima, chissà da quanto tempo esiste. In vetrina c'è solo una Fender, color madreperla, bellissima. Entri nel locale, che è qualche gradino sotto il livello del marciapiede, male illuminato e pieno di chitarre di tutti i tipi; sembra più un'officina che un negozio. Dietro il banco c'è un tizio sui cinquantacinque, magrolino con baffoni grigi e una maglietta nera degli Iron Maiden che gli sta troppo larga. È concentrato ad accordare una chitarra elettrica che, a occhio, sembra anch'essa una Fender, ma meno bella di quella in vetrina.

«Posso dare un'occhiata?»

Quello alza lo sguardo e ti fissa come se gli avessi chiesto il permesso di fare la pipì nel bel mezzo del negozio.

«Ti conosco?» dice infine.

«Non credo» rispondi e non sai perché ti viene da sorridere.

«Assomigli a un mio compagno di classe.»

«A che scuola andavi?» chiedi, mentre ti coglie il dubbio che possa davvero essere un tuo compagno di scuola, così invecchiato da essere irriconoscibile.

«Al Salvemini. Anche tu, vero?»

«Io andavo al Flacco.»

Non aggiungi altro. Il mingherlino baffuto sembra un tipo strano e con i tipi strani è sempre meglio una parola di meno. Non sai mai cosa può venirne fuori. Ti guardi attorno: ci sono chitarre elettriche, acustiche, classiche, dodici corde, folk, jazz e poi anche bassi elettrici, banjo, mandolini, ukulele. Di tutto. Da ragazzo ti avrebbe fatto impazzire, un posto così.

«Puoi toccare, se vuoi. Questo è un negozio anarchico» dice il tizio. Tu non sai bene cosa significhi *un negozio anarchico*. Forse, oltre che toccare, puoi prendere una chitarra e portarla via senza pagare? Stai quasi per chiederlo, ma il mingherlino non sembra un tipo spiritoso e lasci perdere. Prendi una bella Gibson molto simile a quella che avevi da ragazzo. La sollevi, ti sembra più leggera di quella della tua adolescenza e quando provi a cercare qualche accordo sulla tastiera ti rendi conto di quanto siano diventati morbidi e delicati i tuoi polpastrelli. La frase ti si forma in testa come un cartello luminoso. *I tuoi polpastrelli sono diventati morbidi.* Dev'essere una metafora, ti dici. Suonare è un lavoro da duri. Anche scrivere è un lavoro da duri. Tu forse, semplicemente, non sei abbastanza duro per l'una e per l'altra cosa.

«Suoni?» ti chiede l'anarchico.

«Un poco, tanto tempo fa.»

«Cosa suonavi?»

«Quello che capitava. Mi piaceva cantare.»

«Questa te la ricordi?» e così dicendo accenna qualche nota, inconfondibile.

«*Wish You Were Here.*»

Quello fa sì col capo, continuando a stuzzicare distrattamente le corde con il plettro.

«Grande pezzo.»

«Grande.»

«La sai la storia?»

«Che storia?»
«La storia di questo pezzo.»
«Se non sbaglio lo scrissero per Syd Barrett, che era andato fuori dal gruppo e fuori di testa.»
Quello ora ti sorride: hai superato una prova e puoi essere suo amico.
«Ti piace il vinile?»
«Mi piace.»
«Se vai lì dietro» indica con la mano un locale nel retro, «trovi un sacco di roba buona. Anche un sacco di porcate, a dire il vero, ma insomma bisogna pur mangiare.»
Lì dietro c'è una piccola stanza interamente occupata da scaffali pieni di dischi in vinile, 33 e 45 giri. C'è un odore di metallo piuttosto intenso e l'ambiente nel suo complesso ha qualcosa di sotterraneo e clandestino. C'è davvero di tutto, incluso uno scaffale di cantautori e un inatteso settore di musica pop melodica italiana degli anni Settanta, oltre a qualsiasi cosa abbia prodotto il rock, dalle origini alla fine del vinile. Giri e frughi e ti diverti per almeno un quarto d'ora, fin quando non decidi di comprare il singolo di *Dancing in the Dark*. Lo porti alla cassa dal tuo amico baffuto, lo paghi un prezzo non proprio anarchico e te ne vai con la sensazione che qualcosa ti sia sfuggito, di quel posto e di quel personaggio.
La prossima tappa sarà una libreria perché devi comprare una copia del tuo romanzo per la moglie di Ciliberti. Così vai da Feltrinelli che è lì a due passi, entri con un passo deciso che ti fa sentire un po' ridicolo, ti dirigi verso gli scaffali della narrativa, trovi subito una copia del tuo romanzo e dunque,

per fortuna, non sei costretto a rivolgerti ai commessi. A questo punto ti rilassi, perché è chiaro che nessuno fa caso a te, e prendi anche uno zainetto di tela, un taccuino – è tanto che non ti compri un taccuino – e un paio di penne.

Continui a gironzolare fra i libri con un'inattesa sensazione di leggerezza, quando ti prende un impulso: andare al bar della libreria, sederti a un tavolo e metterti a copiare qualche frase dal tuo romanzo. Così ci vai, mangi un panino, bevi una birra ed è proprio quando hai appena aperto, uno vicino all'altro, il tuo nuovo taccuino e il tuo vecchio libro, che arriva la telefonata di Ciliberti.

Venti minuti dopo sei di nuovo in Questura; all'ingresso trovi già Barile che ti aspetta, ripercorri per la terza volta il labirinto, rientri nella stanza del vicequestore.

«Ti ho procurato quello che ho potuto» dice porgendoti una busta gialla, chiusa con il nastro adesivo. La metti nello zaino dal quale, subito dopo, tiri fuori il libro promesso.

«C'è la dedica?»

«Come si chiama la signora?»

«Marianna.»

Hai sempre odiato fare dediche a persone che non conosci – cosa si scrive a una persona che non si conosce? – ma ti ha preso un'insofferenza angosciosa e vuoi solo andare via. Così ti appoggi alla scrivania e scrivi, veloce: *A Marianna, con molta simpatia.*

Poi metti la data, firmi, consegni il libro a Ciliberti, lui ti ringrazia, tu ringrazi lui, vi stringete la mano e finalmente vai via, non sapendo dove.

Enrico

Mi sono chiesto negli anni, quando mi è capitato di pensarci, se il fascino delle lezioni di Celeste dipendesse dal fatto che lei era bella e io ne ero innamorato.

Ogni volta, riascoltando nella memoria le sue lezioni, sono arrivato alla medesima conclusione: era il contrario.

Era la sua capacità di trattare gli argomenti partendo da spunti inattesi per giungere a conclusioni sorprendenti, che la rendeva ancora più bella di quanto non fosse in realtà. Nei suoi discorsi c'erano una grazia vertiginosa e una capacità di evocazione delle intelligenze, dalle quali era impossibile non restare incantati.

Un giorno dal cielo scurissimo ci parlò – come da programma, in apparenza – di Platone e del mito della caverna.

«Nella *Repubblica* Platone immagina degli uomini che, sin da bambini, vivano in catene nelle profondità di una caverna, immobilizzati in modo tale che sia loro possibile fissare soltanto la parete che hanno davanti. Alle spalle dei prigionieri arde un grande falò e fra il falò e i prigionieri corre una strada rialzata. Su questa strada passano degli uomini che trasportano oggetti di varie forme e dimensioni e per via del fuoco le ombre degli uomini e degli oggetti trasportati vengono proiettati sul muro della caverna.»

Prese un foglio, che arrivando in classe aveva poggiato sulla scrivania, venne fra i banchi e ce lo mostrò: era un disegno in bianco e nero – forse la riproduzione di una litografia – che illustrava il mito platonico.

«Così forse è più comprensibile. I prigionieri vedono le ombre, sentono l'eco delle voci degli uomini che passano sulla strada e pensano che siano le ombre a emettere quei suoni. Non avendo alcuna esperienza del mondo esterno gli incatenati sono convinti che le ombre e l'eco siano la realtà e non un semplice riflesso di essa. Immaginiamo ora che uno dei prigionieri venga liberato ed esca dalla caverna. All'inizio verrebbe accecato dalla luce – essendo vissuto da sempre nell'oscurità – ma col passare dei minuti distinguerebbe sempre meglio gli oggetti, le persone, il paesaggio e infine capirebbe che il mondo reale è quello, non l'altro percepito fino ad allora, in catene, nel buio della caverna.»

Soffiò via il ciuffo dall'occhio e ci guardò. Tutti seguivano anche se le espressioni erano le più varie, dall'interesse quasi spasmodico allo stupore attonito. Aveva un collo bellissimo, pensai. Lungo, elegante e forte.

«È chiaro finora? Ci sono domande?»

Micunco alzò la mano. Era un tipo timido, studiosissimo, un po' ottuso, che non parlava e non sorrideva quasi mai.

«Dimmi» disse Celeste.

«Come fanno a mangiare, quelli che sono incatenati? E come fanno per i bisogni?»

Una risata serpeggiò per la classe, anche se Micunco di sicuro non voleva fare lo spiritoso, ed era diventato rosso a macchie. Io mi infastidii molto. Queste domande idiote erano una mancanza di rispetto. Perché Micunco non sta al suo posto? pensai con spirito protettivo, e stavo quasi per fare un intervento sarcastico, ma Celeste parlò prima di me.

«Voi state ridendo, ma l'intervento di Micunco è utile, perché ci permette di affrontare una serie di questioni importanti. Inutile dire, innanzitutto, che non ci sono risposte plausibili a queste domande perché quella della caverna non è una narrazione – anche se solo di una storia di fantasia – ma un'allegoria e cioè, in altri termini: una sequenza di metafore. La narrazione – un romanzo, un racconto o un articolo di cronaca – ha un dovere di verità o almeno un dovere di plausibilità. Non la metafora e nemmeno l'allegoria che devono solo essere capaci di colpire l'emozione e la ragione. Sono uno strumento per spiegare e comunicare con efficacia concetti astratti e difficili come nel caso della dottrina platonica delle idee. Però non si può chiedere alle metafore quello che si chiede alle storie.»

Il pezzo di cielo nero che si vedeva dalla nostra classe fu illuminato da un lampo improvviso e molto vicino. Celeste si interruppe e rimanemmo tutti zitti, in attesa. Poi il tuono ci raggiunse, con uno schianto secco e pauroso come se qualcosa di enorme si fosse spaccato a poca distanza da noi. Celeste riprese la sua lezione quando le finestre smisero di tremare.

«Se in un romanzo io leggo che qualcuno vive incatenato in una caverna da quando era bambino ho il diritto di chiedermi – e lo scrittore *deve* avere una riposta a questa domanda, anche se non la scrive – chi gli porta da mangiare, dove fa i suoi bisogni e qualsiasi altra cosa riguardi la condizione di questo personaggio. Questo perché le storie sono un pezzo di mondo – mondo reale nel caso delle cronache, mondo fantastico nel caso dei romanzi. La metafora – uso solo questa espressione perché l'allegoria è una metafora plurima e continuata – invece non è un pezzo di mondo, è un modo di articolare un'idea, è un'idea figurata, un'idea spiegata attraverso un'analogia, cioè sfruttando qualche aspetto di somiglianza fra questa idea e qualche entità del mondo reale, che possiamo percepire con i sensi. Chi sa farmi qualche esempio di metafora? Non valgono quelle contenute nel mito della caverna.»

«Il fuoco della passione?» dissi io, quasi senza accorgermi che stavo parlando e pentendomi di averlo fatto, un attimo dopo.

Lei fece qualche passo verso di me, con un'espressione che mi parve ammirata, intenerita e beffarda a un tempo.

«Bene, Vallesi. Ottima risposta. Chi ama non brucia fisicamente – e dunque non ha senso chiederci se non rischi di morire fra le fiamme –, ma fra la passione e il fuoco esistono delle analogie. Noi usiamo l'immagine del fuoco per parlare del calore e anche della forza distruttrice della passione. Il fuoco è dunque metafora della passione. Sei innamorato, Vallesi?»

Diventai rosso. Cercai di dire qualcosa di spiritoso o brillante, ma non ci riuscii. Celeste, prima di voltarsi da un'altra parte e ricominciare a parlare, mi lanciò un ultimo sguardo che forse non significava niente ma che io interpretai come un segno di intesa e che mi fece scoppiare il cuore.

In quel momento cominciò a cadere la pioggia che subito prese un ritmo meticoloso e irritante. Era inverno, il nostro mondo era grigio e a volte cupo, ma io ero felice. Mi sentivo come se Celeste e io fossimo stati soli, insieme, in un posto bellissimo, di cui immaginavo in modo vago i contorni – mare al tramonto, aria fresca che ci dava dei brividi leggeri e deliziosi, profumi e musica in lontananza – e nel quale non valevano le regole della vita quotidiana, le convenzioni, le differenze di età e tutto il resto. Il fuoco della passione produce strani fenomeni.

«Dunque, Micunco, noi non dobbiamo porci il problema di come mangino o come facciano i loro bisogni gli uomini incatenati nella caverna perché essi non sono personaggi di una storia ma figure metaforiche. Tutta l'allegoria della caverna serve a spiegare un concetto astratto – la dottrina delle idee – con lo strumento di una immagine geniale e concreta. Anzi meglio: con una *sequenza* di immagini geniali e concrete.

«Nel mito platonico gli oggetti fuori dalla caverna sono le idee, che l'uomo riesce a percepire e a conoscere solo quando si libera dalle catene della *doxa* – l'opinione – che per Platone rappresenta la forma più primordiale e ingannevole di conoscenza. Proprio come quella degli incatenati che possono vedere solo le ombre e sentire solo gli echi. Tutte metafore, anche queste, com'è una metafora quella del sole, che rappresenta il bene, entità suprema al vertice del sistema delle idee.»

Parlò ancora a lungo di Platone, disse altre cose sulla sua filosofia e su quanto avesse influito sulla storia del pensiero per secoli e secoli. Nulla però, di quello che disse dopo, mi colpì con tanta forza quanto il discorso sulle metafore e sulle narrazioni. *Le storie sono un pezzo di mondo.* Questa frase mi era apparsa come una rivelazione, fatta davanti a tutti ma rivolta a me solo, quasi a indicarmi una strada.

Quella mattina avevo scoperto cose – sullo scrivere, sulle storie, su me stesso – che non avrei mai più dimenticato.

Enrico

Continuai ad andare tutti i pomeriggi all'associazione Italia-Cuba anche durante le vacanze di Natale, quando non c'era quasi nessuno. Alcuni giorni eravamo solo io e Salvatore e gli allenamenti diventavano lezioni private. Qualche volta si faceva sfuggire che i miei progressi erano molto rapidi e che in meno di due mesi mi ero messo in pari con gli allievi più anziani. Il primo a stupirsi ero io, ma in effetti era vero, imparavo in fretta e sembrava che avessi un talento naturale per quel tipo di disciplina senza nome. Una volta, alla fine di un allenamento, gliel'ho domandai, cosa fosse, precisamente, quella cosa che ci insegnava.

Lui non rispose subito.

«Questa non è una cosa che puoi andare a dire in giro. È chiaro?»

«Certo.»

«Non devi dirlo a nessuno.»

«È chiaro.»

«Mi ha insegnato un compagno che ha vissuto a Cuba e ci

torna spesso. Quello che facciamo qui è il metodo che usano per addestrare le forze speciali dell'esercito e della polizia cubani.»

«E a lui chi glielo ha insegnato?»

«Un istruttore dell'esercito rivoluzionario.»

«Ma questo compagno è di Bari?»

«Cazzo, fai un sacco di domande. Che te ne importa se è di Bari? A chi lo devi andare a dire?»

«Chiedevo per chiedere, non è che me ne importa se è di Bari o di Milano. Se non vuoi dirmelo, non importa.»

«Non è di Bari, è un compagno di Bologna.» Poi aggiunse: «Mi sto fidando di te, questa cosa è segreta, la sanno solo due dei ragazzi che vengono qui».

Stavo quasi per chiedere chi fossero i due ragazzi che la sapevano, questa cosa, oltre a me. Con chi condividevo questo segreto, e perché. Però mi trattenni. Ci eravamo addentrati in un territorio sconosciuto di cui faticavo a vedere il paesaggio e pensai che la cautela fosse opportuna.

Il metodo cubano – così da quel momento lo chiamai e mi accorgo di non aver mai pronunciato ad alta voce quelle parole – era semplice e brutale. Tutte le tecniche erano congegnate per l'applicazione immediata in una situazione reale. Per esempio i calci negli stinchi, nelle ginocchia o nelle caviglie.

«Un calcio ben dato negli stinchi fa malissimo» diceva Salvatore «e non rischi di perdere l'equilibrio o che l'avversario ti afferri una gamba e ti faccia cadere.»

Poi c'erano i colpi di gomito e a mano aperta, con cui

avevamo cominciato dalla prima lezione, le ginocchiate, le tecniche per proiettare al suolo, le testate – i *tuzzi*, in dialetto barese. Questi ultimi, e la loro efficacia micidiale, erano quasi una fissazione di Salvatore.

«Se ti accorgi che sta iniziando una lite non farlo avvicinare, controlla sempre la distanza. Devi essere tu a decidere quando accorciarla, non l'altro. Se però in qualche modo lui ti è arrivato vicino, allora è sicuro che sta per colpirti. Se è arrivato *molto* vicino, con ogni probabilità vuole darti un tuzzo. Se vedi che sta partendo – tira indietro la testa per prendere lo slancio – l'unica cosa da fare è questa.»

E mi fece vedere come abbassare la testa in modo che l'aggressore, invece che colpirti sul naso con la fronte, finisse con il *suo* naso sulla sommità della tua testa, spaccandoselo e mettendosi fuori combattimento da solo.

«Hai mai preso un tuzzo sul naso?»

«No.»

«E una pallonata sul naso?»

«Sì.»

«Com'è stato?»

«Brutto. Per un bel po' non capivo niente, non vedevo cosa avevo davanti.»

«Appunto. Se prendi una testata sul naso è ancora peggio. Ma anche darla in modo sbagliato è pericoloso, perché puoi farti male da solo.»

Così mi insegnò la tecnica della perfetta testata sul naso, nelle sue diverse varianti. Testata con la fronte; testata con la parte laterale del capo, nel caso ci fossero due avversari vicini, uno da una parte e uno dall'altra che magari ti tenevano le braccia; tuzzo rinforzato, che significava prendere la testa o le spalle dell'avversario con una o con due mani e tirarlo verso di te mentre contemporaneamente partivi con la fronte.

«Se riesci a fare questo, è finita prima di cominciare. È difficile rimanere in piedi dopo uno scherzetto del genere.»

Mi faceva esercitare con il sacco. Dovevo avvicinarmi di scatto, afferrarlo, tirarlo verso di me e sferrare la testata, colpendo con la parte centrale della fronte. Lo ripetevo decine e decine di volte, fino a quando la fronte non mi diventava rossa e dolorante. E allo stesso modo, decine e decine di volte, mi faceva ripetere la ginocchiata al viso: ci si aggrappa alla testa dell'avversario – meglio ancora se lo si prende per i capelli – e la si tira verso il basso mentre si lancia il ginocchio verso l'alto, a rompere tutto quello che trova sulla sua strada.

**

Così come a scuola, non legai con nessuno dei miei compagni di allenamento.

C'era qualcosa in loro, nel compiacimento per la violenza, nelle allusioni a situazioni in cui le tecniche potevano essere usate – o *erano già* state usate, in aggressioni politiche o in scontri di piazza –, che mi disturbava e che mi tratteneva da ogni forma di familiarità.

Ce n'erano due che mi facevano proprio paura. Uno era

quello che lavorava ai mercati generali e che insieme a Salvatore aveva massacrato i due fascisti davanti alla scuola. Si chiamava Vito, veniva ad allenarsi saltuariamente – in effetti non aveva alcun bisogno di *imparare* a combattere –, aveva un braccio grosso quanto una mia gamba e, contraddicendo l'idea popolare del gigante buono e pacifico, parlava sempre di *schiacciare le teste dei fasci*. Era fin troppo chiaro che non si trattava di un modo di dire.

L'altro era un ragazzo magro di nome Franco, poco più grande di me, quasi albino, con occhi di un azzurro chiarissimo e l'espressione folle di uno che avrebbe potuto ucciderti sorridendo, per poi andare a mangiare una pizza con gli amici.

Non era solo una sensazione, una sera avevo visto con i miei occhi di cosa era capace.

A volte Salvatore ci faceva fare un esercizio per sviluppare – diceva lui – la *capacità di soffrire*. In pratica la cosa consisteva in questo: dopo aver fatto flessioni e addominali fino allo sfinimento ci si disponeva a coppie, in piedi uno di fronte all'altro; si toglievano tute, maglioni, camicie, magliette e insomma si rimaneva a torso nudo; a un comando di Salvatore uno dei due contraeva il più possibile i muscoli addominali e l'altro cominciava a picchiarlo con tutte le forze nella pancia. Continuava a lungo, fino a quando non arrivava l'ordine del cambio e dell'inversione dei ruoli.

Non era un esercizio divertente.

«Se quello che sta in contrazione cede, voi continuate a picchiarlo. Se va a terra, continuate a picchiarlo, sempre e solo nella pancia, fino a quando non dico io di smettere.

Quando siamo fuori di qui, non smettono di picchiarci se noi ci arrendiamo» diceva Salvatore.

Quella sera l'allenamento era stato molto duro ma per fortuna il tizio con cui ero accoppiato era fra i meno violenti. Nessuno parlava, si sentivano solo i rumori secchi dei colpi – schiaffi, gomitate, ginocchiate –, i grugniti di chi attaccava e quelli di chi incassava contraendo spasmodicamente gli addominali.

All'improvviso il ragazzo che si stava allenando con Franco – lo chiamavano *Sghigno* a causa di un incisivo spezzato – cedette. Forse non era riuscito a mantenere la contrazione, forse gli era arrivato un colpo più forte degli altri, forse tutte e due le cose, certo è che lo sentimmo fare una specie di colpo di tosse e lo vedemmo piegarsi in due portando le mani all'altezza del plesso solare.

«Aspetta» disse con voce soffocata. Franco non aspettò. Continuò a picchiare metodicamente nella pancia, sui fianchi, sul petto, rispettando in modo puntiglioso e spietato le istruzioni ricevute. Noialtri ci fermammo tutti. Salvatore osservava la scena da un angolo del salone, senza dire niente. Sghigno si accasciò al suolo come un sacco vuoto e Franco continuò a colpirlo, a calci. Fu a quel punto che un tizio – lo avevo soprannominato Abramo Lincoln, perché aveva la barba ma non i baffi – intervenne.

«Cazzo, così lo ammazzi, basta!» Prese Franco per le spalle, lo strattonò, lo spinse via di lato. Salvatore si avvicinò a passo rapido e, senza dire una parola, colpì Abramo Lincoln con uno schiaffo, molto forte.

«Lo hai fatto adesso e non lo fare mai più. Che cazzo ho detto prima?»

L'altro balbettò qualcosa di incomprensibile e si prese un secondo ceffone.

«Non ho sentito. Che cazzo ho detto prima?»

«... di non smettere fino a quando non lo dicevi tu.»

«Appunto. Provaci un'altra volta e ti stacco la testa a calci. Se le regole di qua non vi piacciono, non ci venite più, è chiaro?»

Si voltò a guardarci tutti, a uno a uno.

«È chiaro?»

Facemmo di sì con la testa e nessuno aprì bocca.

Franco era vicino a me e mi parve di cogliere un'ombra di sorriso cattivo sulle sue labbra sottili e nei suoi occhi gelidi.

Ma forse me la immaginai soltanto.

Sghigno era ancora a terra e respirava a fatica.

***

A un certo punto negli allenamenti cominciarono a comparire le armi, intese come spranghe di ferro, catene, chiavi inglesi, manici di zappa – i famigerati *stalin*. Le tenevano in un vano ricavato e mimetizzato nel muro e ce n'erano davvero tante.

Ricordo molto bene la prima lezione sull'uso di questi oggetti.

«Quasi tutti usano la chiave inglese o la spranga per colpire in testa. Questa è una cazzata. Colpendo in testa con una chiave, una spranga o un cric non ci vuole niente che ci scappi il morto, con tutto il casino che segue. Si può certamente discutere dell'opportunità di azioni armate molto radicali, ma se stiamo andando a sprangare un fascio è perché abbiamo deciso di sprangarlo, non di ammazzarlo.»

Mi stavo chiedendo – o forse avevo capito fin troppo bene – cosa volesse dire quando parlava di *azioni armate molto radicali* e mi accorsi di aver deglutito a fatica.

«Quindi se andiamo a sprangare, niente colpi in testa. In generale, se ci troviamo a combattere armati, i colpi più efficaci non sono quelli dall'alto verso il basso, ma quelli per linee rette.»

Ci fece vedere cosa intendeva. Prese una spranga di ferro, impugnandola con due mani distanziate, come fosse una lancia corta.

«Tenendola in questo modo possiamo usarla per difenderci, prima di tutto» disse alzando di scatto la spranga sopra la testa, a parare un immaginario attacco di bastone. Poi andò a mettersi davanti al sacco e lo colpì con la punta dell'arma, con un colpo secco e veloce, ritirandola subito dopo. Replicò lo stesso movimento tre o quattro volte.

«In questo modo lo prendiamo alla bocca dello stomaco, gli spezziamo il fiato, non riesce a rimanere in piedi. Quando è a terra lo possiamo colpire nel modo tradizionale, dall'alto verso il basso, sulle spalle, sulla pancia e sulle gambe. Non ci sono problemi se gli rompiamo qualche osso – è un'ottima lezione –, l'importante è non ammazzarlo per sbaglio.»

Sentii la nausea che montava e mi parve di essere sul punto di vomitare. Cercai di respirare a fondo, socchiusi gli occhi, mi distrassi in maniera deliberata da quello che stava dicendo Salvatore e dopo qualche minuto stavo un po' meglio. Pensai di dire che non mi sentivo bene – forse un po' di influenza, avevo fatto male a non rimanere a casa – e che era meglio me ne andassi. Mi chiedevo cosa ci facessi là e come potevo tirarmi fuori da quella situazione assurda e cosa avrebbero pensato i miei genitori se avessero scoperto quello che stavo facendo. Me ne volevo andare e non volevo tornare mai più.

Non dissi niente, però, e non me ne andai. A poco a poco la sensazione si attenuò e io continuai l'allenamento, fino in fondo. E nonostante quello che avevo pensato, il giorno dopo ero di nuovo lì.

Un'altra volta ci insegnò come ci si difende da un avversario armato, o da un'aggressione di gruppo.

«Se ha una catena, una spranga, o è uno sbirro con il manganello e noi non abbiamo niente e non possiamo scappare, l'azione più efficace è proprio il contrario di quello che ci verrebbe naturale – e che lui si aspetta –, cioè allontanarci. La distanza gioca a suo favore, l'allungo che gli dà il bastone gli permette di colpirci stando del tutto al di fuori della nostra portata. Allora con un avversario armato di bastone, o anche di catena, dobbiamo accorciare la distanza, coprendoci la testa, anche a costo di prendere qualche colpo. A distanza ravvicinata il suo vantaggio scompare e l'arma può essere addirittura un intralcio mentre noi possiamo colpirlo con il gomito, il ginocchio o la testa.

«Se abbiamo di fronte uno armato di coltello – i fasci spesso girano armati di coltelli e cazzottiere – dobbiamo fare il contrario: cercare di avvicinarci è pericolosissimo, ci taglierà di sicuro. Dobbiamo togliere il giubbotto, il giaccone, quello che abbiamo, e avvolgerlo attorno al braccio sinistro – o al destro se siamo mancini –, tenere la distanza, difenderci con il braccio protetto dalla giacca, cercare di colpirlo con calci o con il braccio libero, guadagnare tempo per poterci allontanare.

«Se vi attaccano in gruppo e siete soli e disarmati, la cosa migliore da fare, se possibile, è scappare. A volte però non è possibile. Anche allora bisogna fare il contrario di quello che loro si aspettano e che verrebbe naturale. Un gruppo che attacca una persona sola cerca una preda; non si aspetta il combattimento, non si aspetta una reazione e tantomeno si aspetta di essere attaccato dalla preda. Mi seguite?»

Qualcuno disse di sì, qualcuno si limitò ad annuire. Io non feci nulla, credo. Mi ero distratto e mi stavo chiedendo perché uno come Salvatore, capace di insegnare in quel modo, esprimendosi senza sbavature, mostrando di padroneggiare la tecnica, la psicologia e anche il lessico, a scuola fosse destinato con ogni probabilità all'ennesima e definitiva bocciatura. Per la prima volta nella mia vita percepii la natura sfuggente e paradossale del cosiddetto successo e del cosiddetto fallimento.

«Un gruppo di aggressori è come un branco e come i branchi ha sempre un capo. Bisogna individuarlo, il capo, e bisogna attaccarlo per primi, subito e in modo selvaggio.»

«Che vuol dire: *in modo selvaggio?*» chiese qualcuno.

«Vuol dire che dobbiamo fare qualcosa che non si aspettano, che li terrorizzi, li paralizzi almeno per qualche istante e che ci dia la possibilità di scappare.»

«Come si fa?» chiese qualcun altro, o forse lo stesso di prima.

Salvatore prese dalla tasca un mazzo di chiavi, lo strinse nel pugno facendone uscire due, come le punte di una mazza ferrata.

«Un modo può essere sfregiarlo con le chiavi. Mirare agli occhi, lanciando un urlo fortissimo mentre si attacca, o subito prima. Oppure afferrargli un dito, spezzarglielo e poi scoppiare in una risata da folle. O tutte e due le cose, una dopo l'altra. Se vi trovaste nel gruppo degli aggressori o solo ad assistere a una scena del genere pensereste che il tizio è un pazzo pericoloso. E nessuno ha voglia di affrontare un pazzo pericoloso, se può evitarlo.»

***

Una sera di gennaio, o forse di febbraio, avevamo finito l'allenamento, che era stato particolarmente faticoso, e io stavo rimettendo il giaccone e mi accingevo ad andarmene.

«Se mi aspetti cinque minuti ce ne andiamo insieme» disse Salvatore. La cosa mi stupì molto. Rimaneva sempre lì dopo la lezione, e a volte mi ero chiesto cosa succedesse in quel posto durante tutta la giornata, o durante la notte. Qualche volta notavo che il letto era fatto, con lenzuola, cuscini e coperte, come se qualcuno dovesse dormirci. Qualche volta c'erano delle piccole riunioni cui partecipavano persone – uomini perlopiù, ma anche qualche donna – più grandi anche di Salvatore; qualche volta c'era qualcuno che ciclostilava; qualche volta c'erano tre o quattro tizi con l'aria di chi si prepara a qualcosa di delicato e urgente, che sfogliavano degli album fotografici.

«Ok» risposi stringendomi nelle spalle, con noncuranza ostentata.

Cinque minuti dopo camminavamo per le strade della città vecchia, di cui avevo smesso di avere paura. La temperatura era piuttosto mite per l'inverno.

«Quanti anni hai, Enrico?»

Mi stupì molto che mi chiamasse per nome, era la prima volta che lo faceva. C'era una sfumatura di formalità, inconsueta, nel suo tono.

«Sedici. Ne faccio diciassette a maggio. E tu?»

«Diciannove a marzo. Sono stato bocciato in quarta ginnasio e poi l'anno scorso.»

«Ti scoccia se ti dico una cosa?»

«Che cosa?»

«Se continui così è probabile che tu sia bocciato anche quest'anno.»

«Me ne vado io, prima che mi boccino.»

«Che vuol dire?»

«Poi magari ti racconto.»

Continuammo a camminare nel buio dei vicoli.

«Ti vanno un panzerotto e una birra?»

«Ok» risposi pensando che avrei dovuto avvertire casa,

visto che erano le nove passate, ma che non potevo, perché avrei fatto la figura del ragazzino con l'orario della ritirata. Andammo in una pizzeria vicino al castello svevo, prendemmo due panzerotti e due birre e ce li mangiammo sul muretto del fossato. Quando finimmo, Salvatore tirò fuori le sigarette e me ne offrì una.

«Ho visto che ti impegni un sacco negli allenamenti.»

«Mi piace» dissi evitando di precisare cosa avevo provato durante la lezione sull'uso della spranga e della chiave inglese.

«Magari un giorno di questi capita l'occasione di vedere come te la cavi per strada.»

Ebbi un brivido e annuii leggermente, in modo che il gesto potesse significare tutto e niente.

«Non ne abbiamo mai parlato, ma io do per scontato che tu sia un compagno» proseguì lui. Non dissi nulla, non lo sapevo se ero un compagno o cos'altro, a parte il fatto che di sicuro detestavo i fascisti.

«È così?» insistette lui.

«Sì, è chiaro» dissi in fretta, cercando di essere naturale.

«Ci vediamo domani, adesso devo andare in un posto» disse alla fine lasciandomi su quel muretto, carico di domande.

Dieci

Ti ritrovi piuttosto lontano dalla Questura, senza sapere come ci sei arrivato. Non è la prima volta che ti capita una cosa del genere in questi giorni. Non ricordi nulla di cosa hai pensato nel percorso, e questo non va bene. Bisogna prestare attenzione a quello che c'è attorno, bisogna recuperare un contatto con le cose, ti dici come se stessi offrendo un consiglio a un conoscente. Sei vicino a una fermata dell'autobus. C'è una piccola folla e fai caso al fatto che la maggioranza di quelli che aspettano gli autobus ha la pelle nera, i lineamenti di chi viene dalle parti dell'Oceano Indiano. India, Bangladesh, Mauritius. A due passi c'è un panificio dal quale si diffonde un profumo di pane e focaccia; a fianco un emporio cinese e poi uno di quei posti orrendi in cui comprano l'oro usato. Queste specie di banchi dei pegni negli ultimi tempi si sono moltiplicati come un'erba infestante, come una malattia. Ti inquietano, quasi ti fanno paura, proprio come certe malattie, ma al tempo stesso vorresti vedere come sono dentro, che facce hanno quelli che ci lavorano.

Adesso sei vicino alla stazione, nei giardini di piazza Umberto. Tanti anni fa questa zona si chiamava Piazza Rossa ed era popolata da gruppettari, autonomi, frange, criptoterroristi come il tuo amico Salvatore. Passando davanti alla grande fontana ti accorgi che c'è l'acqua. Non dovrebbe essere qualcosa di cui stupirsi, che ci sia l'acqua in una fontana, ma se qualche giorno prima ti avessero chiesto di descriverla, avresti detto: vuota, un po' sudicia, piena di scritte di ogni tipo fatte con le bombolette spray. Cioè com'era più di trent'anni fa. Chissà quando l'hanno sistemata, ti chiedi mentre osservi questa fontana che funziona, come se fosse uno spettacolo straordinario. A un certo punto il vento gira e ti porta l'odore dell'acqua. Locuzione incongrua, ti dici, l'acqua è inodore. Forse sono le fontane, il metallo dei tubi o qualche lieve disinfettante. Qualunque cosa sia, questo odore, mette in moto con violenza la rumorosa macchina dei ricordi. Immagini confuse, struggenti e soprattutto un'allegria dolorosa arrivano in ordine sparso e in breve si dissolvono.

Potresti andare a casa, cioè al bed and breakfast che stai chiamando casa con una convinzione su cui forse dovresti indagare. Potresti andare là, aprire la busta e leggere, ma pensi che non ne hai voglia ancora. Vuoi tenere in sospeso questo momento, ancora un poco.

Allora ti rimetti in cammino. Ripassi davanti al negozio compro-oro di prima. La vetrina è opaca e non permette di vedere all'interno, come nei pornoshop.

In quel momento esce una vecchia. Esile e un po' curva, di sicuro sopra gli ottanta, con la faccia affilata e sofferente ma i lineamenti aristocratici. Assomiglia a tua madre. Per essere più precisi: diciamo che assomiglia a come, forse, sarebbe diventata tua madre se non fosse morta. Si tiene chiuso un vecchio soprabito con le mani e si guarda attorno come un animale in pericolo. Sotto il cappotto ha i soldi che le hanno dato per l'oro di famiglia, pensi con una sensazione mista di malinconia, rabbia e desiderio di essere da qualche altra parte. È così vicina e ti fa così tanta pena che vorresti dirle qualcosa; quello che non sei mai stato capace di dire a tua madre, per esempio. Naturalmente non le dici nulla, vi incrociate e lei se ne va nella direzione opposta alla tua.

Hai socchiuso gli occhi e stai cercando di decifrare quest'emozione improvvisa, o forse stai cercando di sfuggirle, quando alle tue spalle la signora lancia un grido debole e tremendo insieme. Ti giri di scatto e vedi che un ragazzo l'ha sbattuta al muro e cerca di aprirle il soprabito, che invece lei cerca disperatamente di tenere chiuso. Ripensandoci dopo, ti sembrerà di aver quasi provato un senso di sollievo: la necessità dell'azione semplifica molte cose, rende tutto più netto, meno complicato.

Li raggiungi quando il ragazzo è quasi riuscito a strappare la borsa che la donna teneva nascosta sotto il soprabito. Avrà vent'anni, magro, quasi macilento, una faccia ottusa che ti ricorda qualcuno, un piercing sul sopracciglio sinistro. Gli dai uno spintone a due mani, sullo slancio, e lo stacchi dalla preda.

«Figgh' d' p'ttan» ringhia quello mentre recupera l'equilibrio. Pensi – pensi? non è proprio un pensiero, il tempo è troppo breve – che *non* vuoi che vada via senza reagire. Hai un capro espiatorio, non devi lasciartelo sfuggire. Quello ti accontenta e ti viene incontro. Forse non avrà i soldi della vecchia ma qualcuno – tu – pagherà per questo. Tu lo aspetti e al momento opportuno fai partire la mano aperta verso la sua faccia. Proprio come se avessi riprovato quel movimento pochi minuti prima. Arriva anche il suo schiaffo, ma quasi non lo senti, mentre invece il suo naso ti si rompe sotto il palmo e ti sembra quasi di sentire il rumore un po' disgustoso delle cartilagini che si frantumano. A quel punto la scena rallenta. Quando il naso si rompe è difficile continuare a combattere. È difficile continuare a fare qualsiasi cosa. Il ragazzo arretra ma tu lo raggiungi e lo colpisci di nuovo, quasi con calma. Altri due colpi in faccia molto forti mentre quello sanguina abbondantemente e cerca di proteggersi. Poi lo prendi per i capelli, lo giri su se stesso, lo colpisci con un calcio nell'incavo del ginocchio e lo trascini a terra. Forse avresti continuato a picchiarlo anche a terra. Magari gli avresti dato un calcio in faccia o chissà cos'altro. Forse lo avresti *massacrato* e forse ti sarebbe anche piaciuto farlo. Però ti arriva un pugno sulla testa, da dietro. Ti volti di scatto, vedi un altro ragazzo, ti prepari a un altro attacco ma quello non cerca di colpirti ancora. Voleva solo farti smettere per consentire al suo amico – al suo *complice* – di alzarsi e scappare. Lui fa la stessa cosa, non prima di averti sputato in faccia con stupefacente precisione e aver vomitato qualche insulto rabbioso, gutturale e sincopato. Il dialetto barese può essere assai sgradevole, a volte.

Mentre ti togli la saliva dalla faccia, ti accorgi che la vecchia è ancora lì. È appoggiata al muro, nello stesso punto in cui è stata aggredita, le braccia strette intorno al corpo, a proteggersi, a difendere i soldi ricevuti in cambio del suo oro.

Balbetta qualcosa, può essere che ti stia ringraziando ma non la senti davvero. Ti sembra che tutta la situazione abbia acquisito un'acustica subacquea e una visione sfocata. Chiedi alla donna se sta bene e lei ti dice di sì con gli occhi sbarrati, come una bestiola impaurita. Non sai come e perché – o forse sì, lo sai benissimo –, le fai una carezza sul viso, un gesto inatteso, e le dici di andare a casa.

Poi recuperando il contatto con la realtà pensi che non sarebbe una buona cosa se arrivassero i carabinieri o la polizia, ti trovassero lì, sporco di sangue, ti chiedessero cosa è successo, magari ti invitassero a seguirli in Questura o in caserma. Guardando nel tuo zaino scoprirebbero carte che non dovresti avere e che nemmeno sai quali siano.

Così aspetti che lei si muova, per essere certo che ce la faccia, e poi ti giri e vai via, verso i bagni della stazione, per lavarti le mani e la faccia.

Undici

Casa vostra era in via Abate Gimma, fra via Quintino Sella e via Sagarriga Visconti. Per andare a scuola ci volevano cinque minuti e così potevi alzarti anche all'ultimo momento. Il che accadeva quasi sempre. Pensi ai tuoi risvegli faticosi da liceale per cercare di non pensare a quello che stai facendo. Perché lo sai che certe cose andrebbero evitate, ma dopo quello che è successo, dopo aver visto la vecchia che assomigliava a tua madre aggredita da quel teppista, con tutto quello che ne è seguito, ti sembra di non avere scelta.

Arrivi al vostro vecchio indirizzo, ti fermi davanti al citofono e leggi i nomi. A casa tua adesso c'è uno studio di consulenti del lavoro e dunque nelle stanze della tua infanzia si preparano buste paga. Nulla di personale contro i consulenti del lavoro – sarebbe stato lo stesso se si fosse trattato di uno studio di avvocati, o commercialisti, o ingegneri – ma l'idea ti infastidisce molto. Anzi ti ferisce, come un'offesa personale, il fatto che nelle stanze in cui sei cresciuto, dove c'erano quegli odori familiari, quegli oggetti, quei libri che erano la trama di una esistenza collettiva e impalpabile, adesso ci siano cubicoli, segretarie, fotocopiatrici, computer, stampanti e archivi. Quando vendi un appartamento in cui hai abitato per tanto tempo dovresti inserire qualche clausola di sicurezza nel contratto. Tipo un divieto di adibirlo a studio di consulenza del lavoro o roba del genere. Ti viene da piangere, e ti sembra di non essere in grado di controllarti; ti sembra che potresti fare una scena madre per strada.

Fanculo. Fanculo. Fanculo.

Te ne vai, anzi scappi, lungo via Abate Gimma, senza guardare avanti – e infatti urti un vecchio che in dialetto ti grida qualcosa a proposito di quella puttana di tua sorella –, fino a quando non ti ritrovi davanti a un fabbricato che sembra una specie di castello dei fantasmi. Il portone è sbarrato e lo sorvegliano due teste di leone che sembrano due teste di demonio. Le finestre e le persiane dei due piani sono sbarrate, tranne una che invece è spalancata in modo quasi osceno e sembra il passaggio verso un mondo nascosto e pieno di pericoli. Lungo le grondaie, fra le crepe del muro, sui balconi diroccati crescono rampicanti capaci di penetrare il tufo e di spaccare i mattoni.

Cosa diavolo è questo posto? Dove sono finito? Cerchi qualche appiglio, qualcosa che ti dica che non sei finito in una faglia dello spazio-tempo, in un mondo parallelo popolato da alieni che potrebbero risucchiarti lì dentro.

Poi il vortice rallenta e finisce e ti rendi conto che quel castello dei fantasmi lo conosci. Nell'altra vita era l'istituto nautico, l'unica scuola, ai tuoi tempi, quasi esclusivamente maschile della città. Non si direbbe che sia ancora molto attiva, pensi mentre osservi in modo più prosaico i muri anneriti e i rampicanti aggressivi. Come ti capita in questi casi, quando guardi una pianta, pensi che dovresti studiare qualche rudimento di botanica. Chi sosteneva che quando si scrive non si dovrebbe dire "un rampicante" o "un albero" o "un fiore" ma indicare con precisione di che rampicante, di che albero, di che fiore si tratta? Non te lo ricordi, ma qualcun altro – forse Calvino? – diceva il contrario: bisogna avere uno sguardo sfumato, bisogna rivendicare il diritto di non sapere il nome degli alberi, dei fiori, degli animali e nominarli lo stesso, con i mezzi che abbiamo. Come per molte altre questioni riguardanti la scrittura non hai mai saputo prendere una posizione definita.

Dunque ti limiti a constatare che non sai il nome di quel rampicante e che l'istituto nautico di Bari, se esiste ancora, non è più là. Chissà da quanto tempo.

Così ti viene spontaneo domandarti se il liceo ginnasio Quinto Orazio Flacco abbia avuto un destino analogo e se l'edificio massiccio, diciamo gotico razionalista, che si affacciava sul lungomare sia anch'esso preda dei rampicanti e della rovina e delle creature, quali che siano, che di sicuro si nascondono nell'oscurità degli edifici abbandonati.

Torni sui tuoi passi, giri a sinistra e prendi via Manzoni con i suoi negozi economici di scarpe e di abbigliamento, sguisci fra gli autobus in fila di via Crispi, passi davanti alla chiesa di San Francesco, percorri via Pizzoli e il primo colpo te lo danno il garage dei motorini e il circolo ricreativo che sono ancora lì, uguali a quelli di tanti anni fa.

Anche il bar e il panificio sono dov'erano prima. Questa geografia apparentemente immobile ti produce l'effetto contrario a quello che avresti potuto immaginare. Un'ansia terribile. C'è qualcosa di innaturale in questa immobilità, un pericolo indecifrabile, sottile e inquietante.

È quasi di corsa che arrivi davanti all'ingresso della scuola, all'angolo fra via Pizzoli e corso Vittorio Veneto. L'orizzonte verso il mare è ostruito da un parcheggio multipiano ma sull'edificio della scuola non ci sono rampicanti e i muri non cadono a pezzi. A quanto pare il vecchio Flacco esiste ancora.

Il portone è aperto per metà e pensi che forse potresti entrare a dare un'occhiata. Poi pensi che di sicuro incontreresti qualcuno – un bidello, un vicepreside, un segretario – che ti fermerebbe e ti chiederebbe chi sei e dove stai andando e per quale motivo stai penetrando a quest'ora del pomeriggio nell'istituto. La sola idea di qualche bidella che con dito indagatore ti interroga su cosa ci fai lì dentro ti mette a disagio. È un tuo vecchio problema con tutte le forme di autorità, in special modo quelle di grado più basso. Non hai voglia di dire bugie e tantomeno di dire la verità – ammesso che tu sappia qual è la verità – e dunque decidi di non entrare.

Ti sposti sul grande spiazzo davanti all'ingresso principale della scuola. Ci sono dei ragazzini che giocano a pallone e di nuovo sperimenti un clamoroso scollamento dalla realtà. Il tempo si distorce e ti sorprendi a osservare i ragazzini alla ricerca di qualcuno che conosci, qualche tuo amico, qualche compagno di classe, qualcuno cui chiedere se puoi giocare anche tu. Ti ci vuole un po' – non sapresti dire con esattezza quanto – per riprenderti e tornare al presente. Più o meno. L'aria si è fatta fresca, il sole sta tramontando e adesso ci vorrebbe proprio un bel bicchiere di vino. Fai un cenno di saluto ai fantasmi che stanno giocando mescolati ai ragazzini di oggi e ti rimetti in cammino senza sapere per dove. Ti occorre una meta.

Dove aveva detto tuo fratello che era il negozio di Stefania?

Sì, era nel quartiere Madonnella, cioè piuttosto lontano da qua. Saranno tre o quattro chilometri. Il vino ti andrebbe subito ma decidi – *decidi*, suona bene – che lo berrai più tardi, a cena. Adesso ti fai un'altra passeggiata e magari vai a vedere il negozio di Stefania. Dai un'occhiata alle vetrine – i negozi bio hanno vetrine? –, ti aggiri per i paraggi e valuti lì per lì se entrare o meno, in base a come te la senti in quel momento. Tanto non hai altro da fare, hai bisogno di stare in movimento. Avere una meta, abbastanza lontana, è una buona cosa. Camminare veloce, zaino in spalla, è un buon modo di occupare questo tempo, per far depositare un po' di cose. Anzi per farle precipitare. Com'era la faccenda del precipitato? La precipitazione – è assurdo che riemerga questo ricordo – era il fenomeno di separazione di una sostanza solida da una soluzione. Roba studiata in prima liceo. Com'è possibile che questa definizione emerga così, nitida come se avessi appena maneggiato il libro di chimica – era un libro verde, ce l'hai davanti agli occhi – per una interrogazione domattina? Ci sono un sacco di cose che non ti ricordi, sentite il giorno prima o anche solo ore prima. Invece questa viene fuori così. A questo punto vuoi controllare o forse vuoi essere ancora più preciso e cerchi sul dizionario del tuo telefono. Precipitato: *composto, o miscela di composti insolubile, che si separa da una soluzione o tramite l'aggiunta di un precipitante o mediante un idoneo trattamento fisico.*

Hai una miscela di composti da far precipitare e una bella camminata a passo svelto, anche se sei già un po' stanco – hai pure fatto a botte, pensi di sfuggita –, è un *idoneo trattamento fisico.*

Così parti, intenzionato a procedere con consapevolezza, nominando le strade che percorri, senza permettere ai pensieri e ai fantasmi di interferire con questa consapevolezza.

Ripercorri via Pizzoli, ripassi davanti alla sala ricreativa, arrivi in piazza Garibaldi, viri a sinistra e tagli diagonalmente il giardino. Poi via Sagarriga Visconti, via Putignani con i suoi oleandri, fino al Petruzzelli – dovresti entrarci, pensi ancora una volta, e vedere come lo hanno riscostruito dopo l'incendio. Dov'eri nell'ottobre del 1991 quando ci fu l'incendio? Cominci ad arrovellarti su questa domanda, non trovi una risposta e perdi di nuovo, senza accorgertene, il contatto con il mondo circostante. Quando riprendi consapevolezza delle strade, hai percorso parecchi isolati e ti accorgi di essere dalle parti del negozio di Stefania. Molto vicino, a quanto pare. Senza una ragione precisa ti torna in mente un ricordo remotissimo: la famiglia di Stefania era di origine armena, i suoi nonni erano arrivati a Bari per sfuggire ai campi profughi e al genocidio.

Ti stai chiedendo se questa cosa la sapevi ai tempi del liceo o qualcuno te l'ha detta dopo e naturalmente non lo ricordi, quando senti una voce alle tue spalle. Una voce nota, secca e nitida come uno schiocco di frusta.

Enrico

In autunno fra scioperi, assemblee, assemblee permanenti e altre agitazioni non si era mai fatta lezione per più di dieci giorni di seguito. Tra febbraio e marzo arrivò anche l'occupazione della scuola.

Non so più come successe, quale fu l'inizio, il motivo, o il pretesto. Semplicemente mi ricordo la scuola occupata da qualche giorno, i ragazzi accampati nei corridoi e nelle aule, e una specie di routine già consolidata in cui l'elemento centrale erano i cosiddetti controcorsi. Io mi iscrissi a quello sulla storia mondiale degli ultimi trent'anni – la Guerra fredda, il Vietnam, i colonnelli in Grecia – che a scuola, nei normali programmi, non si studiava mai, e a quello sulla condizione femminile. Gli argomenti erano interessanti ma io scelsi quei controcorsi soprattutto perché era previsto che alcune delle lezioni fossero tenute da Celeste. I professori erano invitati a partecipare all'autogestione, ma solo alcuni accettavano. Gli altri invece si godevano un po' di ferie fuori programma, fingendo di lamentarsi per lo stato in cui era ridotta la scuola.

Fu in quei giorni che qualcuno mi parlò del passato di Celeste. Figlia di professori universitari – sua madre era americana –, si era diplomata sei anni prima all'Orazio Flacco e pare che in seconda liceo avesse rischiato la bocciatura pur avendo una delle medie più alte della scuola. Era stata sospesa per qualche grave e imprecisato episodio, era famosa nella scuola per vari motivi e fra questi il fatto che fosse così bella e molto libera. Il riferimento, vago e conturbante, a questa libertà mi diede una fitta di gelosia e al tempo stesso un assurdo senso di orgoglio, la conferma che non mi sbagliavo nell'essere innamorato di lei, perché era così eccezionale e dunque anch'io lo ero, per il solo fatto di amarla. Nella sua eccezionalità c'era un'idea del mio destino, pieno di pericolosa ebbrezza.

Lo stesso orgoglio lo provai ascoltando le sue lezioni durante l'occupazione – una in particolare, nel controcorso sulla condizione femminile –, assieme ad altri ragazzi e ragazze che non erano della nostra sezione e che la ascoltavano per la prima volta.

Entrò in classe insieme a Salvatore, che si sedette per terra, proprio davanti a lei, perché le sedie erano già tutte occupate. Io stavo dietro, come sempre. Le finestre erano spalancate e dal mare arrivava una brezza pungente che sembrava un presagio di primavera.

«Oggi parliamo di cinque donne, molto diverse fra loro. Il tema che le accomuna è quello del coraggio, della dignità e della libertà femminile. Qualcuno sa chi fu la prima compagna di Adamo, il primo uomo?»

Qualcuno abboccò e disse Eva.

«No, Eva fu la *seconda* compagna di Adamo. In un mito mesopotamico ripreso dalla religione ebraica delle origini, la prima moglie di Adamo si chiamava Lilith. Fu ripudiata perché si rifiutò di obbedire al marito e venne trasformata in una creatura notturna – una sorta di demone femminile portatore di tempesta, lussuria e disgrazia. Alla fine dell'Ottocento la figura di Lilith diventa il simbolo dell'energia vitale, e del femminile che si ribella alla tirannia del maschile. Lilith fu la prima donna e insieme la prima donna ribelle.

«Ci vuole del tempo, dall'età del mito in cui si colloca Lilith, per trovare, nella storia, un'altra donna che ha il coraggio di ribellarsi e, in questo caso, di rifiutare l'idea che il pensiero, la scienza, la filosofia siano dominio esclusivo dei maschi. Questa donna non è il personaggio di una leggenda, è vissuta ad Alessandria d'Egitto e il suo destino non è mitologico come quello di Lilith, ma nella sua verità è ancora più cupamente simbolico. Ipazia fu matematica, astronoma e filosofa, pagana, esponente del neoplatonismo. Fu stuprata e massacrata da una folla di monaci cristiani a causa della pericolosità del suo insegnamento, della sua rivendicazione della libertà di religione e di pensiero. Ma soprattutto perché donna.»

Nell'aula stipata l'attenzione era percepibile come la vibrazione di un diapason, alcune delle ragazze avevano gli occhi lucidi. Era uno di quei momenti rari in cui l'intelligenza di un singolo si trasforma nell'emozione di tanti.

«Christine de Pizan nacque in Italia, visse in Francia fra

il Trecento e il Quattrocento e fu la prima scrittrice professionista della storia. Fra le sue opere ce n'è una soprattutto che va citata. Si intitola *La città delle dame*, ed è una riflessione molto moderna su temi relativi alla condizione femminile, purtroppo sempre attuali. Per esempio la questione dello stupro e della necessità che venga punito in maniera adeguata. I processi cui assistiamo ancora oggi, quello che dicono gli avvocati degli stupratori, quello che scrivono i giudici nelle sentenze, sono tutti elementi che ci inducono a ritenere che la questione è ben lontana dall'essere risolta.

«Sempre nella *Città delle dame* vi è poi la questione fondamentale dell'educazione femminile. Le donne sono assenti dal mondo delle lettere, della filosofia, della cultura, non per una presunta inferiorità naturale ma perché, rinchiuse fra le mura domestiche, non sono mai state ammesse agli studi e in definitiva alla possibilità di imparare. Una donna intelligente riesce a fare tutto – dice Christine de Pizan – e il problema è che gli uomini non tollerano neppure la sola idea che una donna possa saperne più di loro.

«Sono idee che oggi ci sembrano ovvie – e in effetti lo sono – ma pensate a come fossero nuove e rivoluzionarie nella Francia di allora. E a proposito di cose rivoluzionarie, pensate al coraggio di un'altra donna, Artemisia Gentileschi, grande pittrice vissuta nel Seicento. Artemisia, stuprata da un altro pittore, Agostino Tassi, suo maestro di prospettiva, fece una cosa inaudita e scandalosa, per l'epoca: denunciò il fatto e accettò di testimoniare nel processo, anche sotto tortura.»

Voci si alzarono fra di noi e un movimento percorse l'aula. Cercai Salvatore e vidi che era sempre lì, seduto per terra, con le gambe incrociate, immobile come una sfinge.

«Com'è finito il processo?» chiese una ragazza.

«Tassi fu condannato, dovette scegliere fra i lavori forzati e l'esilio. Inutile dire che scelse l'esilio, ma non è questa la cosa più importante, intendo la condanna. La cosa più importante è il processo e il valore simbolico che ha assunto nei secoli. Oggi possiamo dire che Artemisia Gentileschi è uno dei simboli della ribellione femminile, del rifiuto di accettare il sopruso e il potere maschile. Il significato della sua storia trascende i dettagli delle vicende personali. Prima di andare avanti mi piacerebbe sentire qualche riflessione e qualche commento.»

Ci furono alcuni interventi, non troppo interessanti, e io mi distrassi e pensai alle cose mie. Da qualche giorno mi era venuta l'idea di far leggere a Celeste un mio racconto e mi chiedevo quale scegliere e, soprattutto, come trovare l'occasione e il modo per darglielo. Non trovai una risposta soddisfacente e allora mi dissi che dopo avere scelto il racconto, avrei dovuto farne una fotocopia e portarla sempre con me, pronto a cogliere l'occasione, quando si fosse presentata.

«L'ultima donna di cui voglio parlarvi non è un personaggio mitologico come Lilith o una donna reale vissuta secoli fa. Questa donna è morta solo pochi anni fa ed è stata la prima grande filosofa della contemporaneità, anche se lei rifiutava la definizione. Il suo nome è Hannah Arendt e a lei si deve la più importante riflessione moderna sulla natura del male.»

Era la prima volta che sentivamo parlare della Arendt. Celeste ci raccontò la storia del suo libro più famoso, *La banalità del male*, del processo ad Adolf Eichmann, dell'Olocausto e soprattutto della spaventosa normalità dei suoi artefici. Ce ne parlò a lungo anche se non so dire quanto durò quella lezione. Più del previsto, di sicuro, perché a un certo punto si rese conto che era tardi, chissà per cosa. Si interruppe, prese la borsa e il cappotto, ci disse che le dispiaceva non potersi trattenere, ci salutò e si allontanò con quella sua andatura – aveva qualcosa di dolcemente sfacciato – che ormai avrei riconosciuto ovunque.

In teoria, stando alle regole dei controcorsi, sarei dovuto rimanere per prendere parte al dibattito autogestito. A quel punto però tutta la situazione aveva perso interesse e gli altri ragazzi, che fino a pochi minuti prima mi erano parsi i compagni di un'avventura dell'intelligenza, nell'aula vuota di lei diventarono estranei. Così rimasi lì, seduto su un banco per un poco, e poi me ne andai. Uscendo notai che Salvatore non c'era più.

***

L'autogestione aveva le sue regole e, in pratica, una forma rudimentale di ordinamento giuridico. C'era un governo, composto dai rappresentanti delle diverse forze politiche che avevano promosso e attuato l'occupazione: Federazione giovanile comunista, sinistra extraparlamentare e radicali; c'era un servizio d'ordine che vigilava all'interno, perché tutto si svolgesse senza incidenti, e all'esterno, per contrastare eventuali provocazioni fasciste – così si chiamavano; c'era una specie di gruppo amministrativo che provvedeva all'organizzazione delle lezioni e dei seminari, regolava l'uso delle palestre, dei laboratori, delle apparecchiature, e si occupava di ogni altra questione pratica posta dall'occupazione dell'istituto. Appartenenti al servizio d'ordine e a questa sezione logistica pernottavano a turno nella scuola. Io non facevo parte di nessun gruppo.

Un giorno Salvatore mi raggiunse nei corridoi e mi disse che dovevamo uscire dalla scuola, lui e io.

«Dove andiamo?»

«A fare provviste.»

«Che vuol dire?»

«Per i compagni che rimangono a presidiare la scuola di notte. Roba da mangiare, da bere e tutto il resto.»

«E i soldi?»

«E chi l'ha detto che dobbiamo pagare? Facciamo un esproprio.»

L'idea non mi piaceva per niente. Mi vantavo di non avere mai rubato niente in vita mia – nemmeno una caramella dal tabaccaio – e la parola *ladro* mi era sempre sembrata un'offesa infamante. A ragione, credo. Però non sapevo come dire queste cose a Salvatore. In effetti non gliele dissi e dieci minuti dopo eravamo in strada, lui, io e un tizio di seconda che veniva quasi sempre agli allenamenti. Si chiamava Alfonso nonsocome, aveva il viso coperto da una barba rada e puzzava di sudore.

«Dove andiamo?» chiese Alfonso.

«Alla Standa, è parecchio tempo che non ci facciamo la spesa» rispose Salvatore. Se c'era dell'ironia, nell'uso della parola *spesa*, era nascosta benissimo, perché io non me ne accorsi. In compenso diventai ancora più nervoso, perché il supermercato al piano interrato della Standa, su corso Vittorio Emanuele, era quello dove mia madre andava più spesso. Di regola lei avrebbe dovuto essere a scuola, a quell'ora. Ma poi che ne sapevo – ci avevo mai fatto caso? – quando aveva la sua giornata libera o quali erano i suoi orari? Pensai di dire agli altri due che la Standa non era il posto adatto ma non trovai il coraggio. Decisi che se avessi visto mia madre, o qualcun altro che conoscevo, avrei detto a Salvatore che dovevo tirarmi fuori e poi lo avrei fatto, e basta.

Camminammo svelti, in silenzio, uno vicino all'altro, e quando passammo davanti alla Prefettura, ormai vicinissimi all'obiettivo, Salvatore ci diede istruzioni su come procedere. In realtà il discorso era rivolto solo a me, perché Alfonso il profumato di certo non era alla sua prima esperienza con le spese proletarie.

«Cerchiamo di evitare cose ingombranti. Solo formaggio, salame, biscotti, dolci, cioccolata, latte condensato. Tutte cose nutrienti e che occupano poco spazio. Niente bottiglie, niente pane, insomma niente che non vada nei pantaloni. Io prendo qualcosa da comprare, passo dalla cassa e pago mentre voi uscite.»

«Che facciamo se ci scoprono?» chiesi mentre diventavo sempre più nervoso man mano che ci avvicinavamo al supermercato prescelto.

«Se ci scoprono ci penso io. Tu scappi e basta» disse, e mi parve che per un attimo si toccasse il fianco. Ma forse me lo immaginai, o è un'immagine che ho sovrapposto al ricordo, per via di quello che accadde dopo. Comunque non feci altre domande.

Quando fui nel supermercato provai una sensazione molto strana, che mi è capitata pochissime altre volte nella vita. La percezione di essere a uno snodo del tempo, superato il quale niente sarebbe stato lo stesso. La percezione del cambiamento nell'attimo in cui il cambiamento stava per avvenire.

La Standa era un posto mitico della mia infanzia. Ci andavo con mia madre e ancora adesso riesco a sentire il piacevole brivido di freddo che si avvertiva scendendo l'ultima rampa di scale, entrando fra i banchi frigorifero, e quell'odore misto e inconfondibile – la carne, le verdure, la salumeria, gli involucri di plastica – che per me era semplicemente *l'odore della Standa*. All'epoca non ce n'erano tanti di supermercati e andare lì era un po' come andare al luna park della Fiera del Levante, che c'era a settembre, poco prima dell'inizio della scuola.

Alla Standa c'erano alcuni prodotti introvabili altrove. Per esempio certi formaggini in vaschetta al gusto di prosciutto; oppure dei biscotti francesi che sembravano pasticcini e che si potevano mangiare solo in occasioni speciali; e tante altre cose perdute, che si affollano nella mia memoria con i colori sgranati e nostalgici di certe pellicole in superotto.

In quella mattina umida e grigia di fine inverno – ne ebbi la precisa consapevolezza – stavo per profanare la mia infanzia e per dirle definitivamente addio.

Non ci volle più di un quarto d'ora. Ci sparpagliammo fra gli scaffali, io finii nella zona dei biscotti e dei dolciumi sentendo il cuore che batteva come un rullante, constatai che nessuno mi guardava, presi un pacco di Urrà Saiwa e lo infilai nei pantaloni, sotto il maglione. A pensarci ora, non fu una scelta casuale: gli Urrà Saiwa erano dei grossi wafer ricoperti di cioccolata, buonissimi e vietatissimi da mia madre. In tutta l'infanzia li avevo assaggiati non più di tre o quattro volte, sempre con modalità clandestine, offerti da ragazzini con madri meno preoccupate della mia per l'igiene alimentare.

Dopo, fu tutto più facile. Presi altri biscotti, formaggini, un salame, marmellata, nutella, tonno, latte condensato e man mano che i miei pantaloni, le mie mutande e il mio giubbotto si riempivano, i miei scrupoli residui si dissolvevano.

A un certo punto, mentre ero in dubbio di fronte a una confezione di carne in scatola, Salvatore mi raggiunse e mi disse che dovevamo avviarci all'uscita. Lui si fermò alla cassa per pagare un litro di latte Soresina – non so perché mi è rimasta impressa la marca –, noi passammo mentre lui faceva casino con i soldi, distraendo la cassiera, e qualche minuto dopo eravamo di nuovo a scuola, in una delle classi deserte del terzo piano, a fare l'inventario del bottino sul piano di formica verde della cattedra.

Se avessimo fatto una gara a chi rubava di più, avrebbe

vinto di sicuro Alfonso. Continuava a tirar fuori roba dall'eskimo, dal maglione, dai pantaloni, dalle mutande, come i prestigiatori fanno con il cilindro: non meno di una decina di tavolette di cioccolata pregiata, buste di affettati, tubetti di dentifricio, flaconi di shampoo, barattolini con uova di lompo, caramelle, penne, salmone, saponette, patatine fritte, gomme da masticare e alla fine anche una confezione gigante di merendine. Come l'avesse nascosta, assieme a tutto il resto, senza farsi notare, appariva inspiegabile appunto come certi numeri di illusionismo.

Salvatore era stato più moderato ma, contravvenendo alla sua stessa regola, aveva preso anche una bottiglia di vino e una di whisky.

«Ma non avevi detto di non prendere bottiglie?»

«*Tu* non dovevi prendere bottiglie. Magari la prossima volta» disse esibendo uno dei suoi rarissimi e indecifrabili sorrisi. Poi ci mangiammo una tavoletta di cioccolata ciascuno, bevemmo del whisky a turno dalla bottiglia e fumammo le sigarette di Salvatore. Mi sentivo bene, come se mi fossi liberato di qualche impaccio fastidioso. La nostra festicciola fu suggellata da Alfonso, che era un tipo di poche parole, ma di inattese abilità. Finito di fumare bevve ancora un sorso di whisky, si percosse la pancia con le mani aperte e dalla sua bocca venne fuori una indicibile sequenza di rutti. Quella fu la colonna sonora della mia iniziazione al crimine.

***

Su richiesta di Stefania un giorno portai a scuola la chitarra. Il luogo delle performance musicali – ma anche di altro genere: per esempio c'era stato un ginnasiale, a quanto pareva nipote di gente di circo, che si era esibito in uno stupefacente spettacolo di giocoleria – era l'aula magna e fu lì che mi convinse a suonare, vincendo le mie resistenze.

«Mi imbarazzo, sembra che sto là per esibirmi.»

«A parte il fatto che non c'è niente di male a esibirsi, quando uno fa un concerto si esibisce, appunto. Ma poi che ti frega, ci mettiamo in un angolo, tu suoni, cantiamo, chi ha voglia di ascoltare si avvicina ma nessuno è costretto.»

Insomma facemmo come diceva lei. All'inizio ero impacciato e cantavo quasi sottovoce. Poi cominciai a rilassarmi e a poco a poco si radunò un gruppo piuttosto numeroso di ascoltatori. Era la prima vera esibizione della mia vita e in breve mi resi conto che mi piaceva parecchio. Avevo appena finito di suonare *Harvest* di Neil Young quando mi accorsi che, mescolata al pubblico dei ragazzi, c'era Celeste. Ebbi un tuffo al cuore. Chissà da quanto era lì e chissà come avevo suonato mentre lei ascoltava. Nella confusione che mi aveva avvolto come una nube improvvisa mi dissi che avevo un'occasione e che non dovevo sprecarla.

La mia canzone preferita – perlomeno fra quelle italiane – era allora *Pezzi di vetro* di Francesco De Gregori. Dalla prima volta che l'avevo sentita, come capita con i romanzi, le poesie e appunto le canzoni che ci piacciono molto, sapevo che parlava di me. Ero io il ragazzo che cammina sui pezzi di vetro senza tagliarsi e sapevo che quando mi fossi innamorato sarebbe accaduto proprio in quel modo perfetto, come dicevano quelle parole e quella musica. Così mi parve inevitabile suonarla per lei. Abbassai gli occhi, deglutii a fatica e poi cominciai con quell'arpeggio inconfondibile in Mi minore.

La suonai e la cantai tutta, tenendo sempre gli occhi bassi, come per controllare le mie mani e le corde. Non ne avevo alcun bisogno, conoscevo a memoria gli accordi di quella canzone e avrei potuto farla bendato. Solo che non potevo alzare lo sguardo perché avevo paura di incontrare quello di Celeste, e avevo paura che qualcuno capisse.

Finito l'ultimo accordo accennai col capo un inchino di saluto al mio pubblico. Significava che l'esibizione era terminata e dunque partì un applauso, che durò a lungo, e anche Celeste applaudiva e mi vennero i brividi. Poi, mentre i ragazzi e le ragazze si disperdevano, uscivano dall'aula magna, si ricomponevano in piccoli gruppi più lontani, a chiacchierare, lei si diresse verso di me.

«Sei molto bravo, Enrico. Era quasi meglio dell'originale» disse toccandomi per un attimo la mano sinistra. Quel contatto fu come una scossa elettrica, anche se la cosa che mi turbò di più fu sentirle sussurrare il mio nome.

Avevo in tasca il mio racconto, quello che avevo fotocopiato per darglielo non appena se ne fosse presentata l'occasione. Pensai che avevo pochissimo tempo per parlarle, senza che nessuno sentisse quello che dicevo.

«Volevo darle una cosa» trovai il coraggio di bisbigliare, diventando rosso.

«Cosa?»

Misi la mano in tasca, mi guardai attorno per controllare se qualcuno facesse caso a noi. Stefania in particolare, che non mi avrebbe risparmiato un duro interrogatorio se avesse notato qualcosa. Mi parve di no, e comunque non avevo molta scelta. Tirai fuori i miei quattro fogli spiegazzati e glieli diedi con un gesto furtivo. Lei non fece domande, li prese e li mise in borsa.

«È una cosa che ho scritto.»

Per qualche istante sembrò in dubbio sul da farsi e per qualche istante fui attraversato dal folle pensiero che stesse per darmi un bacio. Alla fine annuì soltanto, con un'espressione che non seppi decifrare, e andò via anche lei.

Enrico

Erano passati due giorni da quando avevo dato il mio racconto a Celeste. Me ne stavo davanti a una finestra di quelle da cui si vedevano il porto, il mare, il faro, le navi e l'orizzonte, quando mi sentii toccare su una spalla.
«Ti posso parlare cinque minuti, Enrico?»
Non riuscii a tirare fuori la voce, per la sorpresa. Feci di sì con la testa e lei mi disse di seguirla nella sala dei professori, che era lì a pochi metri. Non c'era nessun altro attorno al grande tavolo rettangolare e noi ci sedemmo a un angolo, dalla parte opposta alla porta. C'era qualcosa di sospeso, quasi di metafisico, in quella sala deserta.
«Ho letto il tuo racconto.»
Aveva una pelle bellissima, da vicino i suoi occhi erano ancora più grandi e come sempre profumava di patchouli.
«C'è una cosa che voglio chiederti, ma vorrei che non fraintendessi.»
«Qualsiasi cosa» dissi con un'enfasi di cui mi pentii un attimo dopo.

«Quello che c'è scritto qui sopra» tirò fuori dalla borsa i miei fogli «è tutto tuo?»

Ci misi qualche secondo per capire la domanda e poi diventai rosso. Pensava che avessi copiato e mi venne da piangere, per l'umiliazione e la rabbia.

«Non ho copiato. Comunque non importa. Se per piacere può ridarmeli...» dissi con il labbro che mi tremava. Lei ritirò con un gesto rapido i fogli che io cercavo di riprendermi.

«Scusami. Non volevo offenderti, era una domanda stupida.»

Poggiò il mio racconto sul tavolo e poi, con un gesto che non le era consueto, si passò le mani sul viso e fra i capelli. Sembrava cercasse le parole.

«Il fatto è che il tuo racconto è... molto bello, ed è difficile pensare che l'abbia scritto un ragazzo della tua età. Per esempio c'è quel passaggio in cui si parla della nostalgia per le cose non accadute. Cosa ne sa un ragazzo di sedici anni di questa nostalgia? Dove l'ha scoperta? Che ne sai, *tu*?»

Non risposi nulla – e cosa potevo dire?

«Saper scrivere così è un privilegio ma anche una responsabilità. Se uno ha un dono come il tuo non ha il diritto di sprecarlo. Capisci quello che voglio dire?»

«Credo di sì.»

Era sul punto di aggiungere qualcosa, quando nella sala dei professori fece il suo rumoroso ingresso – schiarendosi la voce – la bidella Antonietta, capo della polizia segreta di generazioni di presidi. Antonietta era alta forse un metro e cinquanta, pesava un'ottantina di chili, trafficava in merendine

– a quei tempi non c'erano bar o distributori automatici nelle scuole –, sapeva tutto quello che accadeva nella scuola e lo riferiva al preside.

Si fissarono a lungo e l'espressione di Celeste diventò dura come non l'avevo mai vista. Mi chiesi cosa fosse accaduto fra loro due. Perché di sicuro qualcosa *era* accaduto e forse risaliva addirittura al tempo in cui Celeste era ancora solo una studentessa di liceo.

Antonietta parve sul punto di dire qualcosa. Alla fine però abbassò gli occhi e uscì borbottando. Eravamo di nuovo soli ma il momento era passato. Celeste fece per restituirmi i miei fogli e io li respinsi agitando le mani, i palmi rivolti verso di lei, con un movimento troppo enfatico.

«No, no. Erano... cioè sono... insomma, voglio che li tenga.»

Serrò le labbra e rimise i fogli in borsa.

«Adesso è meglio che tu vada.»

Mi alzai e, non sapendo come salutarla, feci un goffo gesto, agitando la mano aperta all'altezza del petto. Lei mi salutò allo stesso modo, accennando un sorriso, senza dire niente.

Quando mi ritrovai nel corridoio ero come ubriaco. Il mondo mi girava attorno, un po' sfocato e come mi sarebbe capitato poche altre volte nella vita, mi sentivo perfettamente felice.

Dodici

«Vallesi!»

L'hai incrociata senza riconoscerla e per una volta tanto non è colpa della tua distrazione. Perché quella che hai davanti non è esattamente Stefania. C'è gente che rimane uguale col passare degli anni. Non è il suo caso.

Stefania era una bella ragazza rigogliosa, con un viso paffuto, un grande seno, lunghi capelli castani dai riflessi rossi.

La signora che ti sta davanti è asciutta, per non dire magra; il viso è severo e quasi scavato; i capelli sono cortissimi e completamente bianchi. Solo gli occhi, adesso che ci fai caso, mantengono il lampo allegro e un po' sconsiderato della tua amica da ragazza.

Dopo qualche attimo di esitazione vi abbracciate. Ha un buon profumo, asciutto e fresco, come di lenzuola appena lavate.

«Non ci posso credere: Enrico Vallesi che salta fuori così, dal passato, come se niente fosse, e si materializza a due passi da me.»

Non ti chiede cosa ci fai da quelle parti e ti informa che lì, proprio a due passi, c'è il suo negozio e devi per forza andare a vederlo. Tu dici che certo, volentieri, ti fa piacere e lei rimane a fissarti con l'espressione di una che sta pensando tante cose diverse contemporaneamente.

«Quanto sei bello, Vallesi, come invecchi bene. Sei molto meglio adesso che da ragazzo.»

Cerchi qualcosa da rispondere e non la trovi mentre non riesci a distogliere lo sguardo dai suoi capelli, e lei se ne accorge.

«Non sono davvero tutti bianchi. Ma a un certo punto, quando ho constatato che quelli bianchi erano diventati la maggioranza, ho deciso di accelerare il processo. Insomma, i pochi non bianchi li tingo.»

«Stai benissimo.»

In quel momento lei si accorge di una piccola macchia di sangue sulla tua camicia.

«Ma quello è sangue? Cosa è successo?»

«Ah, sì. Ho perso un po' di sangue dal naso... non mi ero accorto...»

Stefania sembra un po' perplessa e anche un po' preoccupata. In questa sfumatura di preoccupazione cogli una nota di debolezza, o di qualcos'altro, che non ti fa un bell'effetto.

«Come mai perdi sangue dal naso? Ti sei fatto controllare? Se vuoi...»

«No, no, il medico ha detto che non c'è nulla di cui preoccuparsi. Solo fragilità capillare, niente di serio. Andiamo a vedere il tuo negozio?»

Il suo negozio si chiama Bio-Logie. È una specie di piccolo e confortevole supermercato, fatto di legno chiaro, di bottiglie colorate, di saponi, di un settore dove ci sono abiti dalle tinte tenui e rassicuranti, di un altro settore con frutta, verdura e vasetti con piante. C'è una musica di sottofondo e ci metti un po' a capire che è un arrangiamento jazz della *Marcia Turca* di Mozart. Cioè tutto fuorché quella che definiresti *una musica di sottofondo*. Nell'aria aleggia un profumo accogliente.

«Cos'è questo profumo?»

«Ti piace?»

«Molto. Fa venir voglia di rimanere qui dentro.»

«L'idea è questa. È una fragranza che ho creato io, proprio qualche settimana fa. Rosa bulgara, kumquat, yuzu, patchouli e una punta, giusto una punta di gelsomino per tenere in equilibrio gli altri quattro.»

«Yuzu?»

«Yuzu. È una specie di mandarino aspro.»

«Lo vendi? Il profumo, intendo, non il mandarino aspro.»

Lei ride.

«Sì, lo vendo. Ma se ti comporti bene, a te lo regalo. Quanti anni sono che non ci vediamo?»

«Almeno una ventina, direi.»

«Già, una ventina. Non ci posso credere. Va bene, dài un'occhiata in giro. Io sistemo alcune cose e poi sono da te.»

Così Stefania scompare nel retro e tu ti guardi intorno. A quanto pare ci sono due dipendenti: una ragazza alta e magra alla cassa e un signore sulla sessantina nella zona della frutta e verdura. Entrambi indossano un camice blu e sembrano ricercatori in un laboratorio piuttosto che commessi di un negozio. C'è un via vai moderato e continuo di clienti – donne soprattutto. Approfondendo la tua esplorazione ti accorgi che in fondo, quasi nel retrobottega, c'è anche un angolo libreria. Ti avvicini, temendo di scoprire volumi new age, manuali per la preparazione di tisane e centrifugati, corsi completi di cucina sufica, trattati di oroscopo cinese. Invece no. È una libreria in miniatura, con titoli di ogni tipo. È lì che ti trova Stefania quando ricompare.

«Non credo che vorrei avere una vera libreria ed essere costretta a vendere di tutto. Qui ci sono solo libri che ho letto, che mi sono piaciuti e che mi sento di consigliare. Ovviamente hai visto che c'è il tuo?»

Lo hai visto, fai di sì con la testa.

«È bello qui» dici poi per cambiare argomento, ma anche perché è vero.

«Piace anche a me, adesso. Il posto esiste da una decina d'anni ma ho cambiato un sacco di cose negli ultimi due. Incluso l'inserimento dell'angolo libreria.»

Sorridi, un po' in imbarazzo.

«Una cliente mi ha chiesto chi fossi.»

«Chi fosse chi?»

«Chi fossi tu. Ha detto che sei un bel ragazzo.»

«Un bel ragazzo? Quanti anni ha la cliente?»

Stefania scoppia a ridere.

«In effetti avrà una settantina d'anni, ma è una bella signora, giuro. Credo anche con un passato piuttosto burrascoso – *scandaloso*, avrebbe detto un mio amico – e credo che ancora non si rassegni. Vuoi il suo numero?»

«Grazie, sei gentile a volermi organizzare la serata.»

«Ah, per dire la verità la serata te l'avrei già organizzata. Hai impegni per cena?»

«Svariati. Dovrei annullarli?»

«Cena con me. Ti porto in un vegetariano molto carino.»

Poco dopo partecipi alla chiusura di Bio-Logie, assieme alla ragazza del bancone e al tizio dell'ortofrutta. Tutti e due sono sorridenti e apparentemente muti. Al momento dei saluti fanno ciao con la mano, sempre senza dire una parola. Pensi che sarebbero due personaggi interessanti per una storia di extraterrestri che invadono il pianeta Terra cominciando dalla zona sud di Bari.

Stefania ti prende sottobraccio e ti conduce per strade del quartiere Madonnella dalle quali non ti ricordi di essere mai passato. La stessa sensazione che hai provato tornando da casa di tuo fratello, pensi mentre perdi piacevolmente il senso dell'orientamento. Dieci minuti dopo siete al ristorante che si chiama Tè verde ma sembra una trattoria di paese, con le tovaglie a quadri bianchi e rossi e mazzi di peperoncino appesi ai muri. Il proprietario è un tipo della vostra età munito di pancia, capelli lunghi legati a coda e basettoni da cocchiere. Ha l'espressione felice e spiritata di chi si è appena fumato qualcosa di forte e non ne ha avuto ancora abbastanza. Vi accompagna al tavolo, ti spiega di essere molto amico di Stefania, illustra il menu, ti racconta che in un'altra vita faceva il programmatore ma che gli piace di più fare l'oste, e da ultimo ti informa – qui abbassa un po' la voce, perché gli altri avventori non lo sentano – che quando capita, anche se ha un ristorante vegetariano, una bella bistecca se la mangia anche lui.

Ordinate una bottiglia di aglianico biologico, zuppa di zucca e coriandolo, salsicce di tofu, gelato di fagioli rossi.

«E allora raccontami qualcosa di te, Vallesi. Vent'anni in sintesi. Magari anche trenta, perché l'ultima volta che ci siamo visti, per quello che mi ricordo, non ci siamo detti granché.»

Mangiando la zuppa, che sorprendentemente non è del tutto priva di sapore, imbastisci una storia con un dosaggio accettabile di verità, bugie e omissioni.

«Insomma faccio parecchi lavori editoriali, editing, consulenze, cose del genere. Vita privata non entusiasmante ma verranno momenti migliori.»

La guardi tirando fuori un sorriso cordiale e falsissimo. Del tipo: come vedi, più o meno tutto normale. Alti e bassi, certo, ma tutto normale.

«Scusa, ma non è un discorso chiaro. Stai scrivendo qualcosa?»

«Diciamo che sto fermo da un po' di tempo. Posizione stazionaria in attesa di ripartire.»

Ti senti un cretino prima ancora di averla finita, quella frase.

«Posizione stazionaria? Bella espressione del cazzo, scusa l'eleganza. Non mi ricordo chi ha detto che le posizioni stazionarie non esistono nella vita delle persone. O si va avanti o si retrocede. Perché non scrivi?»

«Perché non ci riesco più, o forse non ne ho più voglia.»

«Non ne hai più voglia?»

Ti stringi nelle spalle e non dici nulla.

«Sei contento così?»

«No.»

Stefania sospira. Tu bevi un sorso di aglianico.

«Dimmi di te.»

«Cosa vuoi sapere?»

«Non so, della tua vita, di quello che hai fatto, di quello che fai. Vivi da sola, hai qualcuno?»

«E tu?»

«Solo. Da un po'.»

«Anch'io sola. Da un po'. Senti...»

«Sì?»

«C'è un argomento che non vorrei capitasse per caso nella conversazione. Salta fuori nei momenti meno opportuni e crea sempre molto disagio. Allora preferisco togliermi il pensiero e tirarlo fuori io.»

«Di che si tratta?»

«Tre anni fa mi hanno trovato un cancro al polmone.»

Crac.

Prima un rumore secco e poi un frullo di ali. Qualcosa che si muove vicino, vicinissimo a te. Una presenza. Il brivido arriva un istante dopo, ed è un'esperienza cui avresti rinunciato volentieri. Stai per chiederle per quale motivo non ti ha fatto sapere niente, ma ti accorgi in tempo che è una domanda idiota. L'ultima volta che vi siete visti è stato più di venti anni fa e se a te fosse venuto un cancro o qualcosa di altrettanto spiacevole, certo non avresti cercato Stefania per comunicarglielo.

«Tre anni fa...»

«Tre anni fa. Ora però sto bene, così ti risparmio domande complicate e giri di parole.»

Il brivido sembra passato ma non c'è più niente di uguale a prima, a quel tavolo. Adesso i suoi capelli cortissimi, per dirne solo una, acquistano un significato diverso.

«Ti hanno operato?»

«Mi hanno operato, mi hanno fatto la chemio, ho perso i capelli, ho reagito bene alle cure e alla fine mi hanno detto che c'era stata la *remissione*. Per dire che sono *guarita* però bisogna ancora aspettare un paio di anni e un po' di controlli. Ma finora tutto bene, anche se quando si avvicina il momento delle analisi non è piacevolissimo. I capelli però li portavo corti da prima, non c'entrano niente con la chemio.»

Pensi che non hai voglia di sapere i dettagli di questa cosa. Pensi che vorresti cambiare argomento e scacciare quella presenza di cui hai sentito il fruscio, un minuto prima. Pensi che sei un vigliacco, lo sei sempre stato e quando parli ti sembra di sentire la voce di un altro.

«Come... come si cambia dopo una cosa così?»

«Bella domanda. Sei il primo che mi chiede una cosa del genere, eppure è la questione fondamentale, se sopravvivi. Come sei cambiata, *se* sei cambiata.»

Beve un sorso di vino e serra le labbra fino a che non diventano bianche. Tu non dici niente e aspetti. Aspetti due o tre minuti, che possono essere un tempo veramente lungo. Quando Stefania comincia a parlare sembra una che ha risolto un dilemma o trovato una soluzione.

«I medici mi dissero subito che era una situazione seria ma con buone possibilità di guarigione. Io non ho mai saputo davvero cosa pensare. Cioè, in certi momenti credevo e speravo che ce l'avremmo fatta. In altri momenti ero convinta che mi avessero mentito, che le possibilità di sopravvivere fossero pochissime, che stessero facendo solo un tentativo ma che mi rimanessero solo pochi mesi. Insomma, ero convinta di stare per morire e a volte venivo sopraffatta dalla paura, mista a una rabbia terribile.»

«Rabbia?»

«Ti sembra un'ingiustizia. Ti chiedi perché è capitato proprio a te, osservi le persone sane, *normali*, e le invidi con tutta la rabbia che hai in corpo. Però non ho mai detto ai medici: mi state mentendo? Sto per morire, ditemi la verità. Non avevo il coraggio di farla quella domanda, anche se credevo di conoscere la risposta.»

Per qualche istante, solo per qualche terribile istante, mentre la ascolti parlare con un'attenzione sgomenta e spasmodica, hai la visione – quasi un'allucinazione – del corpo di Stefania che si trasforma come in certi filmati, quelli che riprendono un fotogramma al minuto e ti fanno vedere lo sbocciare di un fiore, come se fosse un'azione visibile a occhio nudo. Solo che questo tuo film riprende, diciamo, un fotogramma al mese e non ti fa vedere un fiore che sboccia, ti fa vedere il corpo della tua amica da quando aveva sedici anni; il suo corpo che cresce e si trasforma e invecchia e ancora si trasforma per via del cancro che le si piazza dentro e poi viene tagliato fra sangue e dolore e paura e sostanze chimiche sparate nelle vene e nelle fibre e nella pancia e nel cervello e poi nausea, e anche se viene sconfitto lascia il suo fantasma come un sorvegliante muto e spaventevole.

«Cazzo. Scusami, è una storia...»

Scuote la testa, come per dire che non c'è bisogno di scusarsi. Lo sa bene che storia è.

«Poi c'erano dei momenti in cui il terrore, stranamente, si dissolveva e io contemplavo la mia situazione quasi con calma. Allora pensavo alle cose che non avevo fatto, al tempo sprecato e venivo presa da una terribile malinconia. Contemplavo la mia vita da quello che credevo fosse il mio letto di morte. In un certo senso *era* il mio letto di morte. Il punto di vista era proprio quello, anche se poi non sono morta.»

«A cosa pensavi?»

«Al tempo sprecato, te l'ho detto. Ai libri che non avevo letto, alle cose che non ero stata capace di dire alle persone cui avrei dovuto dirle. Ai viaggi, alle passeggiate non fatte. Una volta mi venne in mente un cucciolo che volevano regalarmi. Avrei voluto prenderlo e poi avevo pensato che avrebbe significato la perdita della mia libertà e tutte queste cazzate e insomma non l'avevo preso. Anche quella era stata una forma di vigliaccheria. Pensavo a tutti i rischi che non avevo voluto correre. Pensavo alla mia indifferenza. Ecco. Pensavo che se fossi potuta tornare indietro – bada: non pensavo *se fossi sopravvissuta* perché non ci credevo – sarei stata meno indifferente. Mi sarei fatta meno i fatti miei, sarei stata meno *prudente*, mi sarei sputtanata di più, invece di calcolare ogni singolo passo, sotto l'apparenza di una spontaneità che non è mai esistita.»

Ecco, se prima d'ora qualcuno ti avesse chiesto di indicare una persona spontanea, la prima che ti sarebbe venuta in mente, anche a distanza di tanto tempo, sarebbe stata proprio Stefania. A quanto pare, stando alla testimonianza della diretta interessata, ti sbagliavi anche su questo, come su svariate altre cose. Prendi la bottiglia del vino e versi quello che ne rimane in parti uguali nei due bicchieri. Poi il tuo lo svuoti subito. Senza un controllo preciso sui tuoi pensieri ti dici che non sai come chiedere di aprire un'altra bottiglia, senza fare brutta figura.

«Ne ordiniamo un'altra?» ti chiede Stefania. Dici di sì, senza capire se ti ha letto nel pensiero o se ha solo voglia anche lei di un altro bicchiere.

«Prima della malattia avevo una fede incrollabile nelle virtù di una vita sana. Dunque: alimentazione vegetariana e biologica, integratori – omega tre, tè verde, curcuma, papaya –, yoga, niente alcolici e niente fumo. Ovviamente il cancro mi è venuto ai polmoni. La vita sa essere piuttosto ironica. Ora sono diventata, come dire, meno dogmatica.»

Poi solleva la bottiglia vuota, la agita davanti a sé mostrandola all'oste perché ce ne porti un'altra.

«Insomma, pensavo queste cose. Soprattutto prima dell'intervento, ma anche durante la prima fase della chemio. Poi i medici mi hanno detto che le cose andavano bene, meglio delle previsioni più ottimistiche e io, stupida, ho pensato che forse non era arrivato il momento di morire. E sai una cosa strana?»

«Cosa?»

«Non ho provato la gioia che ci si potrebbe immaginare. Ero... spaesata, perché mi trovavo di fronte a una responsabilità che non mi aspettavo.»

«Cioè?»

«Nelle settimane precedenti mi ero detta continuamente che ero stata stupida, che avevo sprecato la mia vita e che se fossi potuta tornare indietro mi sarei comportata in modo diverso. Ed ecco che *ero* tornata indietro e avevo una possibilità, ma questo significava anche una responsabilità.»

Mentre Stefania continua a parlare, d'un tratto ti lampeggia in testa la parola *convalescenza*. Subito dopo arriva il dolore al gomito, ma molto meno forte del solito. Ti perdi un pezzo del discorso di Stefania ma lei non se ne accorge.

«Vorrei chiarire una questione. Non sono diventata un personaggio da manuale di self-help, roba tipo com'è bella la vita, trovate la felicità nelle piccole cose, vivete l'attimo e altre analoghe cagate. Scusa il termine.»

«Cagate mi sembra un termine appropriato.»

«Bene, non sono diventata quella roba. Però forse ho capito alcune cose e cerco di trarne qualche conseguenza.»

Mentre la ascolti pensi a quello che ti è appena successo. Significa qualcosa? Soprattutto il dolore al gomito, così mite, così diverso da quello solito e spietato. Fate passare del tempo senza parlare. Mangiate il gelato di fagioli rossi. Bevete ancora un po' di vino. Vi sorridete imbarazzati, cercando di prendere le misure di questa nuova e inattesa familiarità.

«Sai che quando uscì il tuo primo romanzo ti scrissi una lettera?»

«Non l'ho mai ricevuta, ti avrei risposto...»

«Tranquillo. Non l'ho mai spedita. Erano tre pagine a spazio zero. Prima di spedire – volevo mandarla al tuo editore perché non avevo il tuo indirizzo di Firenze, e nemmeno la tua mail – ebbi l'accortezza di rileggerla, mi resi conto di quante cazzate avevo scritto e buttai quei tre fogli, dopo averli appallottolati con cura. Mi sono dimenticata quasi tutto quello che ti avevo scritto, tranne una cosa, che forse non era troppo stupida.»

«E ora me la dirai, vero?»

«Era una cosa del tipo: *scrivi come scriverei io se fossi capace di scrivere.*»

Di nuovo il gomito, ma è un dolore quasi dolce, come una lieve vertigine.

«A scanso di equivoci: è un complimento.»

«A scanso di equivoci: l'avevo capito ed ero confuso.»

«Vorrei che ne scrivessi un altro. E siccome sono ubriaca, ti dico anche che mi piacerebbe essere un personaggio, del prossimo, se lo scriverai.»

«Affare fatto. Però allora dammi un po' di materiale, raccontami com'eravamo da ragazzi.»

«Non ho voglia di dirti com'ero io, anche perché non lo

so. Tu sei lo scrittore, mi devi inventare. Però se vuoi posso dirti qualcosa di Enrico Vallesi liceale.»

«Va bene. Parlami di me. Dovrebbe essere un argomento affascinante.»

«Che eri un po' cazzone l'abbiamo già detto, vero?»

«Sì, non è indispensabile insistere su questo punto, possiamo darlo per acquisito.»

«C'era una cosa che mi piaceva molto. Sembravi sempre svagato, sembrava sempre che stessi pensando ad altro, che fossi altrove, ma quando qualcuno ti parlava, ascoltavi. Eri un ottimo ascoltatore, che per un ragazzino è una qualità piuttosto rara. È una qualità piuttosto rara per chiunque. Probabilmente saresti stato un bravo psicanalista. La chitarra la suoni ancora?»

Ti stringi nelle spalle.

«No. E tu fai ancora fotografie?»

«Mi diverto, ma come vedi non sono diventata una fotografa.»

«Sai che fine hanno fatto i nostri compagni di classe?»

«Non tutti. Perlopiù hanno rispettato i pronostici. I figli di avvocati sono diventati avvocati, i figli di medici sono diventati medici. A parte te. Di chi vuoi sapere?»

«Non so. Che fa Mirenghi, per esempio?»

«Non si è mai laureato. Si è sposato due volte. È ricco, credo che si occupi di importazioni ed esportazioni.»

«La De Tullio?»

«Avvocato come il padre. È diventata enorme, peserà cento chili. Guastamacchia fa il commercialista ed è gay.»

«No! Ma non era sposato?»
«Sì, sposato e con due figli. Qualche anno fa è andato via di casa e ora vive con un tizio calvo. Conversioni tardive, e a quanto pare la moglie non l'ha presa bene.»

Sorridi. Anche lei sorride e però dopo qualche secondo diventa seria e tu sai cosa sta per dirti prima ancora che riprenda a parlare. Con un gesto irriflesso tocchi lo zaino, poggiato a terra vicino alla sedia.

«Lo sai di Salvatore Scarrone?»
«Sì, l'ho letto sul giornale.»
«Fa un certo effetto pensare che abbiamo avuto in classe uno che poi ha avuto una storia come la sua. Non ho mai capito esattamente di quale gruppo facesse parte. Non erano le Brigate Rosse, no?»

«No, non credo. Era in uno di quei gruppuscoli, tipo Unità comuniste combattenti. Alcuni di loro, con la fine della lotta armata, sono diventati rapinatori.»

«Chissà perché è tornato a Bari a farsi ammazzare.» E poi aggiunge: «Bella domanda idiota che ho fatto. Mica lo sapeva che lo avrebbero ammazzato. Pensava di fare una rapina come tante altre. Magari ne aveva fatte altre, proprio a Bari, e gli era andata bene».

Rimanete un po' in silenzio. Ti chiedi cosa si prova a fare una rapina; cosa si prova a puntare un'arma in faccia a un cassiere o a un gioielliere intimandogli di consegnare i soldi, o i gioielli. A distanza di tanti anni ti ricordi molto bene la pistola – ti ricordi *tutto* –, ma ugualmente non riesci a immaginare cosa significhi puntare quell'oggetto verso qualcuno.

Si esce di casa pronti a spargli in faccia, a quel cassiere o a quel gioielliere, se non obbedisce subito e non consegna il denaro? Si ha la percezione che è possibile morire proprio quel giorno, se qualcosa va storto? E chissà cosa si prova a vederla dalla parte sbagliata, la pistola, a sentirsi gridare che se non dai subito i soldi, o i gioielli, ti sparano in faccia; a sentirsi gridare che se non dai i maledetti soldi, *muori*.

«Come te lo ricordi, lui? Per te era un bel ragazzo?»

«Non era brutto, però anche se mi fossero piaciuti i ragazzi lui non sarebbe stato il mio genere. Troppa barba, troppo nera. Perché mi fai questa domanda?»

«Così. Era più grande di noi, all'epoca ero convinto che piacesse alle ragazze.»

Lei si stringe nelle spalle, a chiudere l'argomento.

«Non mi hai mai detto cosa era successo davvero fra voi due» dice dopo un po'.

Ti passi la mano sul mento; senti la barba ruvida della sera; per un pugno di secondi pensi che avresti voglia di raccontarle tutto.

«Una cazzata. Una stupida discussione di politica finita male» dici invece alla fine.

Lei forse ci crede, o forse no.

***

Quando uscite dal ristorante siete tutti e due leggermente traballanti. Stefania ti prende il braccio e camminate, non proprio seguendo una linea retta.

«Ovviamente sai che sei stata la prima ragazza che ho baciato?»

«Mi credi scema? Certo che lo so. Dicevi un sacco di palle sulle tue esperienze estive, ti eri inventato una ragazza di non so dove, conosciuta in vacanza, e roba del genere. Ma si capiva benissimo che per te era la prima volta.»

«Per amore della verità, quella ragazza non me l'ero inventata. L'avevo conosciuta, per davvero, l'estate precedente, in vacanza.»

«E ci avevi fatto qualcosa?»

«In effetti no, però me l'ero immaginato moltissimo.»

«Appunto.»

«Vuoi un passaggio in macchina?» ti chiede dopo un poco.

«No, grazie. Oggi avrò fatto quindici chilometri a piedi, qualche altro centinaio di metri non farà differenza. E poi c'è da smaltire il vino.»

Allora lei tira fuori dalla borsa un pacchetto e te lo dà.

«È il profumo che hai sentito in negozio. Così quando lo senti a casa tua ti ricordi di me. Non ti sognare di regalarlo a qualche fidanzata, eh?»

«Ti ho detto che non ce l'ho, la fidanzata» dici prendendo il pacchetto.

«Sì, l'hai detto. Neanch'io ce l'ho la fidanzata, da un bel po'. Ma anch'io te l'ho già detto. Beccarsi il cancro mette in crisi molte certezze e quasi tutti i rapporti. Ricordati che mi hai fatto una promessa.»

«Che promessa?»

«Sarò un personaggio del tuo prossimo romanzo.»

«Ah, certo. Siamo d'accordo.»

«Quindi ti toccherà scriverlo, questo romanzo. Per mantenere la promessa. Vorrei essere un personaggio simpatico, non te lo dimenticare.»

«Un personaggio simpatico. Mi sembra giusto.»

«Va bene, meglio che smetta di dire fesserie. Ciao, Vallesi.» Ti dà una carezza sul viso, poi sulla nuca, poi ti tira a sé e ti bacia sulle labbra. «È stata una gioia vederti. Se puoi e vuoi, fammi avere tue notizie. Dentro la scatola del profumo c'è il mio numero.»

«Ti mando un messaggio, così hai anche il mio.»

Lei sta per dire qualche altra cosa ma poi rinuncia e sul viso le si disegna un'espressione inattesa ed enigmatica. L'aggettivo *enigmatico* ti è sempre sembrato banale, un espediente per sottrarsi ai doveri di precisione. Stavolta però non puoi fare a meno di utilizzarlo. L'espressione di Stefania è davvero enigmatica, cioè impenetrabile, ermetica, sibillina. Stefania conosce un segreto che tu non sai. Può essere che non la renda più felice, anzi è molto probabile, ma la rende superiore a te e rende la sua espressione *enigmatica*. Ed è quell'espressione che ti rimane impressa in mente, quando lei è già in auto e sta andando via nella notte.

Enrico

L'occupazione si avviò stancamente verso l'epilogo. I ragazzi di terza avevano gli esami e con la testa erano ormai fuori dal liceo; i controcorsi, dopo l'entusiasmo iniziale, erano sempre meno frequentati; a scuola non ci veniva quasi più nessuno; il *presidio antifascista notturno* si era sbriciolato e sembrava ormai questione di poco perché la nostra rivoluzione fosse risucchiata dal vortice micidiale della normalità.

Accadde da un giorno all'altro, ma come non so più mettere a fuoco l'inizio, nemmeno mi riesce di ricordare la fine. Certo è che eravamo rientrati nelle nostre classi da almeno una settimana e l'occupazione sembrava lontanissima quando cominciò a circolare la voce che Segantini era guarito e che stava per tornare. Fui assalito da un'inquietudine che in alcuni momenti diventava quasi panico. Avrei voluto parlare con Celeste ma ogni volta che mi immaginavo la situazione rimanevo paralizzato, non avendo la più pallida idea di cosa avrei potuto dirle.

Per il resto, in apparenza, la mia vita scorreva regolare.

Continuavo a essere assente in casa – non ricordo nemmeno una conversazione con i miei genitori o con mio fratello, ammesso che ce ne siano state. Continuavo ad allenarmi con Salvatore, anche se non ero più così assiduo come nei primi mesi. Continuavo a vedere Stefania e con lei avrei voluto confidarmi ma non trovavo il coraggio. Continuavo a scrivere, ma qualche mese dopo avrei stracciato e buttato via tutto, con rabbia disperata.

Un giorno – ero in giro per i corridoi durante l'ora di religione – incontrai Salvatore e lui disse che mi doveva parlare. Di questioni politiche, precisò.

Andammo a sederci sulle scale del cortile, vicino al campo di pallacanestro. Mi offrì una sigaretta e per un po' fumammo in silenzio.

«In questi mesi ti ho osservato molto.»

Feci un tiro e non dissi nulla. Rimasi lì, in attesa. Mi pareva l'atteggiamento giusto.

«Tu mi piaci. Sei un compagno tranquillo, ragioni bene, non sei un esaltato o un pagliaccio, tipo Alfonso o altri del genere. Sei affidabile.»

Non riuscivo a immaginare dove volesse arrivare anche se i complimenti mi piacevano. Quindi rimasi zitto, per confermare la mia figura di tipo affidabile.

«Servono persone come te, che arrivano alla decisione di un impegno rivoluzionario attivo, radicale, attraverso il ragionamento, non per il desiderio di fare casino e basta.»

Salvatore andò avanti a parlare e io mi distrassi, come mi capitava, e cominciai a pensare ad altro. Per esempio pensai che non ero mai stato a casa sua, anche se da mesi ci vedevamo quasi tutti i giorni, né tantomeno lui era mai stato da me. Pensai che avevo *parlato* con lui pochissime volte e che quella era la conversazione – un monologo, in realtà – più lunga e impegnativa da quando ci conoscevamo.

«Dimmi il tuo indirizzo di casa, oggi pomeriggio verso le tre passo a prenderti e andiamo insieme a fare una cosa.»

Gli diedi il mio indirizzo, senza fare domande. Quello che aveva detto – e *come* lo aveva detto – avrebbe dovuto suscitarmi qualche inquietudine, ma io ero soprattutto lusingato. Mi piaceva essere un tipo affidabile e non un pagliaccio come Alfonso, l'Houdini dei supermercati, il Bob Dylan dei rutti.

Mi piaceva essere stato scelto.

Il citofono suonò qualche minuto dopo le tre e io scesi subito. Era venuto a prendermi con un Benelli 125 ed era la prima volta che lo vedevo alla guida di una moto. Indossava un casco integrale e ne aveva un altro uguale per me. Lo misi senza fare domande, anche se con qualche sforzo – era un po' piccolo per la mia testa –, salii sulla moto e partimmo.

Salvatore guidava in modo tranquillo, si fermava ai semafori, rispettava le precedenze. In breve ci ritrovammo su via Bruno Buozzi nella periferia industriale della città; superammo la raffineria della Stanic dalla quale si alzavano gigantesche nuvole di fumo bianco, superammo costruzioni degradate, campi incolti e capannoni industriali. Quando uscimmo dalla città mi resi conto che stava arrivando la primavera: i mandorli erano fioriti e la campagna, vista dalla moto in corsa, sembrava percorsa da una vibrazione rosa. Arrivammo allo svincolo per Bitonto, lo imboccammo e dopo qualche centinaio di metri Salvatore svoltò su una stradina secondaria il cui accesso era seminascosto da cespugli di olivastro selvatico. Ci vollero ancora un paio di chilometri e una trasformazione della strada in sterrato prima che giungessimo ai margini di una gigantesca cava. Ebbi un attimo di panico: Salvatore non rallentava e pareva che andasse diritto verso l'abisso. Che *andassimo* diritti verso l'abisso. Solo all'ultimo mi resi conto che c'era un viottolo ripido e tortuoso che portava fino al fondo della cava, dove arrivammo in una nuvola spettacolare di polvere gialla. Quando il motore si spense e togliemmo i caschi, calò un silenzio concreto e metafisico. Tutto intorno c'erano enormi gradoni ocra, nel cielo azzurro un falco volava a cerchi e non c'era nulla di umano – cose o persone – in vista.

«Cosa ci siamo venuti a fare qua?»

Salvatore non rispose. Sbottonò il giaccone, tirò su la maglia e dalla cintura dei pantaloni vidi spuntare il calcio di una pistola. La prese e la maneggiò con movimenti esperti, come avevo visto fare nei film.

«Che ci fai con quella?»

«Per adesso ci facciamo un po' di tiro a segno.»

«Ma portarla non è un reato?»

«E perché, quello che abbiamo fatto alla Standa cos'era?»

L'argomento non era di facile oppugnabilità e soprattutto evocava il mio senso di colpa. Così non replicai. Salvatore aprì il vano portaoggetti della moto e ne tirò fuori due scatole di pallottole. Con una pressione del pollice fece scivolare il caricatore fuori dall'impugnatura dell'arma e cominciò a riempirlo. Intanto parlava.

«Questa è una pistola semiautomatica, calibro 7,65. Porta sette colpi nel caricatore più uno che può essere inserito direttamente nella camera di scoppio. È una buona arma, anche abbastanza precisa, perlomeno alle corte distanze.»

Finì di riempire il caricatore, lo inserì nell'impugnatura con un movimento secco, tirò il carrello e mise il colpo in canna.

«Così è pronta per sparare» disse abbassando il cane e infilandosi di nuovo l'arma nella cintura. Poi tirò fuori dalla tasca un batuffolo di ovatta, lo divise in due e me ne diede una metà.

«Per le orecchie. I botti sono piuttosto forti.»

Mentre mi riempivo le orecchie di ovatta, il cuore prese a battermi veloce e violento. Fino a quel momento la mia vita era stata solo un gioco, una messa in scena, una finta, mentre adesso d'un tratto tutto diventava vero e pauroso.

«Stai dietro, a un paio di metri.»

Feci come diceva. Si mise a gambe divaricate e un po' flesse in direzione del lato più lontano e più alto della cava. Estrasse la pistola, la impugnò con tutte e due le mani e cominciò a sparare. Parevano lacerazioni dell'aria, i colpi e la loro eco sulle pareti della cava; dalla canna della pistola uscivano brevi fiammate rabbiose; intorno volavano i bossoli color bronzo chiaro e ricadevano con un tintinnio di monetine.

Dopo aver sparato l'ultimo colpo Salvatore si voltò e disse che toccava a me. Mi insegnò a riempire il caricatore, me lo fece inserire nell'impugnatura e poi mi disse di mettere il colpo in canna, facendomi vedere come dovevo prendere il carrello, fra il pollice e l'indice, come lo dovevo tirare indietro, come lo dovevo lasciare andare. Le mani mi tremavano fortissimo. Mi tremavano così forte che dovetti appoggiare i gomiti al corpo, per tenere la pistola ferma in modo accettabile e completare l'operazione. Salvatore mi mostrò come impugnarla – mano sinistra a coppa, mano destra, con l'arma, appoggiata sulla sinistra –, mi fece assumere la posizione, andò a mettersi dietro e mi disse che potevo sparare. Il tremito aumentò ancora, se possibile; io chiusi gli occhi e tirai il grilletto. Il botto di una pistola non è la stessa cosa se è qualcun altro che sta sparando – anche se molto vicino –, oppure se sei tu. Se sei tu a sparare l'esplosione ti entra dentro, all'altezza del diaframma, come se tu fossi un tutt'uno osceno con l'arma, col fuoco, con la botta.

Sparai con lentezza e i bossoli espulsi mi passavano vicinissimi al viso e man mano che il caricatore si vuotava il tremito si riduceva. Quando finii rimasero solo una nebbiolina sospesa e l'odore acre della polvere da sparo. Ce l'avrei avuto addosso per giorni e giorni, quell'odore, e ancora oggi a volte mi sembra di sentirlo, pungente nel naso, quando penso a quei fatti.

Continuammo a sparare a turno, usando pietre e lattine come bersagli, fino a consumare quasi tutte le munizioni. In mezz'ora la paura mi era passata, avevo anche cominciato a divertirmi e mi dispiacque che a quel punto ci toccasse rientrare. Salvatore ricaricò la pistola per l'ultima volta e se la infilò nella cintura, da dove l'aveva estratta mezz'ora prima.

«C'è bisogno che te lo dico?»

«Cosa?»

«Che questo pomeriggio non lo devi raccontare a nessuno?»

«No.»

«Bravo. La sai guidare questa?» disse indicando la moto.

«Sì, magari non su questa stradina però» risposi.

«Va bene, io la porto sopra e poi, quando siamo sull'asfalto, te la faccio guidare.»

Facemmo così e poco dopo percorrevamo in direzione inversa la strada di prima. Io guidavo con una scioltezza che non mi sarei potuto permettere, considerata la mia quasi inesistente esperienza con le moto, e mi sentivo in un assurdo e pericoloso stato di grazia, quasi di onnipotenza.

«Facciamoci un giro in centro» disse Salvatore mentre passavamo davanti all'ingresso del cimitero. Raggiungemmo via Brigata Regina, la attraversammo, percorremmo tutta via Dante.

«Vai verso San Ferdinando.»

L'angolo della chiesa di San Ferdinando era il luogo di ritrovo dei fascisti e il suo secondo nome era Piazza Nera. In città, in quegli anni, lo sapevano tutti. I ragazzi di sinistra – dalla Fgci all'Autonomia – non ci provavano nemmeno a passare, da quelle parti. Allo stesso modo i fascisti non si azzardavano ad attraversare la Piazza Rossa, cioè i giardini di piazza Umberto, davanti all'Ateneo. Suonava male che Salvatore, con una pistola carica infilata nei pantaloni, volesse andare a Piazza Nera. Io però non feci domande e tantomeno obiezioni.

Eravamo ormai su via Abate Gimma, quasi davanti alla libreria Mondadori – uno dei posti più amati della mia infanzia, dove andavo a comprare i libri strenna della Disney e a rinnovare l'iscrizione al *Club di Topolino* – e dunque a pochi metri dall'angolo di San Ferdinando, quando Salvatore a voce bassa, ma con tono concitato, mi disse di rallentare.

«Perché?»

«Vai piano, guarda avanti e non fare domande del cazzo.»

Ridussi l'andatura e non mi guardai attorno, come mi sarebbe venuto naturale, per capire cosa aveva attirato l'attenzione di Salvatore.

Superammo via Sparano e Salvatore, girato l'angolo successivo, mi disse di accostare. Scese dalla moto e mi venne davanti, afferrando il manubrio. Era eccitatissimo, come non l'avevo mai visto.

«C'è Aldobrandi.»

«E chi è?»

Ebbe un istante di esitazione, come se fra tutte le risposte possibili la mia fosse la più inattesa. Era chiaro che avrei dovuto sapere chi era Aldobrandi.

«Un boia fascista, uno che è arrivato a Bari due anni fa. Ha massacrato un sacco di compagni. È uno dei peggiori: picchiatore e accoltellatore. Si muove sempre armato.»

Lo guardai in faccia dall'interno del casco, cercando di intuire il seguito. Purtroppo non era molto difficile e in ogni caso lui non lasciò spazio all'interpretazione.

«Facciamo il giro e ripassiamo lì davanti. Se c'è ancora io scendo, gli sparo nelle gambe e poi andiamo via.»

Potevo sentire il suo respiro che si era fatto leggermente affannoso.

«Te la senti?»

Passò qualche secondo interminabile. Io non avevo idea di cosa rispondere. Il mio cervello girava a vuoto, non riusciva a produrre un pensiero, per quanto elementare. Non lo so cosa mi fece annuire con aria decisa, come se avessi detto: ok, andiamo, spariamogli a questo figlio di puttana e poi torniamocene a casa.

Certo è che poco dopo eravamo di nuovo in movimento. Raggiunsi via Piccinni, girai a sinistra; raggiunsi via Andrea Da Bari, girai a sinistra; raggiunsi via Abate Gimma, girai a sinistra. Sentivo le tempie pulsare con violenza nel casco troppo stretto. Salvatore scese dalla moto, dicendomi di proseguire piano, di superare l'angolo di via Sparano e di aspettarlo là.

Lo vidi avviarsi a passo tranquillo dopo essersi sbottonato il giaccone.

Fu quando stavo per ripartire anch'io che vidi i due carabinieri. Sembravano quasi padre e figlio: uno giovanissimo, l'altro anziano. Uscivano da un portone, l'anziano si stava accendendo una sigaretta.

Il mondo si immobilizzò sull'orlo della voragine.

Non mi ricordo se chiamai Salvatore, o se mi limitai ad affiancarlo e a fargli qualche gesto. Lui si fermò, vide i carabinieri, si voltò di nuovo verso di me e mi fece un cenno di saluto con la mano, come se ci fossimo incontrati in quel momento. Poi venne verso di me, sempre con calma, salì sulla moto e andammo via senza dire una parola.

All'angolo c'era un tipo bassino, dall'aspetto anonimo, che fumava tranquillo. Chissà se ebbe un brivido, senza capirne il motivo.

Tredici

Quando rientri è mezzanotte passata. Tiri fuori dallo zaino la busta gialla che ti ha dato Ciliberti e la apri. Ci sono una ventina di fogli – fotocopie di vecchi atti, a quanto sembra – e li poggi sul letto, senza leggere ancora nulla. Chissà perché la stai tirando tanto in lungo, ti chiedi mentre vai a lavarti i denti e a cambiarti per la notte.

Dieci minuti dopo sei steso, mutande e maglietta, e a quanto pare è arrivato il momento. I primi atti, i più recenti in ordine di tempo, non sono molto interessanti. Come ti aveva anticipato Ciliberti, non c'è niente sulla rapina finita con la sparatoria letale. La disponibilità di Ciliberti a farti un piacere – cioè a farlo a tuo fratello – non si è spinta fino alla violazione del segreto investigativo.

Sono atti del magistrato di sorveglianza – ti chiedi di sfuggita cos'è esattamente un magistrato di sorveglianza – e lettere quasi illeggibili provenienti da carceri di mezza Italia. Da queste carte si può decifrare la storia di un condannato per reati gravi – rapine, armi, tentato omicidio, banda armata –

che dopo aver passato molti anni in carcere comincia ad avere permessi premio e poi viene "ammesso alla semilibertà". Concetto interessante, la semilibertà. Si presta a letture quasi filosofiche, anche al di fuori dei delitti e delle pene di cui si occupano queste cartacce burocratiche. Ti dici queste cose come se stessi cominciando una conferenza o un seminario all'università e non proseguendo nel tuo nevrotico, spietato ed estenuante dialogo interiore.

Comunque, durante i permessi e poi durante la semilibertà Salvatore veniva regolarmente controllato dalla Digos e "manteneva un comportamento corretto, ottemperando alle prescrizioni e senza dare adito a rilievi di sorta". Visto che, a quanto pare invece, durante la semilibertà Salvatore continuava a frequentare pregiudicati e a progettare rapine, pensi che la capacità della Digos di individuare un comportamento scorretto lasci un poco a desiderare.

Dopo un po' questi atti, più o meno tutti uguali, ti annoiano. Continui a sfogliare l'incartamento e d'un tratto ti ritrovi di fronte a un crepaccio del tempo. Ecco quello che forse stavi cercando – pensi – anche se poi davvero non lo sai cosa stavi cercando. Adesso hai davanti rapporti e verbali di trent'anni fa e più. I tempi della tua scuola. Le date su quegli atti – rapporti, verbali, lettere riservate – ti fanno effetto. Quando gli sconosciuti poliziotti battevano a macchina quella prosa surreale, tu avevi quindici, sedici anni.

Queste carte, messe in fila una dietro l'altra, producono l'effetto sfocato e stranamente struggente di un vecchio documentario in bianco e nero.

I reati sono sempre gli stessi: lesioni personali – le annotazioni più frequenti nei referti medici allegati ai rapporti sono: *escoriazioni multiple della piramide nasale e contusioni escoriate del cuoio capelluto* –, porto abusivo di arma impropria, violenza privata, minaccia aggravata, partecipazione a manifestazione politica non autorizzata, oltraggio e resistenza a pubblico ufficiale. Gli sconosciuti funzionari della Questura si soffermano, con una prosa torbidamente affascinante nella sua grammatica alternativa sulla *personalità criminale di Scarrone Salvatore, in atti generalizzato, noto appartenente ad organizzazioni studentesche della sinistra extraparlamentare, considerato soggetto di estrema pericolosità, particolarmente proclive* (c'è scritto proprio così: proclive) *alla violenza fisica, resosi responsabile di ripetute aggressioni a giovani di opposta fazione*, eccetera, eccetera...

Uno dei rapporti ti incuriosisce più degli altri. L'intestazione dell'atto dice: *Incidenti causati da gruppi di giovani di opposte tendenze politiche, verificatisi nei paraggi dell'istituto Orazio Flacco*, cioè la tua scuola. La prosa ancora una volta ha una sua orrida, ipnotica bellezza. È difficile smettere di leggere quando si è cominciato.

Il giorno 28 ottobre ultimo scorso alle ore 8.25 circa alla sala operativa della locale Questura giungeva notizia che nelle strade adiacenti l'istituto Orazio Flacco di via Pizzoli, gruppi di giovani di opposte tendenze politiche con i volti coperti da fazzoletti e passamontagna, muniti di spranghe di ferro, catene e sassi, si fronteggiavano, si inseguivano e davano vita a quelli che potremmo senza esitazione definire "taf-

ferugli" mettendo in pericolo la loro incolumità e quella dei passanti.

Quelli che potremmo senza esitazione definire "tafferugli". Chi ha scritto queste cose, a suo modo, è un genio. Rileggi due o tre volte, ti pare di intuire le ragioni di una scelta stilistica in quel testo insensato e per qualche secondo, in un incomprensibile e assurdo cortocircuito, provi un bruciante desiderio di metterti a scrivere, di ricominciare qui e ora. Quando passa, ti rimane un senso doloroso di mancanza che devi reprimere per poter tornare a leggere.

Controlli data e ora dei fatti. Quell'anno facevi la quinta ginnasio, non conoscevi ancora Salvatore e quel giorno, alle 8.25 dovevi essere davanti a scuola, appena arrivato: dunque ti saresti dovuto accorgere di cosa succedeva. Però non ti ricordi niente. Magari eri malato, o assente per altri motivi. O magari quei fatti, come tanti altri, allora come dopo negli anni, ti sono passati vicino senza che te ne accorgessi. L'unico anno del liceo di cui hai ricordi abbastanza precisi, con un minimo di sequenza temporale coerente, è appunto quella prima liceo in cui la tua vita ha incrociato quelle di Salvatore e Celeste, pensi.

Poi ti capita fra le mani il rapporto sulla rapina. Non l'ultima, quella di trent'anni fa. Scarrone Salvatore viene denunciato per il reato di cui agli articoli 110 e 628 del Codice penale: appunto, rapina aggravata in concorso con ignoti ai danni di Lattarulo Sabino, gioielliere.

La descrizione dell'indagine è interessante, quasi appassionante. Non hai mai avuto una grande opinione di poliziotti e carabinieri anche se non hai mai conosciuto davvero un poliziotto o un carabiniere e le ragioni della tua scarsa stima sono, diciamocelo, soprattutto ideologiche. Il maresciallo Coppolecchia che si era occupato dell'indagine però doveva essere uno che sapeva il fatto suo. Chissà se è ancora vivo, ti chiedi. Di certo non è più in servizio. Era maresciallo – i marescialli dovrebbero essere anziani, pensi – più di trent'anni fa. Forse aveva una cinquantina d'anni, forse di più e dunque ora è o vecchio o morto.

La natura spiacevole del pensiero ci mette qualche istante a manifestarsi, come un rumore di fondo molesto o un odore un po' sgradevole. Il maresciallo Coppolecchia che ti stai immaginando, doveva avere allora più o meno la tua età di adesso. Ora è o vecchio o morto, ti ripeti prima di rimetterti a leggere, decidendo che non vuoi inseguire i tuoi pensieri in questa direzione. Si va in territori che proprio non hai voglia di esplorare.

Ti costringi a leggere la storia raccontata dalle fotocopie di quei vecchi atti e da quella lingua fatta di *A.D.R. – a domanda risponde –*, di sintassi acrobatiche, di espressioni come *esperire, generalizzato, si significa alla Signoria Vostra, addivenire all'identificazione, autovettura parcata*. Evidentemente vuol dire autovettura parcheggiata, ma il verbo parcare esiste? ti chiedi come se stessi analizzando il testo di un autore minore del Seicento. Cerchi sul vocabolario del tuo telefono e scopri che, sì, esiste ma significa: disporre le artiglierie in file ravvicinate. Ti sembra meravigliosamente surreale, questa torsione della lingua, questa vera e propria creazione di una lingua alternativa. Pensi che ci si potrebbe scrivere un romanzo, ad avere abbastanza coraggio.

La rapina era stata commessa di sera, all'orario di chiusura. I rapinatori erano due, entrambi con il viso coperto – *travisati*, c'è scritto sul rapporto – da calze di nylon. Dopo essersi fatti consegnare soldi e gioielli li avevano buttati in uno zainetto verde militare ed erano scappati a piedi. Nonostante il *travisamento*, il gioielliere era stato in grado di dire che uno dei due aveva la barba.

Un passante aveva visto, a poca distanza dal luogo della rapina, un giovane con una fitta barba nera che correva con uno zainetto sulle spalle.

Un confidente della polizia – nel rapporto si legge: *fonte confidenziale assolutamente degna di fede* – aveva raccontato al maresciallo Coppolecchia che nei giorni successivi un giovane, la cui descrizione fisica corrispondeva a quella di Scarrone Salvatore, aveva proposto ad alcuni ricettatori locali l'acquisto di gioielli di vario genere.

A quel punto la polizia aveva fatto una perquisizione a casa di Salvatore trovando uno zainetto di tela verde militare e *documentazione varia* di *contenuto sovversivo*. C'era un opuscolo sulla formazione e l'addestramento alla guerriglia urbana delle avanguardie rivoluzionarie metropolitane. Si fornivano istruzioni su come accorgersi di un eventuale pedinamento, come affrontare con efficacia la polizia negli scontri di piazza, come costruire una molotov tradizionale e persino come preparare una molotov *a tempo* con fosforo mischiato a sapone, detersivo, benzina ed etere. La presenza dell'etere – precisava con una punta di compiaciuta pedanteria l'ignoto estensore di quel manualetto – avrebbe consentito un effetto micidiale, molto simile a quello del napalm.

C'erano dei volantini ciclostilati di analisi e strategia politica. Il Pci veniva accusato di essere fautore di una socialdemocrazia oppressiva e di essere inglobato a pieno titolo nell'apparato repressivo dello Stato imperialista delle multinazionali. Si sosteneva che le politiche imperialiste di repressione e sfruttamento avevano causato un allargamento delle fasce di emarginazione in grado di trasformarsi in forze rivoluzionarie attraverso l'organizzazione dell'Autonomia Operaia. E soprattutto, in uno di questi ciclostilati, si accusavano i gioiellieri di essere "agenti del capitalismo sul territorio" e si esprimeva solidarietà per le azioni della piccola malavita la quale "con le rapine porta avanti il bisogno di giusta riappropriazione del reddito e di rifiuto del lavoro".

Non vi era dubbio, per l'autore del rapporto, sui gravi indizi di colpevolezza a carico del *prevenuto*, notoriamente prossimo ad ambienti del terrorismo di sinistra anche di altre regioni, spregiudicato, deciso e spietato nonostante la giovane età, pronto a ogni tipo di azione, non escluso l'uso di armi da fuoco. *Per infrenarne la pericolosità e le spinte criminogene si richiede alla Signoria Vostra Illustrissima* – l'atto è indirizzato al giudice istruttore – *di emettere mandato di cattura a carico di Scarrone Salvatore per i reati meglio specificati in rubrica e per tutti quelli che riterrà di ravvisare nei fatti di cui alla narrativa che precede.*

Ti viene da fare un fischio. Torni alla prima pagina del rapporto, rileggi la data, e un brivido ti percorre meticolosamente la schiena.

Poi torni a sfogliare le carte. Ne sono rimaste pochissime, ti sembra non ci sia più nulla di interessante e stai quasi per rimettere tutto nella busta quando il tuo sguardo viene agganciato da una sequenza di parole note, proprio sull'ultimo foglio del fascicolo.

Si chiama relazione di servizio, quest'altro vecchio atto, e parla di un appostamento nei pressi dell'associazione culturale Italia-Cuba, notorio luogo di incontro di appartenenti alla sinistra extraparlamentare. Mentre cominci a leggere avverti distintamente il battito del cuore che accelera. I poliziotti avevano trascorso alcune ore nascosti nei paraggi dell'associazione, avevano fotografato tutti quelli che entravano e uscivano e poi li avevano identificati.

Vai all'elenco delle persone fotografate e identificate quel giorno e ci trovi anche il tuo nome. Vallesi Enrico, studente, incensurato, la tua data di nascita, la tua residenza di allora, cioè l'indirizzo davanti al quale sei passato qualche ora prima. Il posto dove adesso fanno le buste paga. Non c'è nient'altro eppure quelle due righe di Questura ti sembrano una rivelazione sconvolgente – in qualche modo lo sono – e la cosa più vera che sia mai stata detta o scritta su di te. Un elementare, abbagliante frammento di verità: Vallesi Enrico, studente, incensurato. Ti sembra come se un cono di luce stretto ma potente si sia acceso d'un tratto a illuminare il te stesso ragazzo, dicendo tutto quello che c'è da dire, senza una parola di troppo.

Leggi i nomi degli altri ragazzi identificati. Qualcuno te lo ricordi, qualche altro non ti dice niente. Chissà dove sono finiti anche loro. Vorresti vedere la fotografia – o più probabilmente *le* fotografie – che i poliziotti appostati non si sa dove ti hanno scattato. Sfogli di nuovo le carte cercando fotocopie di fotografie, ma non c'è nulla.

Forse c'era un fascicolo anche su di te. Forse, dopo averti fotografato e identificato, ti avevano anche schedato. Chissà cosa c'era scritto nel tuo fascicolo, se esisteva. Magari sapevano tutto di te e il pensiero non ti disturba. Ti piacerebbe che ci fosse qualcuno che sa tutto di te, avresti qualche domanda da fargli.

E anche se non c'era alcun fascicolo – il pensiero ti genera una punta inattesa di rammarico – quante altre schegge di verità su di te sono sparpagliate in altre vecchie carte? In documenti, certificati, istanze, contratti, biglietti, altro. Il pensiero del te stesso diviso in questo pulviscolo ti genera quasi un'esperienza psichedelica, simile a quella tecnicamente allucinogena di tanti anni fa. Una ragazza ti aveva fatto provare l'Lsd. A un certo punto la bottiglia che era sul tavolo aveva preso a deformarsi come fosse di materiale elastico e infine si era disintegrata, trasformandosi in uno sciame di frammenti, di particelle innocue che ti orbitavano attorno in vortici colorati e ogni tanto ti toccavano il viso facendoti il solletico. In altri momenti prendevano forma, diventavano disegni sospesi davanti a te, dei quali ti sembrava contemporaneamente di vedere la forma compiuta, esteriore e la trama nascosta. Come quando ti avvicini a un arazzo, lo osservi da dietro e ti accorgi di come i puntini colorati che formano il disegno risultino da fili dello stesso colore che compaiono, scompaiono e ricompaiono ancora, dopo un cammino sotterraneo, in qualche punto lontano.

Adesso provi qualcosa di simile. Ti sembra d'un tratto che le migliaia, decine di migliaia, centinaia di migliaia di frammenti di vita che hai disseminato nei tuoi quarantotto anni, gli svariati punti di vista degli altri su di te, i te stessi moltiplicati nella visione di tutti gli altri, non siano altro che i puntini di un arazzo che emergono inattesi da fili nascosti, fili che hanno fatto lunghi e nascosti percorsi. Ti sembra di afferrare un ordine, una trama, un senso. Poi però le immagini tornano a dissolversi, come quella volta con l'Lsd e le immagini munite di senso ridiventano un turbinio di scintille.

Scintille.

You can't start a fire without a spark – non si può accendere un fuoco senza una scintilla. Sono parole di *Dancing in the Dark*, il 45 giri che hai comprato dall'anarchico baffuto. Adesso ti sembra che l'acquisto di quel disco non sia stato casuale. Così accendi il computer, trovi il testo completo del pezzo e lo leggi come fosse una rivelazione – e in effetti forse lo è. *I'm sick of sitting 'round here trying to write this book* – sono stanco di starmene seduto qui, cercando di scrivere questo libro. Rimani lì, davanti allo schermo luminoso e pulsante. Vorresti bere qualcosa, anzi diciamo, visto che è una conversazione privata, che ne hai proprio bisogno. Di regola basterebbe aprire il minibar e scolarsi due o tre bottigliette.

Ma questo è un bed and breakfast, non un albergo e non c'è il minibar. Ti infili i pantaloni e vai a dare un'occhiata in cucina, casomai ci fosse qualcosa di bevibile. Come ci si poteva aspettare non c'è nulla a parte latte, caffè, marmellata, biscotti e un pan di spagna. Allora pensi di uscire a cercare un bar, anche se ormai sono passate le due, ma a Bari Vecchia sicuramente è ancora pieno di locali aperti. Ti bevi solo un rum, al massimo un paio, giusto per placare l'ansia, e poi te ne torni a dormire, dici. Perché di un rum, al massimo un paio, adesso hai proprio bisogno, per combattere questa tristezza terribile che ti invade come un allagamento.

Poi qualcosa ti ferma sulla porta. Succede senza che te ne renda conto; o forse è la prima volta dopo tanto tempo che ti rendi conto davvero di qualcosa su di te. Hai appena infilato la giacca quando ti metti a piangere, come se qualcuno avesse fatto scattare un interruttore silenzioso e inevitabile. Prima piangi piano, in silenzio, quasi a non voler disturbare. Poi più forte fino a quando non arrivano i singhiozzi e la pena disperata per la tua solitudine e il tuo fallimento e il tuo fare finta di niente e l'amore perduto e non più ritrovato, e tua madre e tuo padre che non hai mai conosciuto davvero e adesso è tardi e per tutta questa vita che ti è passata accanto e che non sei stato capace di vivere perché volevi soltanto raccontarla, e non sei stato capace di fare neanche quello.

Tutta questa vita che poi finisce, una mattina o una sera, normali come le altre. Finisce, e ti ritrovi ad averla sempre scansata.

Finisce con le scintille che si disperdono nell'aria, senza accendere un fuoco e senza lasciare traccia.

Enrico

Alla fine arrivò la comunicazione ufficiale: Segantini sarebbe rientrato subito dopo Pasqua. Poche volte ho detestato qualcuno come mi accadde con il vecchio professore al momento di quella notizia, e ancora di più nei giorni successivi. Che motivo c'era di rientrare, arrivati a quel punto? Mancavano poco più di due mesi alla fine dell'anno scolastico, era una cosa priva di senso. Ci avrebbe giudicato senza conoscerci, senza sapere cosa avevamo fatto e come lo avevamo fatto. Era un comportamento che dimostrava poca serietà e questa storia che Segantini fosse un grande professore e un uomo straordinario era solo una leggenda, un luogo comune, una cazzata. Maledizione. In realtà, inutile dirlo, non m'importava nulla delle questioni didattiche e di presunta deontologia che riempivano il mio rabbioso e disperato dialogo interiore. Odiavo Segantini con tutte le mie forze, solo perché, riprendendo il suo posto, mi privava di Celeste.

***

Quando entrò in classe mi parve diversa. Gli occhi non brillavano come al solito e i capelli – li aveva quasi sempre portati sciolti e mossi – erano legati, e le davano un'aria severa e distante. La guardai sentendo l'anima che mi si rimpiccioliva e per la prima volta nella mia vita sperimentai il turbamento di una perdita imminente e irreparabile.

«Come forse già sapete questa di oggi è la mia ultima ora di lezione con voi. In teoria avremmo storia ma siccome siamo abbastanza in regola con tutti e due i programmi, oggi, per salutarci, facciamo qualcosa di un po' diverso.»

Fece una lunga pausa, prima di estrarre dalla borsa un sacchetto di plastica e una cartellina rossa. La fissavamo tutti senza dire una parola. C'era un silenzio irreale per un'aula scolastica. Celeste prese dalla cartellina un grande foglio bianco piegato, lo aprì sulla cattedra e ci svuotò sopra il contenuto del sacchetto di plastica. In molti ci alzammo per vedere che sul foglio erano sparse cicche di sigaretta, fiammiferi usati, pezzi di carta, frammenti di vetro, cenere.

«Se volessimo definire con una singola parola quello che ho messo qua sopra, potremmo dire: rifiuti, o spazzatura, o immondizia. Roba senza alcun valore, da buttare. Adesso però guardate questo.» Così dicendo prese dalla cartellina un altro foglio piegato. Era un poster e quando lo aprì allargando le braccia, davanti ai nostri occhi comparve un'esplosione ubriacante di colori. Non c'era nulla di riconoscibile in quell'immagine, sembrava semplicemente che qualcuno avesse buttato dei colori a caso sulla tela. Eppure da quella casualità e da quel caos balzava fuori con violenza l'idea di un ordine superiore, qualcosa che andava molto oltre la semplice riproduzione di un oggetto fisico del mondo reale.

«Qualcuno di voi ha mai sentito parlare di Jackson Pollock?»

Nessuno rispose: non l'avevamo mai sentito nominare.

«Jackson Pollock era un pittore americano ed è stato uno dei principali esponenti – probabilmente il più importante – della corrente artistica chiamata espressionismo astratto. È lui l'autore del dipinto riprodotto su questo poster. Se avessimo davanti l'originale, che è nel museo americano dove io ho comprato questo manifesto, ci accorgeremmo che sotto la pittura affiorano degli oggetti e dei materiali. Pollock dipingeva con la tela distesa sul pavimento. Per prima cosa ci buttava sopra cose come queste: cicche di sigarette, chiodi, sabbia, pezzi di carta. Subito dopo copriva questo materiale a colpi di pennello o facendo sgocciolare la vernice sulla tela. Alla fine i rifiuti diventavano parte integrante – e *necessaria* – di opere considerate capolavori dell'arte contemporanea.»

Poggiò sulla cattedra il poster, che fino a quel momento aveva tenuto aperto davanti a noi. Qualcuno vicino a me – forse Silvestrini, forse Cornetta – mi chiese se ci stessi capendo qualcosa e io risposi con un gesto della mano e un cenno del capo, come per dire di avere pazienza: di sicuro nel giro di poco avremmo capito. Ma anch'io ero perplesso, non avevo idea di dove Celeste volesse arrivare. Intanto lei si era spostata fra i banchi e aveva ripreso a parlare.

«Questa non è una lezione di storia dell'arte e non starò a farvi l'interpretazione di quest'opera, non analizzerò la tecnica e non vi dirò cosa rappresenta Jackson Pollock per l'arte contemporanea, anche perché non ne ho la competenza. Vi sto parlando di lui perché quando ho visto i suoi dipinti per la prima volta a New York, ho pensato una cosa che ha molto a che fare con quello che voglio dire oggi. Osservando da vicino le opere di Pollock, e lo stesso vale per tanti altri capolavori, scopriamo che le cose non sono ovvie come sembrano. Il contenuto di un posacenere diventa parte di un capolavoro anche se noi avremmo dato per scontato che dovesse finire nel cestino della spazzatura. Tenete a mente questa espressione: *dare per scontato*.»

Si avvicinò al banco di De Filippis e prese il suo diario di Linus – era spesso il doppio di quanto non fosse all'inizio dell'anno, pieno com'era di figurine, biglietti, fotografie, adesivi – mostrandone la copertina al resto della classe.

«Quanti di voi hanno questo diario?»

Rispondemmo in tanti, il diario di Linus era molto popolare e io stesso l'avevo comprato all'inizio dell'anno, salvo smettere di usarlo dopo un paio di mesi.

«Linus e compagni piacciono a molti di voi, probabilmente anche a quelli che non hanno il diario con le loro vignette. E piacciono molto anche a me. Ma cosa hanno a che fare con lo studio della filosofia?»

Non sapevamo cosa c'entrasse con la filosofia quel pittore per noi sconosciuto che copriva le cicche e i fiammiferi usati scaraventandoci sopra i suoi colori. Ancora di meno capivamo che rapporto poteva esserci fra Platone, Aristotele e Charlie Brown. Mi sarebbe piaciuto intervenire con qualche intuizione brillante – rimaneva così poco tempo per farlo – ma trovai solo idee banali e frasi fatte. Così rimasi in silenzio, avvilito e solo.

Celeste aspettò che il brusio seguito alla sua provocazione si depositasse, soffiò via il ciuffo che i capelli legati non avevano trattenuto e che le era ricaduto sull'occhio, e poi prese a parlarci di Linus, Charlie Brown e degli altri, come se quella fosse una lezione di storia del fumetto. Ci raccontò di come erano nati, di come erano diventati la striscia più diffusa e letta del mondo, e ci parlò di un professore che sentivo nominare per la prima volta – Umberto Eco, si chiamava – e di quello che aveva scritto su Charles Schulz detto Sparky, creatore dei Peanuts.

«Schulz è capace di rendere trasparenti le emozioni e le sue strisce sono un modo di fare poesia, dice Umberto Eco. Ma non solo poesia, aggiungo io. In queste vignette ci sono molte altre cose e, per me, Schulz è filosofo non meno che poeta. È filosofo perché attraverso gli occhi di un gruppo di bambini e quelli di un cane umanizzato individua e racconta – badate: senza giudicare, questo è importante – i problemi dell'esistenza umana. Nelle sue strisce troviamo, giorno dopo giorno, una riflessione sul nostro modo di stare sulla Terra, da soli e con gli altri. Vi sembra che stia esagerando?»

Non era previsto che qualcuno rispondesse e in effetti nessuno lo fece. Guardai l'orologio per vedere quanto tempo ci rimaneva. Quanto tempo *mi* rimaneva. Mancavano venti minuti al suono della campanella e dovetti farmi forza per sfuggire al rumore sordo di fondo che mi sentivo crescere dentro.

Celeste tornò alla cattedra, tirò fuori un altro foglio dalla cartellina rossa e ce lo mostrò. Era la fotocopia ingrandita di una striscia dei Peanuts con Linus, Lucy e Charlie Brown. Nelle prime tre vignette parlavano Linus e Lucy, mentre Charlie Brown ascoltava in silenzio.

"Soffro di claustrofobia in ascensore" diceva Lucy.

"Soffro di claustrofobia nella stanze piccole" diceva Linus.

"Soffro di claustrofobia nelle stanze in cui c'è tanta gente" replicava Lucy.

"Soffro di claustrofobia anche in alcune città" ribatteva Linus nella terza vignetta.

Nella quarta subentrava Charlie Brown, guardando davanti a sé, con la faccia appoggiata sulle mani, i gomiti sul muretto, l'espressione sconsolata.

"Io soffro di claustrofobia nel mondo."

Qualcuno ridacchiò, ma Celeste non ci aveva mostrato quella striscia per farci ridere.

«Non so se in terza liceo arriverete a studiare l'esistenzialismo, che è una corrente filosofica, anzi forse più precisamente, una serie di posizioni filosofiche, letterarie, artistiche sviluppatesi nella prima metà di questo secolo. Se volessimo fare una sintesi sommaria potremmo dire che l'esistenzialismo esprime una meditazione generale sull'individuo, sulla sua precarietà e sulla sua solitudine nel mondo. Sul senso della vita. Non pensate che una frase come *io soffro di claustrofobia nel mondo* – un paradosso geniale – possa essere un punto di partenza per riflettere su questi temi?»

Inspirò profondamente, come per raccogliere le forze e passare al punto più importante del suo discorso.

«Avremmo dato per scontato che questi fossero solo fumetti. Invece sono anche poesia, filosofia e molto altro. Avremmo dato per scontato che quella roba sulla cattedra fosse solo spazzatura e invece può essere parte di un capolavoro della pittura. Qualcuno si chiede per quale motivo si studi la filosofia, cioè una disciplina che in apparenza non ha alcuna utilità pratica. Ebbene la filosofia serve a *non dare per scontato*. Nulla. La filosofia è uno strumento per capire quello che ci sta attorno – per capire quello che ci sta dentro probabilmente è più efficace la letteratura –, ma capiamo davvero quello che ci sta attorno se non diamo per scontate le verità che qualcun altro ha pensato di allestire per noi. Fare filosofia – cioè pensare – significa imparare a fare e a farsi domande. Significa non avere paura delle idee nuove. Significa non fermarsi alle apparenze. Significa essere capaci di dire di no a chi vorrebbe imporci il suo modo di pensare e di vedere il mondo. Cioè a chi vorrebbe pensare per noi.»

Si interruppe, mentre sul suo viso compariva una sfumatura di frustrazione, come se un pensiero molesto si fosse intromesso nella sequenza mentale del suo ragionamento. Dovette scacciarlo, quel pensiero, prima di riprendere.

«Molti di voi hanno sentito parlare di *Moby Dick*, uno dei capolavori della letteratura americana.»

Ebbi un sussulto. *Moby Dick* era uno dei miei romanzi preferiti e lo avevo letto due volte, nella versione ridotta per ragazzi e poi, senza capire tutto, in quella integrale.

«L'autore, Herman Melville, ha scritto anche altre cose, meno note. Fra queste un racconto che per me è importante quanto *Moby Dick*. Il titolo è *Bartleby lo scrivano* e ve ne sto parlando perché è un grande racconto sulla capacità di dire no, che è una delle manifestazioni fondamentali del pensiero e della libertà.»

Guardai di nuovo l'orologio. Ormai mancava pochissimo. Subito dopo, in quella che mi parve una sintonia struggente, anche Celeste fece lo stesso gesto.

«Chi ne ha voglia se lo leggerà» disse stringendosi nelle spalle. Ritornò alla cattedra, svuotò nel cestino le cicche, la sabbia, i pezzi di carta e tutto il resto, ripiegò il foglio, il poster, la riproduzione della striscia e li ripose nella cartellina rossa. Poi mise la cartellina rossa e il sacchetto di plastica ormai vuoto nella borsa. C'era un ritmo triste nei suoi movimenti. Dalla cattedra ci guardò uno per uno. Mi parve che rivolgendosi a me indugiasse un po' di più, ma probabilmente me lo immaginai soltanto. Alla fine prese la borsa e scese dalla pedana. Pensai che andasse via senza dire più niente e non riuscivo a staccarle gli occhi di dosso e avrei voluto fermare il tempo e purtroppo non sapevo come.

Si fermò fra la lavagna e la porta.

«Be', grazie a tutti. Non sarà facile dimenticare questi mesi trascorsi con voi.»

Ci fu ancora qualche attimo sospeso e straziante. Poi la campanella suonò, Celeste aprì la porta, rimase per qualche istante inquadrata nel varco, e infine svanì.

Enrico

Le vacanze di Pasqua, quell'anno, furono uno dei periodi più tristi e solitari della mia vita. Stefania era partita con i suoi genitori per andare a trovare dei parenti che vivevano a Roma. Anche Salvatore era partito, non sapevo con chi e non sapevo per dove. Mi aveva solo detto che gli allenamenti erano sospesi, che ci saremmo rivisti dopo Pasqua e che allora mi avrebbe dovuto parlare. La cosa non mi incuriosì: Celeste era andata via e io avevo perso interesse per tutto, incluso Salvatore con i suoi misteri.

Non avevo voglia di fare niente. Nemmeno suonare la chitarra, nemmeno scrivere, nemmeno leggere. Me ne stavo disteso sul letto a guardare il soffitto, sprofondato in un'accidia triste, attraversata di tanto in tanto da un bagliore di follia. Squillava il telefono e io pensavo che potesse essere Celeste. Si era procurata il mio numero – in fondo non era una cosa troppo difficile – e mi stava chiamando. Cosa c'era di strano? Le dispiaceva molto che non ci fossimo salutati perché aveva tante cose da dirmi. Magari, se ne avevo voglia, avremmo potuto vederci, fare due passi insieme, mangiare una pizza e parlare un po' di noi e di tutto il resto.

A volte mia madre compariva nella mia camera e mi chiedeva se stessi bene. Io rispondevo sgarbato: stavo benissimo e avevo solo bisogno di rilassarmi un po'. Un pomeriggio ci venne anche mio padre, e quello fu un evento eccezionale, perché lui non entrava mai nella mia stanza. Si sedette sulla mia sedia mentre io ero sul letto e già quel gesto mi infastidì molto. Era la *mia* sedia, e quella era la *mia* camera e lui aveva la colpa imperdonabile di essere mio padre. Si era tolto la giacca e aveva ancora la cravatta annodata; a quella distanza percepivo il residuo dell'acqua di colonia che aveva messo al mattino, prima di uscire. Detestavo la sua vanità e sentivo crescere in me un'ostilità elementare e spietata.

«Tu e io dobbiamo fare due chiacchiere.»

Silenzio.

«Tua madre è preoccupata. Che succede?»

«Niente, cosa dovrebbe succedere?»

«Sei in vacanza, potresti fare quello che vuoi e invece te ne stai qua tutto il giorno, buttato sul letto. Non solo non esci, ma nemmeno fai le tue solite cose. Qual è il problema?»

Forse fu il modo in cui disse: *solite cose*. Come se avesse detto: le tue solite cazzate da ragazzino disadattato. Fu come se avesse detto: ho fatto due figli, uno è venuto bene, normale e l'altro – eccolo qua – un po' meno.

«Il problema è che vorrei starmene in santa pace, a farmi i cazzi miei, nella mia cazzo di stanza, senza che qualcuno mi rompa i coglioni. È chiedere troppo, cazzo?»

Ero andato in crescendo e alla fine mi resi conto che stavo quasi gridando. Mio padre mi guardò con una espressione che non gli avevo mai visto. Di regola si sarebbe dovuto arrabbiare, e anche molto, ma la violenza improvvisa e imprevedibile della mia reazione lo lasciò sbigottito. Le elementari categorie che aveva sempre utilizzato per interpretare i rapporti con i suoi figli, e con me in particolare, erano state di colpo scardinate. E mentre io già cominciavo a pentirmi delle mie parole, qualcosa di terribile calò sul suo viso, come una consapevolezza inattesa e inesorabile. D'un tratto parve più vecchio di dieci anni, e indifeso. Quella sua sicurezza cialtrona che avevo sempre detestato era scomparsa. Si alzò e rimase lì, in piedi vicino al mio letto, alla ricerca di qualcosa da dire, o forse anche solo da pensare. Io avrei voluto scusarmi, ma non avevo abbastanza coraggio.

Alla fine andò via, senza dire niente, richiudendosi con delicatezza la porta alle spalle.

***

Alla fine, il lunedì di Pasqua, elaborai un piano. Le avrei preso un libro, poi, in un modo o nell'altro, mi sarei procurato il suo indirizzo e mi sarei appostato fino a quando non l'avessi incontrata. A quel punto avrei detto che passavo di lì per caso, o – se l'indirizzo fosse stato in periferia – che ero da quelle parti per andare a trovare un amico, avremmo chiacchierato un po' e io le avrei dato il libro, senza dirle che l'avevo preso per lei. Guarda caso avevo appena fatto un giro in libreria e me l'ero comprato ma adesso mi faceva piacere regalarglielo. I possibili sviluppi della situazione rimanevano confusi, ma avere un piano – che fra l'altro mi pareva assai astuto – migliorò di molto il mio umore. Per prima cosa cominciai la mia indagine per individuare il suo indirizzo di casa. A Bari, stando all'elenco del telefono, c'erano quattro Belforte ma nessuno di loro si chiamava Celeste. Questo non mi scoraggiò. Celeste era giovanissima, la supplenza da noi era stata il suo primo lavoro dopo la laurea ed era possibile, anzi probabile, che abitasse ancora con i genitori. Ebbi il pensiero molesto che Celeste potesse vivere in qualche paese della provincia, il che ovviamente avrebbe reso vano il mio piano d'azione. Poi, senza una ragione, mi dissi che era improbabile e che comunque ci avrei pensato dopo avere controllato quei quattro indirizzi.

All'epoca si poteva chiamare chiunque, da qualsiasi apparecchio, senza timore di essere identificati e così, rimasto solo in casa, composi uno dopo l'altro i quattro numeri.

«Buongiorno, qui è la segreteria del liceo Orazio Flacco, può passarmi la professoressa Celeste Belforte?»

«Ha sbagliato numero.»

Con variazioni di tono, accento e cortesia – o scortesia – la risposta fu sempre la stessa. Dunque adesso conoscevo quattro indirizzi ai quali sicuramente era inutile cercare Celeste. Fu quando cominciavo a pensare che avrei dovuto consultare a uno a uno gli elenchi di tutti i paesi della provincia che mi venne un'altra idea.

Il mercoledì, rientrato a scuola, andai in segreteria. C'era solo l'anziana impiegata di cui nessuno conosceva il nome e che tutti, per ignote ragioni, chiamavano Marietta.

«Buongiorno» dissi con il tono più cordiale di cui ero capace. Quella si voltò lentamente, mi scrutò senza simpatia e infine mi rivolse malvolentieri un cenno del capo.

«La nostra professoressa Belforte, la supplente di storia e filosofia, mi aveva dato un libro. È andata via e non ho potuto restituirglielo. Vorrei spedirglielo, è possibile avere il suo indirizzo?»

«No.»

«Perché?»

«Perché non possiamo dare gli indirizzi dei professori.»

«E come faccio con il libro?»

Socchiuse gli occhi, con un'espressione che era diventata decisamente ostile. La stavo infastidendo.

«Non sono fatti nostri. Comunque, se vuoi, mettilo in una busta, scrivici sopra il nome della Belforte e lascialo qui. Se per caso passa glielo diamo.»

Cercai qualcosa da replicare, per convincerla. Poi mi dissi che era inutile e me ne andai.

A quel punto però non volevo abbandonare il mio piano e allora decisi di fare una mossa rischiosa: parlarne a Stefania, propinarle la storia del libro prestato e sperare che magari sapesse qualcosa di Celeste. Il rischio era che si insospettisse e mi facesse domande cui non sarei stato capace di rispondere con disinvoltura. Così preparai accuratamente la mia storia, cercando di prevedere quello che avrebbe potuto dire e all'uscita da scuola le parlai.

«Mica per caso sai dove abita la Belforte?»

«La Belforte? E che te ne importa?»

«Durante l'occupazione mi aveva prestato un libro e mi aveva detto che però ci teneva e dovevo per forza restituirglielo. Poi mi sono scordato di portarlo, lei se n'è andata e insomma sono in imbarazzo e vorrei spedirglielo o riportarglielo.»

«Perché la Belforte ti ha prestato un libro?»

«Ti ricordi il seminario durante l'occupazione?»

«Quello sulla condizione femminile?»

«Sì. Ti ricordi che ci parlò di Hannah Arendt, quella del libro sul processo ad Eichmann, *La banalità del male*?»

«Sì, certo.»

«Le avevo detto che avrei voluto leggerlo e lei il giorno dopo me lo ha portato. Mi ha detto che di solito non prestava i libri e che stava facendo un'eccezione.»

«Non ho idea di dove abiti la Belforte. Nemmeno ho idea di chi potrebbe saperlo. Perché non chiedi in segreteria?»

«Ho chiesto e mi hanno detto che non possono dare gli indirizzi dei professori.»

«Ah, ecco. Prova a chiedere a Scarrone.»

Ci fu qualche istante di silenzio. Perché mai avrei dovuto chiedere a Salvatore?

«Perché proprio a lui?»

«Una volta li ho visti insieme in moto, all'uscita da scuola. Forse lui sa dove abita.»

***

Passarono due giorni, senza che facessi niente. Non sapevo come parlare a Salvatore, non sapevo cosa dirgli, non sapevo come prendere l'argomento. Scoprire che lui e Celeste avevano un rapporto, quasi un'intimità – erano addirittura andati insieme in moto, dunque vicinissimi l'uno all'altra – mi aveva confuso.

Salvatore forse aveva l'informazione che stavo cercando, eppure rivolgermi a lui mi pareva complicato, come entrare in un territorio ignoto, di cui non conoscevo le coordinate, nel quale potevo fare dei passi falsi e raccontare bugie – a cominciare da quella del libro da restituire – facili da smascherare.

Poi c'era il problema di quando farlo. Scartai subito l'ipotesi di parlargli all'associazione Italia-Cuba prima di un allenamento o dopo. C'era troppa gente attorno, era impossibile chiederglielo in modo casuale, senza suscitare sospetti; anche suggerire di andare via insieme mi parve una pessima idea. Era accaduto una volta sola ed era stata una sua iniziativa. Il solo fatto che io facessi una proposta del genere avrebbe dato enfasi alla cosa e caricato la conversazione di un significato imbarazzante. Lo stesso discorso valeva per la scuola, visto che non eravamo mai usciti insieme dopo le lezioni.

Alla fine decisi che la soluzione migliore era cercare di incrociarlo per caso nei corridoi della scuola, parlargliene con disinvoltura e poi, una volta saputo quello che volevo – ammesso che lui potesse dirmelo – abbandonare con rapidità il discorso.

Accadde durante l'ora di D'Addario, che era sempre la più propizia per lunghe e indisturbate escursioni nei corridoi. Salvatore uscì e dopo un minuto – contai mentalmente da uno a sessanta, perché non fosse troppo presto e nemmeno troppo tardi – uscii anch'io. Lo trovai che fumava una sigaretta, appoggiato al davanzale di una finestra che affacciava sul cortile.

«Hai una sigaretta?»

Me la diede, l'accesi e mi appoggiai anch'io al davanzale.

«Chissà che fine ha fatto la Belforte.»

«Che vuol dire?»

«No, voglio dire, avrà avuto un'altra supplenza, che ne so. Magari in qualche liceo della provincia. Non mi ricordo chi mi ha detto che lei non era di Bari.»

«Ti hanno detto una cazzata. Vive a Bari.»

«E tu che ne sai?»

«Ne so che sono stato a casa sua.»

Mi mancò il respiro. Provai ad aspirare la sigaretta ma era come se mi avessero messo un tappo nella gola. Tossii.

«Come mai?»

Sul viso di Salvatore balenò un'espressione che non gli era consueta, in cui mi parve di cogliere una sfumatura di tristezza.

«Abbiamo avuto una mezza storia» disse dopo aver aspirato quello che rimaneva della sigaretta, fino al filtro.

Abbiamo avuto una mezza storia. Fu come se mi avessero collocato degli elettrodi sulla testa e avessero dato corrente bruciandomi l'anima, senza pietà.

«In... in che senso?»

«Che cazzo di domanda. Che vuol dire: in che senso? Una mezza storia, siamo stati insieme per un po' e poi basta. Fine. Mica è un concetto difficile.»

Mi sentii le gambe cedere e quasi mi aggrappai a quel davanzale mentre Salvatore mi raccontava, come se non avesse aspettato altro. Come se ne avesse *bisogno*. Tutto era cominciato con un passaggio in moto all'uscita da scuola, poco prima dell'occupazione. Celeste viveva da sola e dopo quella mattina si erano visti spesso a casa sua. Era durata qualche settimana e poi lei gli aveva detto che dovevano smettere di vedersi. Stava con uno, un professore universitario, e poi Salvatore era un suo alunno e se la cosa – una storia fra una professoressa e uno studente – fosse venuta fuori sarebbe scoppiato un casino pazzesco.

«E tu cosa hai risposto?» dissi deglutendo a fatica.

«Che lo sapeva anche prima che ero un suo alunno e che era un'ipocrita borghese del cazzo.»

Non lo so come finì la conversazione, e nemmeno come me ne andai e dove me ne andai.

Il ricordo successivo è di me stesso nella mia camera con la porta chiusa a chiave, buttato sul letto, la faccia sprofondata nel cuscino, a piangere.

I giorni che seguirono furono brutti. Mi svegliavo la mattina presto in preda all'angoscia e *dovevo* alzarmi, perché rimanere a letto era impossibile.

Erano le sei o a volte anche prima e per far passare il tempo andavo in cucina a mangiare qualcosa di cui non avevo voglia; lì mi raggiungeva mia madre, mi sentiva alzarmi presto e non capiva perché. Era preoccupata, ma non aveva il coraggio di chiedermi niente e mi guardava con una faccia muta e triste che tanti anni dopo sarebbe ricomparsa, uguale, nei miei sogni.

Non ero mai stato un adolescente felice – qualcuno lo è? – ma in quei giorni la vita mi parve un abisso di tristezza, dal quale era impossibile salvarsi. Stare in classe era intollerabile e per almeno due, tre volte al giorno mi sentivo sul punto di mettermi a piangere e dovevo fare sforzi sovrumani perché gli altri non si accorgessero di quello che mi succedeva. In realtà nessuno badava a me, a parte Stefania.

«Che ti succede?»

«Niente, è un periodo che sono di cattivo umore.»

«Perché?»

«Che ne so. Capita. A te non succede mai di essere un po' triste?»

«Sì, ma c'è sempre un motivo.»

Me ne andavo sul lungomare e camminavo avanti e indietro, contando i lampioni di ghisa come un demente. Ogni tanto delle immagini spietate mi attraversavano la testa spaccandomi l'anima: vedevo Salvatore e Celeste baciarsi e poi restare nudi e poi fare l'amore. Allora mi sembrava di impazzire, per il dolore e per l'umiliazione.

Stupido ragazzino del cazzo, cosa credevi di fare?

Le voleva portare un libro, questo povero coglione, e poi voleva passeggiare con lei e parlare e tutto il resto. E mentre pensavi queste cazzate quello se la scopava.

Perché, perché? ripetevo sottovoce, singhiozzando piano e ingoiando le lacrime.

Puttana, perché mi hai fatto questo?

Perché mi hai fatto questo, amore mio?

Quattordici

Quando ti svegli, la mattina dopo, non puoi credere ai tuoi occhi. Ti sei addormentato con la giacca e le scarpe, abbracciato al cuscino. Lo tocchi nel punto su cui poggiava la tua faccia e ti accorgi che è umido. L'ultima volta che ti è successo di addormentarti così, fuori da qualsiasi controllo, del tutto inconsapevole, eri un bambino.

Questo ti mette addosso un brivido di euforia quasi violenta. Impossibile stare fermo o perdere tempo. Strana espressione: *perdere tempo*, ti dici quando sei sotto la doccia. Come se si potesse evitare di perderlo. Lo si perde comunque. Quale sarebbe l'espressione giusta? Sprecare il tempo? Sperperarlo? Tempo. Metterci del tempo. Ammazzare il tempo. Altra espressione idiota. Guadagnare tempo. Risparmiare tempo. Sono tutte espressioni senza senso, ti dici uscendo dalla doccia. Chissenefrega, concludi, allegro come un ragazzo all'alba dell'ultimo giorno di scuola.

Accendi il computer, fai una rapida ricerca, trovi quasi subito quello che cercavi e prendi qualche appunto su un taccuino. L'aver ricominciato a maneggiare taccuini è una cosa buona, pensi accarezzando per un attimo la superficie ruvida della copertina, prima di abbandonarla nella tasca. Poi appallottoli la giacca e i pantaloni che avevi ieri, li metti in un sacchetto ed esci senza fare colazione. Hai alcune idee precise su una serie di cose da fare, stamattina, e vuoi farle con ordine. Inizi col cercare una lavanderia. Quando l'hai trovata lasci giacca e pantaloni e questo ti dà l'idea riposante di aver adempiuto a un primo compito.

Vicino alla lavanderia c'è un panificio dal quale vien fuori profumo di pane fresco, focaccia e dolci. Entri e ti compri un maritozzo appena uscito dal forno, uguale a quelli che portavi a scuola per merenda, da bambino. Non hai la più vaga idea di quanto tempo sia passato dall'ultima volta che hai mangiato un maritozzo. Subito dopo, sentendo fra le mani il tepore rassicurante del dolce incartato, vai in un bar, ordini un cappuccino in un bicchiere di plastica e poi te ne vai a fare colazione su una panchina, ai giardinetti vicino al teatro Margherita.

Ecco, quando un concetto ti sfugge e non sai elaborarlo – pensi di nuovo al perdere tempo – forse l'unico modo di procedere è cercare di capire cosa questo concetto non è. Per esempio mangiare questo maritozzo buonissimo su una panchina in un giorno di primavera *non* è perdere tempo, ti dici. Provi una soddisfazione, diciamocelo pure, fin troppo esagerata per questa riflessione che non ti colloca di diritto nella categoria dei pensatori contemporanei. La cosa ti fa sorridere e ti sembra di riprendere consapevolezza dei muscoli della faccia. Per quanto ti ricordi è parecchio tempo che non ti capita di sorridere da solo. Non che in compagnia sia così diverso, ma insomma, hai capito cosa vuoi dire.

Finito il maritozzo cerchi un barbiere – anzi un *salone da barberia*, com'era scritto su uno degli atti che hai letto ieri sera. Altro pensiero banale, ma forse no: ieri sera sembra lontanissima. Così lontana che esamini la possibilità di avere dormito alcuni giorni, non solo una notte. Esamini la possibilità di avere attraversato una barriera spazio-temporale e di essere passato da un'altra parte. Pensi proprio con queste parole, anche se non sai bene cosa significhi la frase. Il che non è necessariamente un male, non sapere cosa significhi una frase che hai scritto o hai detto. Chiedete a un poeta di spiegare cosa voleva dire con un verso o anche solo una singola parola e avrete ammazzato la poesia.

Il barbiere ha i capelli pettinati all'indietro e la faccia arrossata, quasi congestionata, come se avesse preso troppo sole. Sta radendo un signore sulla settantina che sta lì con gli occhi chiusi, l'aria rilassata come se gli stessero facendo un massaggio. Hai fatto la barba dal barbiere solo due o tre volte nella tua vita. C'è gente che ci va quasi tutti i giorni.

Quando è il tuo turno il barbiere ti fa accomodare e ti sistema l'asciugamano attorno al collo con un gesto ampio e un po' compiaciuto che ti fa pensare a quello dei pizzaioli quando lanciano in alto la pasta della pizza o la fanno ruotare come un disco su un dito.

«Cosa volete fare, dottore? La barba, i capelli o tutti e due?»

Il barbiere usa il *voi* e non il *lei.* Questo, per ignote ragioni, te lo rende simpatico.

«La barba, grazie.»

«Non c'è problema» dice quello scandendo le parole, con tono serio ed espressione intensa. Come se gli avessi detto che c'è da fare in fretta un intervento a cuore aperto e lui ti avesse voluto rassicurare: tranquillo, amico, sei capitato nel posto giusto e dalla persona giusta.

Dopodiché comincia a lavorare il sapone da barba con il pennello, in una scodellina con un gesto rotatorio e compiaciuto. Chiaramente non c'è bisogno di girare così a lungo per ottenere il volume della crema. Eppure quella specie di mossa rituale, per qualche motivo misterioso, sembra indispensabile. Dopo un paio di minuti di quell'impastare delicato e volatile, il barbiere comincia a spennellarti la faccia.

«Voi non siete di queste parti, vero, dottore?»

«Sono di Bari, ma vivo a Firenze da tanti anni.»

«Però mi sembra che vi ho già visto?»

Sorridi con un'espressione che più o meno dice: non saprei. Forse ti ha scambiato per qualcun altro. L'alternativa è che abbia visto la tua fotografia su qualche giornale, nella pagina della cultura, qualche anno fa, ma questo ti sembra difficile. Il pensiero è vagamente razzista, ti dici subito dopo. Perché un barbiere non dovrebbe leggere le pagine della cultura? Comunque ti accorgi che la questione ti interessa poco.

«C'è molta gente che viene a farsi fare regolarmente la barba, qui da lei?»

«Dottore, c'è la crisi. Prima erano di più, ma ancora ci sono quelli che vengono, diciamo un giorno sì e l'altro no.»
«Ma vengono qui perché non si sanno fare la barba?»
«No, dottore. Certo che se la sanno fare. Vengono qui perché a farsi fare la barba si rilassano. Non è tanto la barba, non so come dire. È tutto l'insieme.»
«E che fanno, le raccontano i fatti loro?»
«Diciamo che vogliono parlare. Poi qualcuno vuole proprio raccontare i fatti suoi. I figli, la moglie, le malattie, il lavoro. Qualcuno, se non ci stanno altri clienti, mi racconta anche cose più intime. Tipo le amanti e cose simili.»
«Perché vengono a parlare con lei?»
«Dottore, non so come dire, è una questione di solitudine. Però non è solo la solitudine. Ora io non so come spiegare...»
«Forse perché non si sentono giudicati?»
«Ecco, bravo. Avete trovato la parola che mi mancava. Non si sentono giudicati.»

Quando sei di nuovo in strada ripensi a quella frase: *avete trovato la parola che mi mancava*. Dovrebbe essere proprio questo, il lavoro di uno scrittore: trovare le parole che mancano agli altri.

In quel momento fai caso a un ragazzo sul marciapiede di fronte. Avrà più o meno venticinque anni e si muove in modo un po' strano, di sghimbescio, con una spalla più alta dell'altra, zoppicando. Ha la barba non fatta e non comunica un'impressione di pulizia anche se, a una decina di metri di distanza, non sapresti dire perché. Toccandosi il polso sinistro chiede che ore sono a una signora e lei scuote la testa dicendo di non avere l'orologio. Dopo un po' chiede che ore sono a un tizio in giacca, cravatta e borsa da lavoro. Quello scuote la testa, senza dire niente. Dopo un altro po' chiede che ore sono a una ragazza vestita come per andare a una festa. Neanche lei ha l'orologio e neanche lei sa – o più probabilmente *vuole* – dirgli che ore sono. La scena è bizzarra. Forse il ragazzo è matto. Cedi alla curiosità, attraversi la strada e gli passi vicino. Lui chiede anche a te che ore sono. Nemmeno tu hai l'orologio – è tanto che non lo porti – ma tiri fuori il telefono e gli rispondi. Quello ringrazia e si volta per andarsene.

«Scusa, perché chiedi a tutti che ore sono?»

Il ragazzo ti guarda, forse indeciso sul da farsi. Poi si raddrizza, ridiventa simmetrico, la sua espressione – fino a poco prima un po' stralunata – ritorna quella di una persona normale. Ti rendi conto che deve essersi messo della fuliggine in faccia, per apparire sporco.

«Faccio una specie di esperimento. Se chiedo l'ora con questo aspetto – curvo, storto, e tutto il resto – mi risponde in media uno su dieci. Anche meno, in questo giro lei è il quattordicesimo. Se la chiedo con il mio aspetto abituale mi rispondono quasi tutti.»

«E perché fai questa specie di esperimento?»

Sembra si chieda chi sei, perché gli fai quella domanda e se è il caso di rispondere. Se può fidarsi. Alla fine decide che può.

«Sto scrivendo un romanzo. Mi serve per sviluppare un'idea. Il protagonista fa questa ricerca per conto di un professore universitario, uno psicologo. Viene pagato a contatti, cioè a persone cui ha chiesto l'ora. Ovviamente deve annotare le risposte. In questo modo incontra una persona, accadono delle cose e, insomma, la storia si sviluppa da qua.»

«Stai scrivendo un romanzo?»

«Sì, ci provo.»

«Quanti anni hai?»

«Ventisette.»

«E a parte scrivere il romanzo cosa fai? Lavori o studi?»

«Lavoro. La sera faccio il barman e di giorno do lezioni private.»

«Lezioni private? Di cosa?»

«Ehi, ma chi è lei, la guardia di finanza? Mi sta facendo un interrogatorio.»

Lo dice senza aggressività, così, notando una cosa vera. Effettivamente lo stai quasi interrogando. Tu alzi le mani in segno di resa. Non sei la guardia di finanza, non sei pericoloso e non volevi essere invadente. Sei solo curioso.

«Scusa, hai ragione. Sono stato indiscreto. Buon lavoro e buona fortuna.»

«Latino e greco.»

«Prego?»

«Do lezioni private di latino e greco.»

«Latino e greco. Sei laureato in lettere?»

«Sì.»

«E vuoi scrivere.»

«Sì.»

«Hai già provato a pubblicare qualcosa?»

«Qualche racconto su riviste. Credo che li abbiano letti dieci persone, forse. Inclusi i miei familiari.»
«E del romanzo quanto hai scritto?»
«Una cinquantina di cartelle. Duemila battute a cartella.»
«Sai già a chi mandarlo, quando lo avrai finito?»
Il ragazzo scuote la testa, incerto. Anzi, quasi intimidito. Si sta chiedendo chi sei e non sa cosa pensare.
«Ti do i miei recapiti. Quando finisci il romanzo – se lo finisci – mandamelo. Se quello che hai scritto è buono, forse posso aiutarti a trovare un editore.»
«Chi è lei?»
Tu non gli rispondi. Strappi un foglietto dal taccuino che uscendo hai messo nella tasca dei pantaloni, come un talismano, e scrivi il tuo indirizzo mail e il tuo telefono. Poi passi il foglietto al ragazzo.
«Se finisci il romanzo, scrivimi. È un'occasione, non la sprecare.»
Andando via pensi che non hai mai fatto una cosa del genere. Gli aspiranti scrittori non ti sono simpatici. Ti infastidisce il tono di pretesa che hanno molti di loro. Ti infastidisce che la maggioranza consideri del tutto superfluo leggere, prima di scrivere. E poi forse hai sempre temuto che qualcuno di loro fosse davvero bravo e potesse inopinatamente superarti nella corsa spietata nella quale pochissimi restano in piedi. E in effetti molti di loro ti hanno superato mentre tu sei caduto e sei rimasto su un lato della pista, seduto per terra.
Perché allora hai detto a questo ragazzo di scriverti quando finisce il suo romanzo?

Enrico

Smisi di andare all'associazione Italia-Cuba, in classe cambiai banco, per stare il più lontano possibile da Salvatore e all'uscita da scuola scappavo via. Volevo evitare qualsiasi incontro, anche solo casuale. L'idea di parlargli, di sentire la sua voce, di guardare le sue mani, la sua barba, la sua bocca, le sue braccia muscolose, sapendo cosa era successo, mi era insopportabile. Temevo di non riuscire a controllarmi, temevo di dire cose che non avrei dovuto, di fare domande di cui mi sarei pentito.

Ovviamente Salvatore se ne accorse e un giorno, durante l'ora di educazione fisica, mi disse di seguirlo, che dovevamo parlare. Ormai era primavera, gli altri stavano giocando a basket, nel cortile, e noi andammo a sederci un'altra volta sulle scale. Si accese una sigaretta e mi allungò il pacchetto. Scossi il capo. Non le volevo le sue sigarette.

«Perché no?»

«Non ne ho voglia.»

«Che ti succede?»

«Che vuoi dire?»

«Non fare lo stronzo. Non vieni più ad allenarti, quando mi vedi nei corridoi mi eviti e ora fai il sostenuto al cazzo. Che succede?»

«Ho da fare e non ho il tempo di venire ad allenarmi.»

«E cos'hai da fare?»

«Magari sono anche cazzi miei, cosa ho da fare.»

Mi fissò per qualche secondo, poi respirò a fondo come per mantenere il controllo e infine annuì con un gesto carico di minaccia. Guardò davanti a sé, in un punto imprecisato sul muro e io feci lo stesso. Sentivo l'odore della sua barba, dei suoi capelli non lavati, di troppe sigarette fumate già a quell'ora della mattina. Sarei voluto scappare via, ma non potevo. Forse passò un minuto, forse meno. Lui finì di fumare, schiacciò il mozzicone su un gradino e poi lo fece schizzare via con un movimento a molletta di pollice e medio.

«Mica hai fatto l'infame con gli sbirri?» disse senza guardarmi.

«Gli sbirri? Ma che cazzo dici?»

«Mica qualcuno di quelli della Questura che vengono davanti a scuola ti ha chiesto di me e magari tu gli hai raccontato della pistola?»

«Tu sei pazzo.»

«Se hai fatto l'infame è meglio che me lo dici. È meglio che non lo scopro da solo.»

Mi alzai di scatto e feci qualche metro in direzione del campo di basket.

«Tu sei pazzo» ripetei toccandomi la fronte con la mano, a sottolineare il concetto.

Anche lui si alzò di scatto, mi raggiunse e mi afferrò per un braccio.

La sequenza di movimenti che seguì fu assurdamente naturale. Lui mi tirò e io non feci resistenza. Anzi assecondai il movimento, proprio come una volta mi aveva spiegato lui – *devi usare la forza dell'avversario: se ti tirano spingi, se ti spingono tira* –, scivolai fluido e lo colpii con una testata in pieno naso.

Non fu un'azione deliberata. Non *decisi* di colpirlo. Accadde e basta.

Mi tirò, e io mi lasciai tirare, e il resto successe perché era inevitabile.

Lanciò un urlo inumano mentre si portava le mani al viso e le ritraeva piene di sangue. Non poteva vedermi. Ce l'aveva spiegato lui stesso molte volte durante gli allenamenti. Chi prende una testata sul naso non vede più niente e non ha alcuna possibilità di continuare a combattere. Quello è il momento per finirlo.

Io non lo finii. Rimasi lì paralizzato per un tempo che nel ricordo mi pare lunghissimo ma che dovette durare solo qualche secondo. Sentii voci, grida, passi di corsa. Poi qualcuno cercò di soccorrere Salvatore sporcandosi di sangue mentre qualcun altro mi trascinava all'interno della scuola dicendomi di andare via.

Scappai a casa e ci rimasi tutto il resto della mattina a domandarmi cosa mi sarebbe successo, l'indomani, o comunque quando Salvatore e io ci fossimo incontrati di nuovo. In realtà si trattava di una domanda cui era facile rispondere: Salvatore mi avrebbe ammazzato di botte e, dal suo punto di vista, avrebbe avuto anche ragione. Pensavo che forse non sarei più dovuto tornare a scuola – a *quella* scuola –, che avrei dovuto cambiare città, o magari che sarei dovuto andare alla polizia, raccontare tutto e sbarazzarmi di Salvatore in questo modo.

A fine mattina, dopo le lezioni, Stefania mi raggiunse a casa, portandomi il giubbotto e i libri che avevo abbandonato in classe.

«Che cazzo hai combinato?»

Mi strinsi nelle spalle. Davvero non sapevo che dire.

«Ma che è successo?» insistette lei.

«Abbiamo avuto una discussione, una cazzata, proprio una cazzata, è volato qualche vaffanculo, lui mi ha strattonato e io, non so come, gli ho dato una testata.»

«Gli hai dato una *testata*? Ma sei pazzo? No, non sei pazzo, sei un delinquente. Come cazzo ti viene una cosa del genere. Uno lo strattona e questo gli dà una *testata*… E se ti strattonava più forte che facevi, gli sparavi?»

«Lo sanno che sono stato io?»

«Lo sanno tutti, è chiaro. Però il preside non ha chiamato la polizia. Almeno per il momento. Ha detto che se nessuno va da lui a dirgli ufficialmente cosa è successo, per lui non è successo niente e quindi non c'è motivo di chiamare la polizia.»

«Chi te l'ha detto?»

«Ho sentito due professoresse della A che ne parlavano vicino alla presidenza.»

«E Salvatore?»

«Non è rientrato in classe nemmeno lui. Non so se qualcuno lo abbia accompagnato ma probabilmente è andato al Pronto soccorso. Io non l'ho visto ma mi hanno detto che aveva la camicia sporca di sangue.»

Rimanemmo in silenzio per un po'. Sentii la porta di casa aprirsi e richiudersi e poi, nel corridoio, risuonare il passo di mia madre. Per qualche istante provai un desiderio insensato e penetrante. Doloroso. Avrei voluto che mamma entrasse nella mia stanza e che mi abbracciasse come faceva quando ero piccolo, grattandomi con delicatezza dietro la nuca. Avrei voluto che il nastro fosse riavvolto e che tutte le cose che prima erano semplici ritornassero semplici.

«E adesso che fai?» mi chiese Stefania.

«Non lo so. Secondo te dovrei parlarne con qualcuno?»

«Secondo me, no. Non subito almeno. Vediamo che succede. Pensi che Salvatore potrebbe denunciarti?»

Cercai di sorridere ma non mi riuscì. L'idea che Salvatore andasse dalla polizia o dai carabinieri era piuttosto inverosimile.

«Non credo proprio. Non credo che sia quello il problema.»

Il problema era quello che sarebbe successo quando ci fossimo incontrati di nuovo. Anche Stefania lo sapeva.

«Forse dovresti cercarlo e chiedergli scusa.»

Scossi la testa. Non sarebbe servito e comunque non ne avevo nessuna voglia, anche se questo non lo dissi a Stefania.

«Va bene, adesso vado. Vuoi venire a casa oggi pomeriggio?»

«No, meglio di no. Me ne sto qua.»

«Vuoi che venga io?»

«No, grazie. Ci vediamo domani.»

«Va bene, allora domani mattina passo a prenderti alle otto e un quarto.»

«Perché?»

«Ci andiamo insieme, a scuola.»

Non trovai nulla da dire. Il concetto era chiaro: passava a prendermi per farmi da scorta e non c'era altro da aggiungere.

Trascorsi un pomeriggio strano e sospeso. Sapevo di essere in pericolo ma al tempo stesso mi sembrava che fosse un problema di qualcun altro. Mi sentivo come in una bolla, nel mezzo di tutto ma separato da tutto. Ogni tanto pensavo a Celeste, ma era lontana, come se i fatti delle ultime settimane fossero accaduti anni prima. Lessi un intero romanzo – *La valle della paura* di Arthur Conan Doyle – dall'inizio alla fine. Andai a letto subito dopo aver mangiato un panino, con un altro libro, convinto che non avrei preso sonno e che avrei passato la notte a leggere. Invece mi addormentai subito, come un sasso, per risvegliarmi spaesato nove ore dopo.

Stefania arrivò puntuale e ci avviammo in silenzio verso la scuola.

«Se vediamo Scarrone davanti alla scuola, o prima, cambiamo strada. Se ci viene dietro tu scappa e io lo trattengo e provo a parlarci» disse Stefania mentre camminavamo fianco a fianco.

«Se ci viene dietro io provo a scappare ma tu non trattieni proprio nessuno. Salvatore è pericoloso e non lo so come reagirebbe, anche se sei una ragazza.»

«Ho degli argomenti.»

«Che vuoi dire?»

Continuando a camminare Stefania tirò fuori da una tasca un grosso coltello a serramanico, me lo mostrò e poi lo fece di nuovo scivolare in tasca.

«Che vuoi fare con quello? Sei pazza?»

«Solo una precauzione.»

Mi fermai e la presi per le spalle.

«Ascoltami bene. Quello che stai facendo è bello, è bellissimo, non me lo dimenticherò mai. Ma evitiamo altre cazzate per piacere, ne ho già fatta io una grossa. Dammi quel coltello.»

«Buona idea, lo do a te. Sei la persona più adatta, dopo la dimostrazione di autocontrollo che hai dato ieri.»

Riprendemmo a camminare in silenzio. I miei sensi sembravano acuiti: vedevo i colori più vivi; sentivo i rumori della strada, tutti insieme ma distinti l'uno dall'altro; avvertivo un'elettricità lieve lungo la schiena e la nuca. Avevo paura, certo, ma insieme alla paura c'era una consapevolezza che non avevo mai provato prima. La sensazione di essere proprio lì, in quel momento, e di non essere solo.

Quando arrivammo davanti a scuola mi accorsi che in molti mi guardavano e qualcuno mi indicava al vicino, bisbigliando. Non era difficile immaginare quello che dicevano: possibile che sia stato proprio *questo qua* a spaccare la faccia a Scarrone?

Passammo rapidi fra i ragazzi e le ragazze che aspettavano l'ultimo momento e il suono della campanella. Salvatore non c'era, e nemmeno era in classe. Nessuno sapeva niente di preciso su di lui, anche se la voce era che l'avessero ricoverato e operato per la frattura del setto nasale.

Me ne stetti seduto per tutte le cinque ore di lezione, senza dire una parola e senza che nessuno provasse a parlarmi. Era come se attorno a me si fossero alzate delle pareti tanto trasparenti quanto invalicabili: io potevo vedere gli altri, gli altri potevano vedere me – e in effetti mi *guardavano*, se gli pareva che non me ne accorgessi – ma non potevamo comunicare. Eravamo nello stesso posto, vicini e lontanissimi. A ogni cambio di ora mi chiedevo se sarebbe arrivato qualcuno a chiamarmi in presidenza. Però non accadde e all'uscita Stefania mi riaccompagnò a casa mentre tutto – quello che era successo negli ultimi mesi e quello che era successo negli ultimi giorni e nelle ultime ore – cominciava a sembrarmi tristemente insensato. Mentre camminavamo in silenzio ci passò vicino una macchina della polizia con sirena e lampeggiante e per qualche istante ebbi l'irragionevole paura che stessero cercando me.

Salvatore non venne a scuola nemmeno il giorno dopo e io sentivo crescere in me una specie di disgusto e un presentimento di catastrofe imminente. Era sabato e Stefania mi domandò se volessi andare al cinema con lei, quel pomeriggio.

«No, grazie. Non mi sento benissimo.»

«Si vede. Forse non sarebbe male distrarti. Dài, andiamo a vedere *Io e Annie*.»

«Non me la sento. Me ne sto un po' da solo.»

Parve sul punto di insistere e poi dovette pensare che era inutile.

«Ok, mi arrendo. Se cambi idea, chiamami. Se domani

vuoi farti un giro, chiamami. Se vuoi raccontarmi cosa è successo davvero fra te e quello – visto che non mi hai detto un cazzo –, chiamami. Se decidi di suicidarti, chiamami.»

Invece fu lei a chiamarmi, la mattina dopo.

«Hai letto la "Gazzetta"?»

«No, perché?»

«C'è scritto che Scarrone è stato arrestato.»

«Cosa?» dissi appoggiandomi – quasi aggrappandomi – con un gesto involontario alla mensola del telefono.

«Lo hanno arrestato per una rapina.»

Rimasi in silenzio a lungo mentre, fuori da ogni controllo consapevole, mi passava per la testa una sequenza confusa di immagini, di voci, di rumori e anche di odori. Il più forte di tutti era quello della polvere da sparo, nella cava, quel pomeriggio in cui ero andato vicinissimo a qualcosa di irreparabile.

«Ci sei?» fece Stefania dall'altra parte.

«Quando l'ha fatta questa rapina? Non era ricoverato per il naso rotto?»

«La rapina è di qualche mese fa, però lo hanno arrestato ieri.»

«Perché ieri?»

«E che ne so? Avranno fatto le loro indagini, avranno scoperto che è stato lui e lo hanno arrestato.»

Quando riattaccammo andai a comprare «La Gazzetta del Mezzogiorno» e mi chiusi in camera a leggere l'articolo. Era un pezzo breve, senza nemmeno la firma, e si limitava a dire che un giovane estremista di sinistra con precedenti per aggressioni e violenze politiche era stato arrestato dalla polizia con l'accusa di rapina a mano armata. La vittima era un gioielliere del quartiere Libertà e il complice del presunto rapinatore non era stato identificato. Non c'era altro ma io lo rilessi non so quante volte, quel pezzo, quasi a cercare di estrarne un significato segreto. La prigione era un concetto astratto e remoto per me, come andare sulla luna, come essere sullo schermo del cinema. Il carcere esisteva sui giornali, nei telegiornali ma non nel mondo reale. Nel *mio* mondo reale.

Ero sgomento per il destino di Salvatore ma anche confuso, per via di un disagio che non riuscivo a identificare. Mi ci volle una fitta di vergogna improvvisa e bruciante, per rendermi conto di cosa si trattava.

Era sollievo.

Perché – realizzai in quel momento – se Salvatore Scarrone era in carcere, io ero salvo.

***

L'anno scolastico finì due mesi dopo. Per la prima e unica volta nella mia vita presi un'insufficienza – in greco – e mi toccò studiare tutta l'estate per gli esami di riparazione. Non potevo lamentarmi e in effetti non lo feci: per quanto avevo studiato quell'anno, una sola materia da riparare costituiva una sanzione fin troppo lieve.

Salvatore perse l'anno. Seppi che qualche settimana dopo la fine della scuola gli avevano dato la libertà provvisoria ed era andato via da Bari.

Non lo vidi mai più.

Quindici

Stando a quello che hai letto sul sito dell'università, questa mattina la professoressa Celeste Belforte ha esami. Sul sito non si specifica in quale aula, ma non dovrebbe essere difficile scoprirlo.

Sei seduto su una panchina a due passi dall'università – ormai sta diventando un'abitudine, questa delle panchine – e chiami la segreteria del dipartimento, con il numero che avevi annotato sul taccuino. Ti risponde un impiegato insolitamente gentile: ti dice dove si tengono gli esami di filosofia del linguaggio e ti spiega anche come arrivare a quell'aula.

Così adesso sei sempre seduto sulla stessa panchina a due passi dall'università e la differenza rispetto a prima è che sai che a qualche decina di metri c'è lei.

Hai la sensazione fisica – una vera tensione schizofrenica dei muscoli – di due forze che ti tirano in direzioni opposte. Verso l'interno del palazzo, a completare quello che hai cominciato; qualunque cosa sia, quello che hai cominciato. Oppure dall'altra parte, verso la città, via da questa idea assurda di andare alla ricerca del passato. Ti torna in mente una frase letta anni fa: *non guardate indietro, ci siete già stati*. Allora ti era parso uno spunto arguto. Magari un po' new age, ma arguto. Adesso ti chiedi se poi è vero che ci siamo già stati. Non sei così sicuro, non lo sai bene cosa c'è da quelle parti.

Ti ritrovi a salire le scale dell'Ateneo e a localizzare con sorprendente facilità l'aula che ti ha indicato il cortese impiegato della segreteria. È chiusa da una porta di vetro smerigliato che ti ricorda un vecchio film in bianco e nero. Nel corridoio ci sono alcuni ragazzi che parlano sottovoce, sfogliano libri e leggono appunti con facce preoccupate.

«Sono qui gli esami di filosofia del linguaggio?» chiedi casomai ti fossi sbagliato ma anche per guadagnare tempo visto che a questo punto non hai la più pallida idea di cosa fare.

Una ragazza alza lo sguardo da una dispensa e ti scruta come se avessi parlato in un'altra lingua. Poi sembra capire, indica con un cenno del capo la porta smerigliata e torna alla sua dispensa.

Cosa facevi tu, prima di un esame all'università? Non te lo ricordi e ti senti invadere da un panico leggero. Lo conosci questo panico, è quello che compare quando ti accorgi di avere smarrito la memoria di interi pezzi della tua vita. Non ti ricordi quando studiavi, non ti ricordi cosa provavi prima degli esami, non ti ricordi nemmeno quello che provavi dopo averli superati. Fai uno sforzo per distoglierti da questo argomento su cui ti sei incautamente avventurato. Al momento una crisi di panico sarebbe un'idea inopportuna.

Ti hanno spiegato che in questi casi conviene concentrarsi su qualcosa del mondo esterno, qualcosa che coinvolga i sensi. Allora cominci a ispezionare l'ambiente circostante, in modo quasi ostentato. Il corridoio è ampio e luminoso, i muri tutto sommato sono abbastanza puliti. Quando andavi all'università, ti pare di ricordare, i muri erano pieni di scritte e disegni. Ma quella era l'università di Firenze, magari lì è ancora uguale. E poi questi, in effetti, sembrano ridipinti di recente. Ci sono due bacheche piene di avvisi e foglietti. Ti fermi a leggere qualche messaggio. Perlopiù sono offerte di posti letto per studenti fuori sede, oppure volantini artigianali che propongono cineforum, lezioni di inglese o altre lingue, corsi di teatro, di tai-chi, di yoga. Fra queste comunicazioni di servizio c'è un pezzo di carta che non c'entra niente con tutto il resto. È un foglietto strappato da un taccuino, con poche parole scritte a penna: *a Maya* e poi, un paio di righe più sotto: *a noi preme soltanto il bordo vertiginoso delle cose*. Nient'altro. Lo conosci bene questo verso, ma per quanto ti sforzi non riesci a ricordare il nome dell'autore. Alla fine lasci perdere e torni a guardare i ragazzi che aspettano di essere chiamati per l'esame. Nessuno sembra fare caso a te, ma cominci lo stesso a sentirti osservato. Avverti il bisogno di fare qualche gesto che giustifichi la tua presenza lì, o che la renda meno sospetta. Così fai un giro per il piano, controlli le targhette sulle porte, ti affacci incongruamente sul cortile e infine, completando il percorso, ti avvii di nuovo verso l'aula d'esame.

Poi pensi che sia una buona idea chiedere quanti studenti ci sono ancora da esaminare. Per calcolare l'attesa o forse, meglio, per decidere di abbandonare questa idea assurda che rischia solo di portare disagio e malinconia. Forse angoscia. Perché è arrivato il momento di chiederti che cosa, davvero, ci sei venuto a fare qua?

Ti rispondi che sei venuto a inseguire una suggestione letteraria da quattro soldi.

Ti dici che venire fin qui è stata una stupidaggine, o anche peggio: il risultato di una curiosità morbosa. Queste sono cose che non si fanno. Te ne devi andare e basta. Con calma, senza affrettarti e senza farti notare. Per fortuna sei ancora in tempo a evitare il vortice di imbarazzo, di rassegnazione, di tristezza che ti avvolgerebbe – che *vi* avvolgerebbe – se non andassi via e dovessi incontrarla.

Te ne devi andare e basta. Adesso proprio le sussurri, queste parole, e se qualcuno facesse caso a te penserebbe che stai parlando da solo. Cioè, per essere più precisi: si *accorgerebbe* che stai parlando da solo. Ti avvii verso le scale, cercando di non affrettarti e continuando a chiederti in modo ossessivo come ti è potuta venire un'idea simile: andare alla ricerca di una supplente della prima liceo e di una banale cotta da adolescente.

Sei così preso dalla soddisfazione per esserti reso conto dell'assurdità di quello che stavi facendo che ti accorgi di lei solo quando è vicinissima. In realtà ti accorgi di lei perché ti chiama. Per nome, con cautela ma senza esitazione.

«Enrico?»

La voce di una persona dunque rimane uguale anche dopo trent'anni. Questo è il primo pensiero. Il secondo pensiero è una domanda, stupida: com'è possibile che si ricordi di me?

Celeste sembra più bella di quanto non fosse trent'anni fa. Ammesso che tu possa fare il paragone, visto che non sei mai riuscito a mettere a fuoco la sua faccia di allora nella memoria. Però lo sguardo sembra identico, un po' dall'alto verso il basso – come dire: concettualmente dall'alto in basso – con una nota lieve di minaccia. Non sentirti mai del tutto al sicuro con me, sembrava dire allora. Non voglio che tu sia a tuo agio. Adesso te ne rendi conto perché hai qualche parola in più e perché il suo sguardo sembra dire ancora la stessa cosa. Non sentirti mai troppo al sicuro. È una buona cosa non sentirsi mai troppo al sicuro, pensi.

«Come hai fatto a riconoscermi?» è l'unica cosa che riesci a dire. Lei accenna un sorriso, ma sempre senza farti sentire troppo a tuo agio. Questo accenno di sorriso dice diverse cose e fra queste che hai appena fatto una domanda idiota e dunque non riceverai una risposta. Rimanete in silenzio a fissarvi. Alla fine è lei a cedere, dopo essersi guardata attorno, come per controllare che i suoi studenti non si stiano interessando di questo incontro.

«Lo sai che non sono stupita di vederti qua? Dopo aver letto della morte di Salvatore avevo deciso di cercare un tuo indirizzo, magari tramite la casa editrice, e di scriverti.»

«Cosa... cosa mi avresti scritto?»

«Non lo so. È per questo che non mi ero ancora decisa.»

«Neanch'io so perché sono venuto qua.»

«Forse avrei cominciato dicendoti di quando scoprii il

tuo romanzo in libreria. Saranno una decina di anni fa, vero?»

Fai sì con la testa. Saranno una decina di anni, sì.

«Lo guardai a lungo, sullo scaffale, prima di prenderlo e sfogliarlo. Non era facile toccarlo, non capita spesso di trovarsi di fronte a una profezia realizzata, anzi materializzata.»

Annuisci, con una smorfia che cerca inutilmente di diventare un sorriso. Così rimanete di nuovo in silenzio. Il tempo a disposizione però non è molto lì nel corridoio, con gli esami sospesi. Con tutto sospeso.

«Senti, io devo finire gli esami, ne avrò per un'altra ora o poco più. Se vuoi potremmo vederci fra un'ora e mezza qui sotto, davanti all'ingresso principale. Così magari mangiamo qualcosa insieme e parliamo un po'. Che dici, ne hai voglia?»

«Browning.»

«Come?»

«Niente, scusa. Mi sono ricordato d'un tratto il nome dell'autore di un verso, Robert Browning.»

«Quale verso?»

«A noi preme soltanto il bordo vertiginoso delle cose.»

Lei socchiude gli occhi. «Il bordo vertiginoso delle cose» ripete, mentre a te sembra finalmente tutto chiaro e decifrabile, ti sembra di essere arrivato fin lì seguendo un percorso necessario, con il verso di quella poesia a dare senso, a tutto. Le dici che sì, hai voglia di mangiare qualcosa insieme e di parlare un po'. *Molta* voglia, ma questo lo aggiungi solo nella tua testa.

«Allora qui sotto fra un'ora e mezza» e poi torna ai suoi esami e dai ragazzi e quando la vedi di spalle che si allontana, memoria e percezione ti giocano un altro scherzo e vedi – *vedi* davvero – la ragazza di trent'anni prima che esce dall'aula della I E, portandosi appresso i sogni disperati e invincibili di un ragazzino che voleva fare lo scrittore.

Quando sei per le scale pensi che fra tre giorni è il tuo compleanno, che sono tanti anni che non vai al mare da queste parti e che ci sarà pure un motivo se hai preso un costume da bagno, prima di partire. Pensi che non hai alcun motivo per tornartene a casa a Firenze, che nessuno ti aspetta per festeggiare con te. Te lo dici senza commiserazione – in passato è successo, ammettiamolo – ma anzi, con un brivido di allegria. Come se qualcuno – *qualcuno* è una bella parola – ti stesse offrendo gratis una nuova possibilità.

Chissà cosa succede poi, dopo aver parlato.

Dopo l'ultima pagina, quando il romanzo finisce.

Le citazioni all'interno del volume sono tratte da:

pp. 17-19: Thomas Mann, *Tonio Kröger*, traduzione di Emilio Castellani, Oscar Mondadori 2011;
p. 28: Antonio Gramsci, *Quaderni dal carcere*, vol. 1, Quaderni 1-5 (1929-1932), a cura di V. Giarratana, Einaudi 2001;
p. 35: Fedor Dostoevskij, *Le notti bianche*, traduzione di Elsa Mastrocicco, Fabbri 1985;
p. 35: Cesare Pavese, *La bella estate*, Einaudi 1949;
p. 35: Ernest Hemingway, *Festa mobile*, traduzione di Luigi Lunari, Oscar Mondadori 2011;
p. 35: E.A. Poe, *Il crollo della casa degli Usher*, in *Racconti*, traduzione di Maria Gallone, BUR Radici 2007;
p. 36: Joseph Conrad, *La linea d'ombra*, traduzione di Gianni Celati, Oscar Classici 2004;
p. 36: Hermann Hesse, *Demian*, traduzione di Bruna Maria Dal Lago Veneri, Newton Compton 1988;
p. 36: Charles Dickens, *Le due città*, traduzione di Silvio Spaventa Filippi, Newton Compton 2012;
p. 49: Francis Scott Fitzgerald, *Il crollo*, a cura di Ottavio Fatica, Adelphi 2010;
p. 95: Arthur Schopenhauer, *Parerga e paralipomena*, traduzione di Giorgio Colli, Adelphi 1998;
p. 311: Robert Browning, *Poesie*, a cura di Angelo Righetti, Mursia 1990.

L'editore si dichiara pienamente disponibile ad adempiere ai propri doveri per le citazioni di cui, nonostante le ricerche eseguite, non è stato possibile rintracciare l'avente diritto.